U0622766

Colecção Literatura de Macau

· 散 文 ·

木棉絮絮飞

尹红梅 / 著

作家出版社

澳门文学丛书

编委名单

主　　编：吴志良（澳门）　葛笑政　张　陵　李小慧

执行主编：李观鼎（澳门）　穆欣欣（澳门）

编委委员：张水舟　黄丽莎（澳门）

统　　筹：冯京丽　梁惠英（澳门）

总 序

　　值此"澳门文学丛书"出版之际，我不由想起1997年3月至2013年4月之间，对澳门的几次造访。在这几次访问中，从街边散步到社团座谈，从文化广场到大学讲堂，我遇见的文学创作者和爱好者越来越多，我置身于其中的文学气氛越来越浓，我被问及的各种各样的问题，也越来越集中于澳门文学的建设上来。这让我强烈地感觉到：澳门文学正在走向自觉，一个澳门人自己的文学时代即将到来。

　　事实确乎如此。包括诗歌、小说、散文、评论在内的"澳门文学丛书"，经过广泛征集、精心筛选，目前收纳了多达几十部著作，将分批出版。这一批数量可观的文本，是文学对当代澳门的真情观照，是老中青三代写作人奋力开拓并自我证明的丰硕成果。由此，我们欣喜地发现，一块与澳门人语言、生命和精神紧密结合的文学高地，正一步一步地隆起。

　　在澳门，有一群为数不少的写作人，他们不慕荣利，不怕寂寞，在沉重的工作和生活的双重压力下，心甘情愿地挤出时间来，从事文学书写。这种纯业余的写作方式，完全是出于一种兴趣，一种热爱，一种诗意追求的精神需要。惟其如此，他们的笔触是自由的，体现着一种充分的主体性；他们的喜怒哀乐，他们对于社会人生和自身命运的思考，也是恳切的，流淌着一种发自肺腑的真诚。澳门众多的写作人，就这样从语言与生活的密切关联里，坚守着文学，坚持文学书写，使文学的重要性在心灵深处保持不变，使澳门文学的亮丽风景得以形成，从而表现了澳门人的自尊和自爱，真是弥足珍贵。这情形呼应着一个令人振奋的现实：在物欲喧嚣、拜金主义盛行的当下，在视听信息量极大的网络、多媒体面前，学问、智慧、理念、心胸、情操与文学的全部内涵，并没有被取代，即便是在博彩业特别兴旺发达的澳门小城。

文学是一个民族的精神花朵，一个民族的精神史；文学是一个民族的品位和素质，一个民族的乃至影响世界的智慧和胸襟。我们写作人要敢于看不起那些空心化、浅薄化、碎片化、一味搞笑、肆意恶搞、咋咋呼呼迎合起哄的所谓"作品"。在我们的心目中，应该有屈原、司马迁、陶渊明、李白、杜甫、王维、苏轼、辛弃疾、陆游、关汉卿、王实甫、汤显祖、曹雪芹、蒲松龄；应该有莎士比亚、歌德、雨果、巴尔扎克、普希金、托尔斯泰、陀思妥耶夫斯基、罗曼·罗兰、马尔克斯、艾略特、卡夫卡、乔伊斯、福克纳……他们才是我们写作人努力学习，并奋力追赶和超越的标杆。澳门文学成长的过程中，正不断地透露出这种勇气和追求，这让我对她的健康发展，充满了美好的期待。

毋庸讳言，澳门文学或许还存在着这样那样的不足，甚至或许还显得有些稚嫩，但正如鲁迅所说，幼稚并不可怕，不腐败就好。澳门的朋友——尤其年轻的朋友要沉得住气，静下心来，默默耕耘，日将月就，在持续的辛劳付出中，去实现走向世界的过程。从"澳门文学丛书"看，澳门文学生态状况优良，写作群体年龄层次均衡，各种文学样式齐头并进，各种风格流派不囿于一，传统性、开放性、本土性、杂糅性，将古今、中西、雅俗兼容并蓄，呈现出一种丰富多彩而又色彩各异的"鸡尾酒"式的文学景象，这在中华民族文学画卷中颇具代表性，是有特色、有生命力、可持续发展的文学。

这套作家出版社版的文学丛书，体现着一种对澳门文学的尊重、珍视和爱护，必将极大地鼓舞和推动澳门文学的发展。就小城而言，这是她回归祖国之后，文学收获的第一次较全面的总结和较集中的展示；从全国来看，这又是一个观赏的橱窗，内地写作人和读者可由此了解、认识澳门文学，澳门写作人也可以在更广远的时空里，听取物议，汲取营养，提高自信力和创造力。真应该感谢"澳门文学丛书"的策划者、编辑者和出版者，他们为澳门文学乃至中国文学建设，做了一件十分有意义的事。

是为序。

2014.6.6

目　录
CONTENTS

节日有暖

生活有彩

孩童有真

自家有慈

友人有味

行走有趣

序：纷忙路上寻芙蓉

胡树勇

这几年林林总总给别人写了十来篇序言，不是自己文笔多好，思想多深刻，所序之作都是周围艺术圈子里的朋友，我是以学习的姿态和心理去写的，而且真是每有收获。

秋叶老师的第二本散文集就要面世了，她邀我再次作序。我对她说，第一本序言好写些，第二本就勉为其难了，这不是客气话。

难在出新。时下正在流行创新之概念，我对这个提法很在乎，认为真是不错的理念。这个世界假如要做点有意义的事情，没有创新是断无新意、绝无进步的。同理，我得在秋叶老师的新散文中发现新意，寻找不同于我对她上本散文集序言的感受，才可能是有意义的文字。

好在她的新散文集洋洋洒洒，处处散发着新散文的馨香，打开了我的嗅觉、触觉、听觉，有全新的感受。

以我自身散文创作的经历，每本散文集总想超越上本散文集的水平，然而这谈何容易！故只要有一些超越，我就心满意足。

她的新散文集视角更融入当代感这一时代特色。散文集中作品所写的内容几乎都与她的生活息息相关，或者说都是来自于她亲身、亲历、亲闻的当前生活。阅读当下内地的散文，尤其是女性作者的散文，写心灵、写感觉、写想象的散文占有很大的分量，可以说是学院派散文的一个分支。我个人的阅读爱好，或者说我的人生经历，都让我不太喜欢这样的散文。试想，一个不愁吃、不愁穿、不愁负担的女性，整日价蜗居在闺房里，翻检各种书刊，而后打开窗户想象昨夜的风、昨晚的梦，而后和书中千年的神仙联想，写出一篇文字优美、多愁善感的文字，而后发在自己的空间，或者博客，或者干脆投给某家报刊，就有那报刊编辑欣然采用。

我这里当然不说这样的作品不好，而是个人爱好觉得那些东西离现实太远，我认为散文至少还应该写写我们当下人的生活，写写当代人的真实生活，我以为只有这样，五十年、一百年甚至更长时间后，后人看我们的作品，才会知道我们这个时代文人笔下的真实生活到底是个什么状态。

秋叶老师每天多是家里、学校、回家路上，每天与小学生打交道，这样一个十分单纯的生活状态。但是我们阅读她的散文，却真实地感受到、体验到她笔下当下生活的真实故事、情感、过程，清晰地、艺术地、美妙地、多样地写了她原本狭窄生活面的广大生活，好比广角镜，镜头虽小，视角却开阔，她用独特的视角、深度的思量、优美的语言，真实表现了澳门这些年的某些状态，那些个不同于其他女性作者的内容，秋叶她自己的"这一个"个性散文。

她是《华侨报》专栏作家，报纸专栏的特性让她的散文篇幅都较短，而且有鲜明的副刊作品特质；需要一些新闻性，需要一点点噱头，需要极快的速度。这些有许多是内地作家看不上眼的，但这也正说明澳门作为一个具有西方生活特质的现代都市，许多艺术类别的特征是有别于内地的。很多年后，当内地的城市化特质明显以后，可能我们才能够完全体会到。

秋叶很好地掌握了报纸副刊专栏作家的技巧，有些作品看上去十分娴熟，或者说是炉火纯青。比如在《最和唯一》中，她由一座新店广告语中的"最"联想到：女人最喜欢听到的，不是"最爱你"，而是"只爱你""你是我唯一的爱人"。《温暖情人节》送礼物给她的居然是她的学生。《飞进教室的蝴蝶》里出人意外的联想。《每天见面最多的人》对于同事的真实感情。《等》表现了母亲对儿子爱的细腻和耐烦。《街头的歌者》对于街头歌手乞讨者的深思。《小读者》里的小学生自己用奖励之款购买老师的著作，这在内地的当下不可想象。《编织》里女性的细腻情思。

她散文中的人物形象栩栩如生，比如《穿裙子的女人》中的描摹："我惊讶于她的裙子的款式始终如一，也佩服她在忙乱地送孩子上学的清晨还天天穿着裙子，把裙子穿得如此得体，雅致，虽然有些特别，却不突兀，如一朵清雅的白玉兰，摇曳在晨风中。"

她散文的标题很生活化，非常贴切，也很引人，有许多作品只看标题就想看内文，看了标题还会说真不是"标题党"，有内涵，够回味。比如《返炒更入味》，"能返炒的文学艺术作品，跟返炒的菜式一样，都是经得起时间的考验，越炒越入味的经典。"以及《重逢一碗面》《每天只要你几分钟》《你那里现在几点钟》《选择性守规矩》《文学使人年轻》等篇章。

她有时候还不失幽默诙谐，作品《穿睡衣牵狗散步》《二百五》《挚爱等于智碍》等就令人会心一笑。

秋叶老师的散文不仅仅是短篇散文，还有一些长散文写得同样精彩。我特别欣赏《万年青》，是写普通人的典范之作。《万年青》写了校工韵姨，因为文中的"我"看得起她，她默默为"我"看护着办公桌上的一盆万年青，然而最初"我"也不过是同情于韵姨，多少还以为韵姨文化少，与"我"不是一个层次的人。当韵姨走后，万年青出现斑点，"我"才联想到韵姨的点点滴滴，"我心里仿佛也被紫外线灼伤了一下，心里马上想起了校工韵姨。我的眼前浮现韵姨的身影：个子不高，身材偏瘦，制服穿在她的身上好像总是大了一号，空空荡荡地很不合身；眼睛已经浑浊发黄，看人时毫无神采，让人觉得她好像总是没睡醒；嘴巴比较大，笑的时候喜欢用手掌遮着嘴；她的额头眼角已经有了不少的皱纹，花白的头发随便在脑后扎了一个短短的马尾，看起来该有四五十岁了吧，或者比实际年龄显老？她到底多少岁了呢？只知道她叫韵姨，她具体叫什么名字呢？她又为啥要辞职呢，是工作不开心，还是生存压力通胀原因导致她对收入不满意？她有没有子女有没有成家呢？一系列问题，我都没有答案。看到这盆万年青，我有些怅然若失，人与人之间真是在无意中兴起波澜；但我又要感谢这盆万年青，它让我的人生经历多了一份美好。校工韵姨离开了，万年青依旧，愿这种美好的记忆常青"。整篇作品起承转合，故事跌宕起伏，感情波澜不惊，吟唱了人性之真善美。

而《瑞士行散记》系列游记散文却又有西方 essay（随笔）的味道和神韵。让人感到她的散文语言文字自有一种女性细腻的、婉约的、绵长的风格。

有新意，有生活，有余味，秋叶老师新散文之美。愿她的散文创作常写常新。

（作者系陕西散文作家）

天地有情

春天是沤出来的

潮湿的天气又来了！

总是希望每年的春天都是一个空气清爽的春天，然而南方却大多年份没有这样的好春天。

天阴沉沉的，太阳的影子几天也见不着，雨丝细如泰国米线，细细密密似有似无地笼罩着整个天空，让人分不清是雾还是雨；地上、树上、楼梯间，到处都是湿漉漉的，洗好的衣服挂在外面一两天，非但不会干，倒是越晾越湿；如果有点风的话，就已经让人感觉今天老天眷顾了。家家关门闭户，希望能把湿气堵在外面。

但是潮湿无孔不入，瓷砖的墙壁和地板上蒙着一层水珠，不锈钢扶梯上附着一层水，因为门窗紧闭，室内空气也就不流通，久了让人感觉透不过气来。虽然空气湿度大，但是气温却不低，总在十七八度徘徊，这就让人不知道到底该因为潮湿而多穿件衣服，还是该因为气温而穿单薄一点，乍暖还寒，就是这样的吧？于是，细菌滋生，流感侵袭，小孩子和老人病倒一片。

唉，这样的潮湿天气，真是让人郁闷啊！就有人怀念去年春上，潮湿天一掠而过，只有短短三五天，说是南方天气啥都好，就是这个潮湿天让人受不了，如果没有这潮湿天气就好了！

可是，春天就是这样沤出来的呀，一位智者说，大自然自有它的规律，从海洋吹来的暖风，给南方带来潮湿的春天，春天不潮湿反倒是反常态。

自然规律不可抗拒，只有接受，人为地改变自然规律，最后都将受到自然的惩罚。

那么，就这样让春天慢慢地沤着吧，就让我们用平和的心情去感受潮湿的春天吧。木棉树的黄叶在阴霾的天气里慢慢飘落，悄悄萌发小小的蓓蕾，当有一天木棉好像着了火，满枝丫都是怒放的鲜红的花朵，热烈燃烧起来，那么，那个时候，春天终于沤完了。

啥时候天晴呀

一位姊妹把QQ心情签名改成了"不以物喜，不以己悲"，我看了回复："圣人？"——绝不是在嘲讽她，只是觉得真要做到这个地步实在是太难了，我等凡人，吃五谷杂粮，有七情六欲，怎可能超脱到"不以物喜，不以己悲"的地步呢？何况，又何苦要求自己至如斯地步呢？比如我，天气的变化就可以影响我的心情，这几天，我是天天地盼望有个朗晴的好天气呀！

"今年的天气有点反常"——近年来这句话已经成了人们的口头禅。去年春上，潮湿天气只持续了短短的三五天就结束了，我窃喜不用挨那么辛苦的潮湿天气，但是有智者说南方的春天如果不潮湿，是不正常的，转而一想，他说得也对，自然规律不可抗拒。

到了今年春天，从二月中旬开始潮湿，最初时想，既然春天是沤出来的，就慢慢沤吧，潮湿就潮湿吧！但是，一个星期，两个星期，三个多星期过去了，潮湿多雾的天气一直持续着。迷雾是常有的，几乎每天早上，窗玻璃上都是湿漉漉的水汽，窗外浓雾弥漫，似乎一伸手抓把空气就能拧出水来。站在拱北口岸广场看不到澳门，到了澳门关闸广场，拱北又消失了；有一天晚九点多，一位上夜班的朋友短信告诉我，浓雾中澳门所有高大的建筑都消失了，带给人一种海市蜃楼的神秘感。

这样潮湿的天气还伴随着气温时高时低，直接导致了细菌滋生，流感横行。间中干爽一两天，却也不是朗晴的好天气。

家里的床单被套换下来，却不敢洗，只好用袋子装起来，等天晴了再洗，因为担心无法晾晒到干透；换洗的衣物洗了，在室外晾晒两天，再在室内挂一两天，还是让人觉得衣服没干透，有点蛤味，少了太阳的芬芳。更别说因为潮湿导致的门窗紧闭，楼梯间、洗手间、瓷砖墙壁的湿漉漉，那简直让人不舒服极了！

试想，这样的天气，能让人无动于衷，心平气和吗？我甚至觉得，不仅空气不流通，连我自己都快发霉了！我终于理解一篇文章中所说，雾都伦敦的忧郁病患者相对比较多。

什么时候天晴呀？看看天气预报，接下来的四五天依然是潮湿阴雨天！老天怎么了？要么潮湿天特别短就进入了夏天，要么持续潮湿二十来天还不想停下来，这让人有点不安。

但是，又有什么办法呢？幻想一，明天就天晴了，清新明洁，阳光灿烂！幻想二，自己是卖抽湿机干衣机的，这个春天赚了个盆满钵满！

春眠不觉晓

经过了好一段时间的"回南"潮湿天气，终于等到木棉花开得繁茂的时候，南国春天里短暂的晴朗好天气来了。

阳光几乎天天都有，明媚，不刺眼，照在身上暖洋洋的，让人不由得想在太阳底下走上一遭；天空很蓝，有清凉的海风拂面，使人更觉清爽惬意；日夜温差拉得比较开，最低十三四度，最高二十度左右，晚上不用开空调，得以盖着被子清清爽爽舒适入睡……

好一个"春眠不觉晓"啊，早上六点左右，天刚刚亮，隐约听到鸟叫声，是窗外凤尾竹上的小鸟开始了啾啾鸣唱，这边唱，那边和，一唱一和，尽展歌喉，不知道他们是在春天的早上聊天呢，还是在晨练，好生热闹！睡意蒙胧中听着这鸟鸣，更添惬意，翻个身，卷起被子，想再做个美梦……不承想一阵急促的"叽叽叽叽，啾啾啾啾"声持续响起，彻底打断美梦，唉，七点了，闹钟响了，虽然闹钟铃声选择了"鸟鸣"，闹钟里的"鸟鸣"却远没有窗外树上的小鸟叫声那般自然，悦耳，更说不上动听了，一来，自然的声音无法完全模仿，二来，窗外树上的鸟鸣声是用来欣赏的，而闹钟的"鸟鸣"却是命令，必须起床的命令，让人抗拒。

不由得羡慕起古人来。同样是"春眠不觉晓，处处闻啼鸟"，他大概不用起床，不用赶着出门去上班，他可以在床上静静地醒着，躺着，想象"夜来风雨声，花落知多少"，晨风里陶醉，为春雨喜悦，还为花儿惋惜。相比古人，很多方面我们是进步了，有了更加便利、舒适的现代生活，但是，生活中的诗意却不知少了多少！

每每在课堂上给学生讲解这首《春晓》时，就很担心钢筋水泥城市里长大的孩子，是比较难理解这原本非常贴近生活、热爱春天、怜惜春天之情的，深刻感悟诗的意境更是难上加难，哪怕这首诗浅显易懂，明白如话。

孩子们会背诵，但是孩子们无法理解其意境美，这真是让人遗憾，也是无可奈何的事情。

所以，有时候我真是想把孩子带到郊外去感受这些诗的意境的，然而这城市何有郊外？

太阳雨

南方多雨，夏季尤甚。近两周，几乎天天有雨。

清晨，等不到闹钟响，却已经在雨声中醒来。唰唰唰，那是雨随风至；滴滴答答，那是雨点比较大，打在雨篷上……我的睡眠比较浅，大一点声音就醒了，妈妈说因为我属狗，警觉性较高，好在，醒来一下，一般都能接着睡。这几天早上被雨声吵醒了，却不能立刻继续睡去，因为已经六点多，快到我起床时间了。

雨越下越大，哗哗哗好像有人从上面倒水，拉开窗帘，只见豆大的雨点密密集集地打在窗外高大的凤凰木宽大的叶子上，叶子被清洗得干干净净，泛着绿油油的光。看看天空，一团低矮而厚实的乌云就那样悬在半空中，说它是悬着的，因为不远处的天边白花花透着亮光，一丝乌云的影子都没有，那是太阳升起的方向，看来，这又是一场阵雨，不会下太长时间的。果然，半小时后，雨势弱了下来，哗哗哗的强声变成了滴滴答答的断奏，天边，太阳已经出来了，发出耀眼的光芒。

冒着小雨出了门。这样的清晨，空气格外清新，空气中弥漫着迷人的馨香，四处找寻，发现是绿化带低矮的灌木开着星星点点的小白花，香气就是它们散发出来的。走在高大的榕树下，脚下满是一片片小巧金黄的榕树叶子，叶子间隙有距，不疏不密，衬托着褐色的古旧行道砖，好像有人用心排列过，形成了一条特别的地毯。许是刚才那场雨，打落了树上的黄叶，我并不为这飘落的黄叶惋惜，我知道，榕树并不等秋天才落叶，而是一年四季都在做着新陈代谢的生命循环。

走了一会儿，小雨点停下了滴答的脚步，乌云也不见了，太阳在前方明晃晃地晃眼睛，天空碧蓝，还有几片白云好像棉花糖一般甜蜜轻柔地这边一堆，那边一堆，哪像是刚刚下过雨的样子呢？

干脆把雨伞收了起来。哪知，还没几分钟，滴，滴，又有几点小雨点打在头上，脸上，啊，又下雨了！可是，太阳明明就挂在天空呀！又有太阳，又在下雨，这样的雨，就是太阳雨了。雨点不是很密集，潇潇洒洒地飘洒着，但是也必须打伞才行，天空仍然是蓝天白云一片，只是头顶这块，有一团小乌云。

走在太阳雨里，猛地，就想到那首《竹枝词》："杨柳青青江水平，闻郎岸上踏歌声。东边日出西边雨，道是无晴却有晴。"也是在这样的一个飘着太阳雨的清晨，那踏歌的情郎在杨柳青青的岸边，与渔女一唱一和对歌，羞涩的渔女没有正面响应情郎爱的呼唤，只是用太阳雨来说事儿："你看，东边日出西边雨，好像无晴（情）却又有晴（情）呀！"

天空飘洒着太阳雨，我匆匆赶着去上班，想到竹枝词，我感受到了太阳雨的美妙。

也谈谈天气

据说西方人比较注重个人隐私，朋友见面不能问"你干吗去呀？你准备去哪儿呀？"之类的私人问题，只好谈论天气权当寒暄；也有人说英国属于温带海洋性气候，大多数是阴雨天气或者是大雾天气，这影响到了人们的日常生活，很多人出门都需要带伞，所以人们见面谈论天气成为一种习惯。

这两天我也想来谈谈天气，因为近日澳门的天气实在是多变，用变幻莫测来形容都一点不过，五六天之内，经历了春夏秋冬四个季节的典型天气。

从十月底开始的二十来天一直是秋高气爽的好天气，几乎每日天空碧蓝，暖阳灿烂，最高气温二十四五度，最低气温十九二十度，不冷不热，白天清爽怡人，晚上不用开空调，而这时节的北方已经飘雪了，不禁让人感叹南国的秋天真是太好过日子了！哪知好日子总是有尽头的，这不，11月21号那天下起雨来，雨势不大，烟雨蒙蒙，浓浓水雾弥漫在天地中，活像春天里潮湿的天气，又冷又潮湿，雨一下就是一天一夜。第二天雨停了，气温突然激升到最高二十九度，犹如夏天般闷热，太阳照在身上像是火在烤，晚上睡觉时，撤下前一晚因为降温才加盖的毛毯还觉得热，仿佛又过了一天夏天。

一觉醒来，窗外又是雨声滴答，气温也降了好几度，寒意袭人，空气很潮湿，又冷又湿，让人很不舒服，雨一下又是一两天，下下，停停，又下，好像不会天晴似的，这是深秋的雨天吧？就这样过了个阴雨的周末。

周一早上醒来，透过窗帘看到外面似乎比平日起床时候光亮很多，觉得很奇怪，还以为自己起床晚了，急忙起身，拉开窗帘打开窗户一看，只见天空呈怪异的朱砂红，一堆乌云压得很低好像就要直直扣下来，要下雨还是要出太阳？正纳闷呢，哗哗哗，豆大的雨点就砸了下来，几道闪电划过，雨势越来越大，让人好生奇怪：时序已经过了小雪，居然还闪电，还大雨倾盆！那天早上，赶着上班上学的大多数人都没能避过这场大雨，暴雨夹着大风，无论打伞还是穿雨衣，基本都起不到太大的作用。有同事撑着伞步行上班，回到办公室时，腰身以下已经被雨淋湿透了，鞋子可以倒出水来，走一步，鞋子就吱吱叫两声，让人忍俊不禁；很多小学生也一样，鞋子裤子大都湿透了，水滴从头上滴下来，一个个好像小水鸭。

好在暴雨只下了两三小时，这场豪雨把气温直降到最低十三度，正式宣告南国冬天的来临。这简直让人有点难以置信就在三天前还有二十九度！当天晚上我赶紧翻箱倒柜地找冬天的衣服，第二天穿上了毛衣和厚厚的外套。这样忽冷忽热的天气可苦了老人和孩子，唯寄望大家好好照顾好身边的老人和孩子吧！

于我，还是比较喜欢北方的冬天。北方的冬天从秋天慢慢走过来，冷下来，冷到一定时候气温趋于稳定，冷是冷了些，老老少少出门就包裹得严严实实，一个个好像裹蒸粽，却不用经受南国这种气温大起大落的折腾，何况还有机会看到下雪呢！

不过回头一想，哑然一笑，天老爷总是自有自己的规矩，顺其自然，大约是最好的想法。

天凉又逢雨，怎么过

早上六点多被无情的闹钟从睡梦中叫醒，赖在床上不愿起来，往被窝里蜷缩，想尽量多赖几分钟再起床，闭着眼睛，听到窗外又是雨声滴滴答答，唉，又是一个阴雨天！

时序应该是比较干燥的冬天了，却少有的十几天没见过太阳，几乎天天都是阴雨天。雨好像随时就飘洒下来了，有时候雨好像停了，其实没有，只要你仔细看，就看到细如泰国米线的雨丝在空中密密织网。霏霏细雨，打伞吧，好像多余，不打伞吧，不一会儿头发上身上又沾了一阵水雾，最难受还是脸上，冰冰凉。何况空气污染的缘故，让你怀疑这雨水是否干净。有时候早上和黄昏还有很浓的雾，把城市的高楼和汽车都隐藏起来了，好像潮湿多雾的春天一样，不过温度比春天更低一些，十四五度的温度，不算是很冷，却感觉阴冷潮湿，南方初冬的雨原本让人不舒服，今年就更奇怪了一些！

身边同事开始张罗着买烘干机了，说是洗了衣服好几天都晾不干，我很有同感，很怀念衣物在太阳下晒干的那种干爽感觉和味道。却不想因为临时的天气状况就立马去购买一台电器来用，等这阵子过了，这台机器怎么办呢？还得找地方来存放，更麻烦，我宁愿每天早上用电吹风把要穿的衣服吹一遍。

最辛苦是接送孩子上学的家长，除了拿着孩子的书包之外，还要撑伞，还要照顾雨中的孩子，忙乱而略显狼狈。孩子穿着雨衣好像笨拙的套中人，有的孩子看样子很不喜欢雨衣包裹着，少不了跟家长抗争对抗一阵子，不过最终还是穿上了雨衣，因为胳膊始终拧不过大腿，于是，风雨里多了几个扁着嘴、呜咽着被家长拖着抱着去上学的幼小孩童。大一些的孩子却喜欢一边走一边专门找积水滩踩来玩，重重一脚踩下去，飞溅起小小水花，孩子乐得哈哈大笑。

好不容易周末了，仍然是冷风飕飕，大雨小雨不断的天气，原本约了友人逛街，享受下午茶，临时"心有灵犀"一致取消，躲在家里大门不出，窝在床上对着电脑煲肥皂电视剧，看书，任他外面风吹雨打！

每天工作结束，急急忙忙赶路，想早一点回家，不愿意在冷雨里多待一分钟。院子里少了孩子们的嬉戏声，连车声都少了，可能大家都不想出门，世界好像安静了很多，于是，睡得比过去早了。这一晚又是十点就上床了，缩在被窝里突然想到爱斯基摩人：他们生活在极寒的北极，黑夜长达数月乃至半年，住冰屋，与鲸和北极熊搏斗，漫漫长夜和寒冬里，他们又怎么度过呢？

所以说，我们无法改变环境，可以改变的也许只有我们的心境。

不过，太阳还是早些出来吧，要不，懒惰如我者，就快冬眠和发霉了！

秋天真的来了

我盼望这个秋天很久了。一个月前离开家乡陕南时，陕南已经是秋风渐起，秋雨绵绵，飞机降临南国海滨城市的机场，又把我直接带回了酷热的夏天。我过着相对于家乡时令的第二个夏天，体会着台风，酷热，在电话里，听着家人说家乡一场秋雨一场寒，滨江大道上桂花飘香，汉江两岸渐渐层林尽染……想象着家乡秋天的丰盈，我天天期盼，期盼这南国秋天也早些到来。

时序过了白露，过了秋分，什么时候，秋天已经悄悄地，悄没声息地来了呢？

早上一打开窗户，凉爽的风扑面而来，让我后悔昨晚居然整晚都开着空调，可惜了这么清爽自然的风；百叶窗被风儿吹得啪啪作响，嗯，这是秋风吻上窗棂了呢；水龙头的水有了几分凉意，让人精神为之一振；太阳有了温和的味道，秋天真的来了呀，出门搭上一件薄薄的外套吧！

天空瓦蓝瓦蓝的，白云一片一片的，几近透明，好像穿过这片白云还能看到更高远的蓝天，也有的白云是一团一团的，虽然是大大的厚厚的一团，感觉却很轻很柔，我想，躺在上面一定很松软，裹在身上一定很舒适，含在嘴里一定像棉花糖那样又柔又甜，这是秋天的云和秋天的天空呀；四季常青的榕树高大的树枝随着微风摇曳，沙沙沙，飘下一片片淡黄色的叶子，仰头，透过枝叶茂密的缝隙，阳光一闪一闪的，像是你调皮的眼神，又像是你在跟我捉迷藏；一片叶子打了几个旋转，轻轻地落在我的脸上，轻轻地捉住这片黄叶，细看，叶脉清晰可见，淡黄中泛着一点点绿，松开手，叶子飘向大地，飘向树根，准备甜睡一场，让生命走向新生；林荫道上，推着童车的少妇米色的披肩裹着她动人的曲线，她的眼神一刻也没离开过车里的小宝宝，她跟小宝贝交谈着，小宝宝咿咿呀呀地回应着，一个笑得甜蜜，一个笑得灿烂，把路边金黄色的小雏菊都比下去了；老人迈着悠闲的步子，一边走，一边甩甩手，踢踢腿，一只小鸟清脆地鸣叫着，从我的面前掠过，我不由得慢下脚步，深深地吸了口气，哦，这秋天清新而舒适的清晨啊，让我暂且放慢匆匆的脚步，看看大自然写给我们的秋天的通告吧！

秋天，已经来了。大海的潮水退到了最低水位处，海水碧蓝碧蓝的，少了夏天因为经常暴雨导致的混浊和黄色，一只只白鹭迈着优雅的步子趾高气扬地在海滩上踱步，时而低下头，用尖尖的长长的嘴去啄沙子里的小贝壳儿，一只洁白的海鸥掠过海面，消失在在海天一色处……这样的天空和海洋，书写出秋天特有的空旷和高远。

秋天真的来了。夜晚，气温降了下来，即便是在室内，皮肤也有了舒适的凉爽感，而不会即便是坐着不动，也会浑身冒汗，空气更是多了几分干爽，全无春夏时节的潮湿和焖焗；林荫道下散步，凉风阵阵，抬头看着星星，星星闪呀闪地也看着我，一趟，又一趟，有了夜凉如水的感觉，惊觉夜已深，原来，因为不觉闷热，也就不会赶着快点躲回空调房间，不知不觉间多走了好几个来回……

我喜欢秋天，秋天是我最喜欢的季节，喜欢到近乎偏执的地步。有人用四季来比喻人生，显然，这是个恰当而贴切的比喻。春华秋实，一岁枯荣，秋天的美，就美在她的丰盈和冷峻，斑斓和内敛，秋天还带着点致命的忧郁和浪漫。如果有人跟我一样喜欢秋天，我会觉得这个人立刻可爱起来，亲切起来。事实证明，爱秋天的，果然可以跟她做好朋友，比如西安的青年作家王春，一年可能就只能见一次面，但是，我们见面就能谈心事，有说不完的话，她也爱极了秋天，写给秋天的文字，林林总总有五六篇，篇篇都很有味道，秋天的味道。

南国的秋天就这样来了。虽然南国的秋天看不到大片金黄的野菊花，没有红叶满山，没有沾衣寒的夜露，没有野草枯黄一片，也没有东篱下采菊，更望不到南飞的鸿雁，但是秋天还是来了呀，高楼林立的水泥钢筋森林里，这教学楼五楼的走廊边，悄然躺着从顶楼花园飘落下来的几片黄叶，一叶知秋也许不该是生活中的多愁善感，这几片黄叶却绝对是大自然写给我的动人诗篇吧？我拾起一片，细心地把她擦拭干净，随手翻开厚实的《唐宋词选注》，居然就翻到了岳飞的《小重山》——"昨夜寒蛩不住鸣……欲将心事付瑶琴。知音少，弦断有谁听。"把这片黄叶夹在这里，岳飞的瑶琴，她可以细细聆听，秋天的况味，她能细细品。

秋天就这样来了，秋天真的来了。我欣喜春天的第一片嫩芽，珍惜夏日怒放的繁花，我更爱秋天这南国难得的清爽天气，写意的高远蓝天，舒卷的白云，还有，诗笺里的这枚黄叶。

这一天

不管你喜不喜欢，不管你愿不愿意，这一天不疾不徐地来了，这一天是 2 月 14 日，西方情人节。

一大早，办公室有人收到爱人送来的一大束玫瑰花；翻开报纸，两三版都刊登着情人节爱的宣言，还有各大餐厅的情人节晚餐广告；网络上充斥着关于情人节的各类活动或主题报导……

不管你接不接受，国人越发地重视这个节日了，俨然充分发挥洋为中用的智慧，硬是把西方一个非常普通的节日演变成了我们愈发重视和普及的节日，不仅有情人在这一天甜甜蜜蜜你侬我侬，就连同性间，如同祝你新年快乐祝你生日快乐一样，这一天也相互祝福：祝你情人节快乐！只要是节日，就一定要祝你快乐？新年，生日，端午，中秋，都可以祝你节日快乐，那么，请你不要这么快祝我重阳节快乐吧？更有清明节啊！

家里一位年届六旬的亲戚，这一天电话里投诉女儿说她很不开心，因为老伴儿是日要去参加老战友聚会，老人很郁闷：你老爸他们为啥偏偏选择情人节聚会啊？还特别声明不许带家眷？是不是想同异性战友叙旧啊？你老爸当年同那个女兵啊……听了简直让人啼笑皆非，忍俊不禁！

这一天最动人的词是两个字的"爱你"，最畅销的是红玫瑰和巧克力，西餐厅的烛光晚餐也一早被预订一空，还有各种礼品店，珠宝店也纷纷出招吸引有情人为爱人一掷千金，商家使出浑身解数，帮助有情人竭尽所能表达他们对爱人温馨甜蜜的心意。不过，巨大的节日商业利益，也让人怀疑媒体和商家卖力宣传情人节的动机。

"情人"本是个美妙的词。可是，如同勾栏最早专指戏院，与后来的妓院全无关系一样，情人，本意是指天下有情之人，到今天，情人演变成了一个有歧义的词，除了本意，还代指婚姻之外的感情对象，让这个词在美妙之余多出了几分玄妙和暧昧。这算不算是在洋为中用之余，还中西结合，自我创新了呢？

浏览报纸上的爱情宣言，发现发表宣言者大多为男性，这倒是很有趣，另一则报导说在日本，情人节这天是女性向心仪男士大送巧克力表白爱慕的最好时机，相比之下，我们中国女性相对矜持多了。有一则告白吸引了我："××，今年好过旧年，一年好过一年，每天爱你多一点！下一世？还爱！××"看到的人已经感染到了他的真情，那个告白对象，更是幸福满满陶醉满满吧？在报纸上刊登爱的宣言广而告之，这需要很大的勇气，而且心仪的人那天可能根本不看报纸。如果事先被预知要读报纸，又有点矫情。不是吃不着葡萄嫌葡萄酸，我倒是很恐惧这样的雄鸡一唱天下白的高调风范呢。

情人节并不是只有这西方的舶来品，近年来，七夕节也越来越受到国人的重视，2006年5月，七夕节被国务院列入第一批国家非物质文化遗产名录，现又被认为是"中国情人节"。据说七夕节起源于汉代，民间有牛郎织女七夕鹊桥相会的动人传说，牛郎织女今天看来门不当户不对，郎没才女有貌，但是他们爱得坚定动人，爱得感天动地。

也有人认为元宵节是情人节。唐宋以来，正月十五元宵节，"月上柳梢头，人约黄昏后""众里寻他千百度，蓦然回首，那人却在，灯火阑珊处"，倒也的确是浪漫非常惹人遐思呢！

哦，你到底一年要过多少个情人节啊？2月14西方情人节，正月十五元宵节，七月初七七夕节，从年头到年中，有人认为三个情人节也不多，最好越多越好，想表现告白的多了机会，这次不行等下次。如果这样的话，最开心的，除了情侣，该是那些商家了。

也有人疑惑，到底哪天是情人节呢？有你在身边的日子，天天情人节。

这一天如果你没有收到暧昧的祝福和礼物，不必沮丧。你的清静，深谷幽兰，高山青松也是别样的风景。

这一天如果你孤单度过，不必落寞。孤单是勇气，孤单是原则，是宁缺毋滥。

这一天黄昏，我正准备下班，有中学生来办公室找我，要送我他们亲手种植的蔬菜，因为他们在生物园种植的有机蔬菜这一天有了收成，需要有人分享他们的收获和喜悦，于是，他们想到了我这个曾经教过他们的老师。

满满一大纸袋脆生生的生菜，绿得明亮，绿得水灵灵。我忍不住伸开双臂，把这翠绿拥在胸前，如同捧着一大束鲜花。

走在华灯初上的大街上，不远的夜空烟花绽放，五颜六色，璀璨绚丽，惹路人驻足抬头仰望。烟花总是美丽的，烟花绽放后徐徐飘落下来，随风飘散了。我继续前行，迎面一对情侣，女孩子手中的玫瑰映衬着她的脸红粉菲菲，满是温馨，欢喜和甜蜜……

我低头看我这一抱的蔬菜，我也微笑了：这是这一天我眼中最美的花朵。

草木有爱
_____

割韭菜

韭菜是一味好蔬菜，最好跟鸡蛋一起炒，就成了韭菜炒蛋，翠绿的是韭菜，金灿灿的是炒蛋，再点缀点红椒丝，红红绿绿的，煞是好看！韭菜还可以跟猪肉一起剁成肉馅，包成韭菜饺子，无论是生煎还是煮成汤饺，都非常受欢迎。

却也并不是每个人都喜欢吃，因为韭菜有很强烈的气味，喜欢的人很喜欢，不喜欢的人闻到就吃不下。而我，青少年时期就不沾韭菜，并不是不喜欢它的气味，是因为我看见过韭菜的眼泪。

外婆家在农村，离集市还有一段路程，每家每户房屋旁边都有块自留地菜园子，自给自足，菜园子里种的，无外乎葱、大蒜、白菜、韭菜、豆角之类的时蔬，一垄垄，一畦畦，红的是灯笼椒、西红柿，绿的是菠菜、白菜，韭菜自然也是有的。菜园子四周围了一圈矮篱笆墙，还种了一些桃树、梨树、李树，春天时开了花，红粉菲菲的，煞是好看，夏天秋天果子挂满枝头，看了就让人满心欢喜。

这样美丽的一处菜园子，当然是孩童时的我最喜欢的去处了，但是舅舅担心小孩子在菜园子里乱跑踩坏了蔬菜，一般不让我们进菜园子，只有大人进园子摘菜，我们才能跟进去，说是去帮忙摘菜，其实是想进菜园子里玩。

就在一个春天的午后，我看到了韭菜的眼泪。春天时菜园子里的蔬菜很少，只有韭菜长得密密麻麻的。第一次见到韭菜，我还以为是麦苗儿，问外婆麦苗儿怎么能割了当菜吃呢？外婆说傻孩子，这是韭菜，割了又长，长了又能割的，只要根还在就行了。但是我觉得韭菜跟麦苗儿就是一样的，根本分不出有啥不同。正想着，只见外婆左手揪住一把韭菜，右手镰刀贴着泥，唰唰唰，外婆的左手就握着一把韭菜了，外婆把这一小把韭菜放在竹篮子里，又去割下一把韭菜，我跟在外婆身边，看到韭菜畦里只留下了齐刷刷的根，断头的地方还冒着绿色的汁液，不知怎的心就痛了起来，于是，我对外婆说：外婆，外婆，韭菜好像流血了？外婆说，傻丫头，韭菜怎么会流血呢？韭菜是没有血的，那是韭菜的汁液，韭菜很快会长出来的。外婆一边说，一边又去割下一把……小小的我跟在外婆身边，痛惜刚才还在风中摇摆着的韭菜转瞬间就成了短茬茬的根，看着那些亮闪闪的绿色伤口，我觉得即便是韭菜没有血，也一定很痛吧？这是韭菜的眼泪吧？

最近想到小时候见过的割韭菜的场景，却是在过珠海边检海关的时候。近来，边检海关加强了检查力度，凡是过关人员，随身小包要过安全带检查，大件行李要开箱检查，据说海关这样做，是为了杜绝逃税的所谓"水客"。只是，这种一刀切的查验方式，大大拖延了旅客的过关时间，甚至让正常过关的旅客自尊心受到打击，有一位来澳门学术交流的某大学教授在返回内地时，就被珠海边检海关强行要求开箱检查行李，他没想到在自己祖国的口岸，堂堂教授、博士生导师，也被假定为走私的"水客"，他纳闷自己什么地方在海关官员眼里像走私客呢？

小时候的我看到的韭菜的眼泪，是韭菜被一刀切时留下的伤痕，任何一刀切的做法，会带来整齐的外观，也会带来伤痛。

木棉絮絮飞

这一瞬，我惊诧于青青草地上那一片柔柔的白：绿地毯般的草地上笼罩着一层薄薄的雾，似花海，赛白雪。是白色小花朵？以前没见过这片草地开花呀！是什么粉末之类的东西倾倒在草地上了？怎会倒得这般均匀，这般漂亮？我不禁疾步走近，蹲下来，细看……

哦，原来是轻柔雪白如柳絮般的东西呢！轻轻拈起一小团洁白的棉絮来，发现轻柔的棉絮中间还有一粒小小的硬硬的黑色小点，好像是种子。是从哪里飘飞过来的，是什么植物的种子呢？站起来四处张望，恍然大悟地抬头，只见头顶高大的木棉树枝叶茂盛，树冠撑开如巨伞，阳光透过翠绿的叶子，闪着透明如水晶般的光芒，莫非，这棉絮是木棉树的杰作？再定睛仔细看，果然，绿叶间偶尔还挂着一丝丝洁白的棉絮，微微摇荡。一阵微风拂过，一片洁白的棉絮从树上无声无息地飘落下来，飘飞，飘飞，悄无声息地落在不远处的草地上。

这条街道两旁全都是高大的木棉树，树下是连绵的茵茵草地。木棉树摇曳在初夏清爽的空气里，洁白的棉絮乘风而下，飞到草地上，给草地铺上一层轻如梦幻的白云，一直延伸开去，成就一幅美丽的画面。

在这木棉树旁的住宅小区里，我已经住了四年，从第一次见到木棉树至今，也近二十年，按说，我该是熟悉木棉树的。我喜欢春天潮湿的天气里木棉怒放的火红花朵，夏天里翠绿的叶子撑着蓬勃的大伞，深冬里飘零的黄叶，我遗憾舒婷《致橡树》里木棉和橡树的不可能肩并肩，甚至，还知道木棉花可以晒干了入药，比如南方著名的五花茶，木棉花就是不可或缺的一种材料。可是，我居然在今天才第一次看到木棉絮飘飞，第一次看到洁白的木棉絮铺在草地上的美景！为自己植物常识的缺乏而感到惭愧：木棉树既然叫木棉，春天里开了花，硕大的红色花朵簌簌地落下之后，当然也会长出这样轻柔洁白的棉花，就像是蒲公英的种子一样，乘风飞去远方。

原来，你满以为自己已经很了解的事情，实际上仍然还有你根本没有认知的一面。正如这木棉，她年年都在这个季节里飘飞，把洁白的梦铺上青青草地，而我居然多年都视而未见，视而不见，更压根儿想都没想到木棉树真的会长出洁白的棉絮来。

惭愧于刚看到草地上这梦幻的一片白时，还以为是什么粉末垃圾之类的东西，这是对自然美的不信任。想起了北方家乡暮春时节，百花盛开，柳絮纷飞，空气中弥漫着春暮夏初的浪漫和甜蜜。古人为柳絮写下的篇章，更是美不胜收，数不胜数。最喜欢韩偓"树头蜂抱花须落，池面鱼吹柳絮行"的意境，池塘里的鱼儿鼓着水泡，用小小的嘴巴拱开飘落水面的柳絮，这是多么有趣的画面；白居易"三月尽是头白日，与春老别更依依"说柳絮飘飞过后，就是夏天了；在孟郊眼里，如果没有柳絮，春天简直都少了颜色："南浦桃花亚水红，水边柳絮由春风。"……我呆立在铺满木棉花絮的草地旁，默念着唐诗宋词中对柳絮的赞美篇章。古人怎么就有这么多的闲情逸致，他们总能发现和欣赏自然界中看似平凡实则非常美妙的东西，现代的我们，对自然界中的美几近麻木了，我们所缺乏的，是对自然的欣赏和爱护之情呢！

前几天《华侨报》上读到一篇文章，说广州市把木棉花定为市花，准备在市区内广为栽种木棉树。我身处的美丽海滨城市，很多条主要街道的行道树也是木棉树。木棉树花朵的艳丽不容置疑，有英雄之花的美誉，只是，但凡花朵，怒放之后就会凋落，木棉树是落叶乔木，木棉絮飘飞，从城市环卫工作的角度来看，这会给环卫工人带来很多的麻烦，远没有常绿乔木打理起来简单。但是这两个城市都如此厚爱木棉树，体现了城市决策者的审美和英明，是市民之福。反观家乡小城，原来街道两旁全是粗壮的法国梧桐，夏日里给城市撑起阴凉，秋天里黄叶书写着秋日的浪漫。但是，几年前这些梧桐树全被拦腰斩断，换成了四季常青的香樟树，理由很简单，他们认为香樟树更美，最重要的是香樟树不落叶子，简化了城市环卫工作。这样的思维也有道理，只是，落叶也自有落叶之美之动人之处啊。梧桐树已经被斩断了，只希望若干年后某一届决策人不要又不喜欢香樟，又把香樟斩断，换成某种他们认为更美一些的树……

柳絮飘飞，书写春天的动感美；木棉絮絮飞，夏天要来了；梧桐树叶落，深秋寥落瑟瑟；香樟四季常青，香樟花儿馨香清幽，这些都是大自然写给我们的信，用心品读，细细体会，美和感动就在其中，我们要欣赏，更要珍惜。

洁白的木棉，带着你的种子，随风飘飞，飘向大地吧！飘落在草地上，也许不能长成一棵参天的木棉树，至少，给草地盖上一层薄薄的洁白棉被，幻化成一片花海，一层白雪，一个梦幻。

看，那边一个天真可爱的孩子，正欣喜地在草地上扑捉木棉呢！

万年青

　　大概没有多少人知道澳门教师的办公室是个什么样子，教师办公桌上都放些什么东西。我们是在一间宽敞的大办公室集体办公，办公桌之间用玻璃隔断隔开，办公的时候既互不干扰，又方便联系。

　　我们的办公桌上都有些什么东西呢？当然，除了一沓沓学生交上来的功课本作业本，就是一排排教科书参考书。现在电脑普及了，每人还有一台电脑。除了这些，我们的办公桌可谓各有各精彩：有的，摆着一排栩栩如生的小玩偶，像是动画片里童话世界里的主人公集体亮相闪亮登场；有的，把爱子爱女的相片根据其成长的顺序排了一大排，或者再摆上家人的合照；还有的，摆着一盆小小的植物盆景；还有的放着旅行带回的工艺品，有妙趣横生的北京面人儿，美人鱼瓷娃娃，非洲木雕……

　　起初，我的办公桌上相对比较单调，除了书本文具之外就没别的什么有特色的东西了。在澳门，一年当中很长时间办公室都要开空调，因此，想看看窗外的绿色还不太容易。于是，我想着也该怎样点缀一下，比如种盆小植物，摆个工艺品之类。

　　一年前秋季刚开学时，收拾书柜，在角落里看到一个废弃的玻璃茶壶，想着正好可以用来种点什么植物，美化一下我的办公桌。去了六楼天台生物组的阳光房，负责绿化的植物老师给我推荐了万年青，说万年青是观叶植物，适合室内生长，生命力强，容易打理，用水养、用土种都可以，如果养在水里，偶尔换一换水就可以了。听起来很简单，何况眼前的万年青的叶子上还有一些黄色的暗纹，看起来很美，于是，我欣然接受了植物老师的建议，从他的手中接过几枝万年青，养在了玻璃茶壶里。

从此我的桌子上多了这团绿。我把绿油油的万年青放在我桌子上的一个小文具柜上，再把一个出自北京面人儿手艺的面老虎放在旁边，这个面老虎也是绿色的，黑色的双眼圆溜溜地瞪着，咧着方形的大嘴，露着一排白色的大牙和两颗长长的虎牙，头上有一个黑色的"王"字，身上还有粉红色的牡丹花花纹，造型独特，憨态可掬，十分可爱，是一名我教过的学生上一年去北京参加全国中学生冬令营时带回来送给我的礼物，具有特殊的意义，我一直放在柜子里舍不得摆出来，这次，趁着摆放万年青，就把老虎也拿出来亮亮相。面老虎和万年青成了我桌子上的制高点，也是最亮丽的风景。每当对着电脑屏幕时间太长眼睛疲累时，我就把目光投向这团绿，让眼睛休息片刻；每周六上午我都给万年青换一次水，细心地把万年青从壶里拿出来，放在水龙头下冲洗，摘掉偶尔的一两片黄叶，发黑的细根，再洗干净玻璃壶，装上半壶清水，重新把万年青放进壶里。万年青在我的照顾下，长势喜人，左右同事都夸我的万年青真漂亮，老虎好可爱，说我的桌子因为这团绿而显得生机勃勃美丽非凡了。听了大家的夸奖，我的心里美滋滋的，好像自己的孩子在自己精心的照顾下，得到了众人的赞扬一般。我最喜欢看刚刚换了水的万年青，刚刚洗过的叶子上沾着些晶莹的水珠，就像是夏天的清晨荷叶上的露珠一样清新动人呢！

一天清晨，我像往常那样早早到校，坐下来没多久，发现面老虎身边的万年青居然不翼而飞了！正纳闷间，校工韵姨笑眯眯地捧着我的万年青走了过来。原来，前几天办公室安装了紫外线杀菌灯，晚上办公室没人时紫外线灯就会打开，杀菌消毒。紫外线对植物有一定的杀伤力，韵姨为我的万年青担心，于是，就在晚上下班前帮我把植物藏在办公室一个角落的一块木板后面，避免紫外线灯光的直射。我连连道谢，谢谢校工阿姨的细心和对我的关心。

不知道是因为我真诚的道谢，还是韵姨的偏爱，从此，她每天不等我离校，就过来帮我把万年青藏起来，早上又摆回原位。因为校工总是最早回到学校的，于是，等我早上回到学校，万年青已经在老虎身边了。心存感激，遇到校工阿姨再来打扫时，我就主动和她打个招呼，寒暄几句，有时送她一点点心、旅游带回来的特产之类的小东西，投桃报李，她越发地跟我亲近起来，她干脆包揽了给万年青换水的工作，有一次，她还自作主张扔了叶子有点发黄的几枝，另从生物园找来新的几枝插在玻璃壶里，我的万年青因此简直改头换面了。

她每为我的万年青做了一项工作，第二天，就会抽时间走到我的办公桌前，侧过身子，把头凑过来，小声而神秘地跟我描述她做这些事情的过程，说到开心处，即便是用手掩着嘴，也掩饰不住她的兴奋和喜悦。有时候她说她把学生没开过瓶的矿泉水捡来给我的万年青换水了，我的万年青喝的是矿泉水，所以长得这么翠绿，同时她也少不了感叹几句现在的孩子真是浪费，买了矿泉水开都不开就扔掉不要了；有时候她还会说某某老师的植物已经黄了，枯了，因为寒假没有收起来，一直放在办公桌上，被紫外线灯射死了；还有的时候她说她周日时，帮我把万年青拿出去晒了太阳，植物长期不晒太阳还是不好……看她的兴致这么高，我也随声附和几句，她全然没有察觉当时的我正在工作，她的闲聊打断了我的工作。后来她知道了我的家乡在陕西，在我办公桌附近搞卫生时，就询问一些关于陕西的事情，比如兵马俑，比如陕西的天气、饮食等等；有时她还拿着一张写着几个字的纸，来请教我读音，说是她不认识的学生的名字，感叹自己这样的人读书少。我想，韵姨还真是个好学的人呢，于是有问必答，一些生僻的字，我跟她一起查字典，她很感兴趣字典的查法，原来她不会查字典。一来二去地，有同事说秋叶好人缘啊，连校工阿姨都特别关爱你啊，看看，我们桌子上的植物，她怎么就不管呢？好朋友也提醒我，韵姨怎么总是喜欢跟你聊天啊？会让人觉得她做事不认真。听到这些话，我笑答，是啊，韵姨真是关爱我啊，真该谢谢她！她可能喜欢跟我聊天吧？我心里有了一点不快，说者无意，听者有心，我感觉这些话里有点说不清楚的味道，我其实很想自己照顾我的万年青，并不想假手于人，面对韵姨的好意，又不忍心拒绝。至于聊天会影响工作，更是有点夸张，好朋友善意提醒的根本是什么呢？

不管如何，有了韵姨的照顾，我很少再去打理万年青了，只在想让眼睛休息休息时，目光才投向她。一天，我无意中扫了一眼玻璃壶，发现居然有一两条虫子在水里游来游去！难道韵姨很久都没帮我给万年青换水？我赶紧把万年青拿去水龙头下冲洗，正在这时，韵姨过来了，看到我在给万年青换水，她说：老师你怎么给万年青换水啊？我前天才换过的呀！我说，是吗？但是水里有虫子啊！她说不可能，她坚持说前两天刚刚换过水，然后说是不是自己给万年青加了点肥料水的原因，导致水里生了虫子呢？我说也有可能，如果肥料水过量，也会生虫子的。说话间，韵姨接过我手中的玻璃壶，坚持让她来清洗，而且连声说让我放心，以后保证不会再生虫子了，好像她做错了什么事情一样……

我只有放下手中的壶，站在一边，看她帮我换好水，跟在她的后面，看她把万年青摆回我的办公桌上，心里有点别扭，觉得这小小的万年青好像已经不是我的了，我养万年青，除了欣赏，还要享受打理的过程啊！转而又想，自己是不是很小气？因为她每天的工作其实也不少，除了定时清洁我所在的办公室之外，她还跟其他几位校工分工合作，负责收发报纸信件，小学部洗手间，教学楼走廊的清洁卫生，课间协助老师在操场值日，维持校园安全秩序等工作。她帮我照顾万年青，完全是出于她的热心和好心，她很想在大大的办公室里做事情时，能找到一个愿意跟她说几句话的人。自此以后，我干脆完全不理会我的万年青了，想着韵姨一定会帮我照顾好的。何况，如果我换了水她不知道，她又去换，频繁换水，更不利于万年青的生长。

　　我的万年青从此完全由韵姨照顾了。对于我，万年青成了办公桌上的一件摆设，静止的摆设，静止到很多时候忘了她的存在，比如节假日和暑假期间。

　　新学期开学不久后的一天，校工韵姨又特地走到我的办公桌前，这次不是来给我说帮我给万年青换了水，而是跟我道别，说自己辞职了，叮嘱我以后每天放学回家前记得把万年青放到角落里藏起来，还要记得定时给万年青换水。

　　送走了她，我把目光投向我的万年青，五六枝半尺高细细弱弱的万年青生长在透明的玻璃茶壶里（可能已经不是一年前最初的那几枝了），叶子青翠碧绿，根须完全浸在水里，缠缠绕绕的根须清楚可见，根部还冒出了两个小小的嫩芽，显得生机盎然！打心眼里感谢她平日里对万年青的悉心照顾，同时，我嘘了一口气：万年青，今后我又可以亲手照顾你了！我感到既轻松又开心。

接下来的一周，每天下班临走前，我细心地把万年青放到角落里的木板后面，早上一到校，就去拿出来摆在文具柜上的面老虎身边，一来二去，好像也成了习惯。韵姨说走就走了，办公室没了韵姨跟我说话的声音。新来的校工阿姨很安静，整天只是默默地抹灰尘，拖地，整理，没有一句多余的话，安静得让人感觉不到她的存在。

　　这样过了两三周。有一天放学约了朋友，我赶时间，急匆匆出了校门，完全忘了要把万年青收起来，又有一天放学忘了……今天，惊见万年青好几片叶子都出现了一点点的小黑点，同事说这是因为我好几次都忘了晚上要把万年青收起来，万年青就被紫外线灼伤了。

　　我心里仿佛也被紫外线灼伤了一下，心里马上想起了校工韵姨。我的眼前浮现韵姨的身影：个子不高，身材偏瘦，制服穿在她的身上好像总是大了一号，空空荡荡的很不合身；眼睛已经浑浊发黄，看人时毫无神采，让人觉得她好像总是没睡醒；嘴巴比较大，笑的时候喜欢用手掌遮着嘴；她的额头眼角已经有了不少的皱纹，花白的头发随便在脑后扎了一个短短的马尾，看起来该有四五十岁了吧，或者比实际年龄显老？她到底多少岁了呢？只知道她叫韵姨，她具体叫什么名字呢？她又为啥要辞职呢，是工作不开心，还是生存压力通胀原因导致她对收入不满意？她有没有子女有没有成家呢？一系列问题，我都没有答案。原来，我对韵姨一点都不了解，虽然她在学校里工作过好几年，过去的一年还跟我说过那么多的话，甚至当她从学校广播知道我的散文集出版时，她连忙走来恭喜，问我可不可以送她一本？听到说学校会送每位教职员工一本，才开心地离开我的座位，后来又告诉我说她读了我的书，觉得写得很好，当时我忙着准备教学，心里想着她会读出怎样的好来，只是敷衍她几句了事。

现在她就这样安静地从我们的视线中消失了，好像她从来都没有存在过，假如万年青会说话，也许只有我的万年青会深深记得，会告诉别人韵姨曾经在这里工作过。

是的，韵姨并不理解我养万年青只是想寻求一点雅趣，一种精神上的放松，而这些只有在打理照顾的过程中才能获得。她给我代劳了，我最初心里真是没有些许感谢，甚至还有几分抱怨。当她离去后，我才有了一点思绪。我们虽然各自的工作范畴不同，但她希望有人了解她的心情却是我没有深刻感受的；而她对于我的特别关爱却没有引起我的充分共鸣，让我感到几分惭愧。一个普通人的内心世界其实也是复杂的，她坚持做的这一件看起来十分简单的事情，其实本身并不简单，这一盆小小的万年青为我三百六十五天带来了绿意，给我们的大办公室点缀了美意，其实就是校工韵姨劳动过程中爱的不自觉的流露啊！

看到这盆万年青，我有些怅然若失，人与人之间真是在无意中兴起波澜；但我又要感谢这盆万年青，它让我的人生经历多了一份美好。

校工韵姨离开了，万年青依旧，愿这种美好的记忆常青。

白兰花香

早上去教学楼一楼的洗手间，进门就闻到一阵清雅的香味，咦？是白兰花香呢，却看不到哪里有花儿或者香熏座。四处寻找，原来，在洗手台上方，镜子上面的柜顶上，有一个矮小的塑料瓶，清水养着小小一簇白兰花，只见花朵，没有枝叶。

"是谁这么有心思呀？把白兰花放在这里，整间厕所都香喷喷的了！"洗手时，随意问正在旁边拖地的校工兰姨。

兰姨笑盈盈地说就是她放的，学校六楼天台那株白兰花开得很茂盛，她上去扫地时，看到落了一地的花儿，觉得把这么香的花儿当垃圾扫走的话，怪可惜的，就一朵一朵捡起来，养在用废弃的矿泉水瓶子做的简陋花瓶里，放在洗手间这里了。

兰姨的话让我感叹兰姨真是个有心人。看来，爱花，惜花之情，不只是林黛玉这样的文艺小资的感伤情绪呀。

白兰花香味浓郁持久，接下来好几天，洗手间都是香飘飘的，显得格外清新怡人，同事们纷纷称赞兰姨细心而细致，这让我关注起几乎天天都见到，以前却没怎么留意的兰姨来。

兰姨不是老职工，来学校大概一年多，主要负责清洁工作，四五十岁的样子，中等身材，短发，两鬓已经有些斑白，她的脸上总是挂着笑容，远远看到老师，就跟老师打招呼，问好；协助老师维持放学纪律时，她从不大声呵斥调皮的学生，总是用她那略带乡音的粤语亲切地提醒孩子们："细佬，妹妹，慢点行，小心点落楼梯哦！"好像她就是一位来接孩子放学的家长。她做事很认真：她负责的洗手间总是干干净净清清爽爽的；楼梯扶手抹了又抹；办公室地板用地拖拖了，还要蹲在地上用抹布抹，直到光可鉴人；她扫地扫到正在批改作业的老师的办公桌下，总是低声歉意地说："对不起啊，打扰您的工作了，您不用动，只要抬抬脚就行了！"她基本上没有清闲的时候，不是在拖地就是在抹灰尘，有时候还要搬东西，楼上跑到楼下，不用搞卫生的时候，还要协助老师看护学生过马路等等，但是，从没听到过她抱怨工作累或辛苦，也没见过她吊着脸不开心，相反，她总是乐呵呵的，任劳任怨。

兰姨不停地忙碌着，给我们带来清洁舒适的环境，甚至细心到给洗手间都摆上了白兰花，她总是熨帖地做好一切她该做的工作，安静地在她的位置上，如果不是白兰花的香味，我甚至不会特地留意到她。

因为兰姨，因为洗手间的白兰花香，我想上楼顶生物园去看看那株白兰花。

刚走到生物园门口，远远就闻到了这两天很熟悉的白兰花香。白兰花最吸引人的就是她的香味，属于没见其花，先闻其味的那种，香味很浓郁，却不是让你受不了的浓烈，而是沁人心脾的幽香，香味甘醇。生物园里的这株白兰花在老师和同学们的精心料理下，已经有一人多高了，枝繁叶茂，翠绿的叶子大而肥厚，花儿却是小小的，藏在一片片肥硕的绿叶里，像是草丛里星星点点的小露珠。经生物园老师介绍，才知道白兰花是木兰科含笑属常绿乔木，花期很长，从 6 月一直开放到 10 月，因为是含笑属，所以，也有人叫白兰花为含笑花。

白兰花的花朵实在是很小，把一朵白兰花放在手心，花儿就这样安然地躺着，像是初生的小宝宝躺在妈妈的怀抱；花儿含苞待放时，呈纺锤形，细长而有圆润线条，像是毛笔的笔头，又像是袖珍的白瓷花瓶；花开时，先在"花瓶"的顶部微微张开细细的花瓣，像是羞涩少女的微笑，开到全盛，也是一派灿烂的气象，宛如少女的笑脸，灿烂而纯真。白兰花花朵洁白，香味持久，即便是离开了树干，即便是放成枯黄的干花，也芳香依旧。

站立这株白兰花树旁，久久不愿离去，蹲下来信手拾起几朵落花，放在鼻子底下，深深一嗅，香彻肺腑！手拿白兰花，慢慢下楼，突然间觉得兰姨不正像是一朵小小的白兰花吗？因为刚才同事说白兰花也叫含笑花，白兰含笑开放，散发持久的香气，兰姨笑盈盈默默工作，带给大家舒心和舒服的善意。

白兰花小小的花朵，隐藏在繁茂的绿叶之中，浓烈而持久的醇香，却让人无法忽略小小花朵的存在。

兰姨微笑待人，用心工作，她用放在洗手间的白兰花告诉大家，无论多么平凡的工作，都可以做得很出色，凡事只要用心一点，再用心一点，就可以做得更好！

小小白兰花，香味永存我的心里了！

每天只要你几分钟

数月前，从一家花圃抱回一盆开得十分灿烂的黄玫瑰。

当时，那盆黄玫瑰如同一位风华绝代的美人，枝头满是姿态各异的玫瑰花，有的含苞待放，有的烁烁怒放，有的欲说还羞半开半闭，美丽的玫瑰花枝繁叶茂，灿烂在梅雨连连的潮湿天气里，还散发着清幽的香气，每一位看到她的人都赞叹不已，说这盆玫瑰花实在是太美了！而我更是一见钟情，当即决定把玫瑰抱回家。

"且慢，让我们仔细看看……"同行的友人细心提醒我。原来，她担心这盆玫瑰是开花后才从花圃移植到花盆里的，买回家后养不活。经过仔细观察和花农的保证，友人说可以放心买回家，还提醒我：玫瑰要放在有太阳的地方，不可以太干，也不能被水泡着，这样的天气，隔天浇水一次就可以了，花开败了之后，要记得给她修剪枝条，还要适当施肥……

把这盆玫瑰花小心地放置在向东的窗台上，每天早上，在淡淡的玫瑰花香中醒来，看到晨曦中的玫瑰，我觉得这一天都是美好的！每天临睡前，我都给玫瑰浇水，希望她茁长成长，永远鲜花盛开。

过了两三个星期，玫瑰花次第凋谢了，我把凋落的玫瑰花瓣小心地收集起来，堆放在玫瑰的根部，零落成泥碾作尘嘛，希望能给她补充一点肥料。我还细心地给玫瑰修剪了枝条，我想，我需要时间，等她再次开花。

不知道是没有花的玫瑰失去了原来的美丽和清香，还是因为工作忙碌起来，我渐渐地不再重视窗口台上的玫瑰。有时候，我忘了给玫瑰浇水，等我想起来的时候，我急忙给她浇好多好多水；有一次下大雨，我忘了把她拿进屋，等我发现，她已经被雨淋得东倒西歪的……玫瑰还会再开花呢？

这天，我准备给玫瑰浇水，啊？我的玫瑰变成这个样子了？原先还算是茂盛的绿叶掉得差不多了，只有几片黄叶可怜兮兮地挂在即将干枯的树枝上，活脱脱一个长满了老人斑的干瘪老头！急忙打电话询问擅长种植的友人，她问我：你还把玫瑰放在向东的窗台上的？现在太阳多晒啊，这样不行；你有没有每天都给她浇水？啊？几天都忘了浇水，快把她干死，一会儿又浇水太多？你给她施肥了吗……

几个问题下来，我知道玫瑰变成这个样子，全是我疏于照顾的错。友人说，植物其实很简单，阳光，土壤，水分，她每天只需要你几分钟，给她浇浇水，松松土，施施肥，她就会茁壮成长，美丽给我们看。

友人说得对，客厅还有一株金钱树，是五年前妈妈买回来的，至今翠绿可人，金钱树是很易成活的常绿植物，更因为是妈妈买的，我每天都记得给她浇水，看到她，就想起妈妈。

植物是这样，我们的孩子，家人，朋友，不也是这样吗？也许不需要太多，每天只需要你几分钟，为他们做点什么，他们也就会美好给我们看。

从现在起，每天给我的玫瑰几分钟，当然还有那盆金钱树。我要等玫瑰开花，看妈妈给我的植物一直茁壮成长，你呢？

三月女人花

工薪一族最喜欢的就是放假，可是如果不是公众假期的日子放假的话，早上想睡个懒觉，或者睡到自然醒，那简直是不可能的。这不，三月八日，难得自己不用上班在家休息，早上六点多要按时叫儿子起床上学，儿子出了门，睡个回笼觉吧？楼上楼下邻居的脚步声、开门、锁门声不间断，枕边手机也不停"哔……哔……"抖动，是"好事者"发来短信，祝福三八节快乐。

既然已经被人吵醒了，索性翻看短信，一看之下，笑了，摘录一条如下：

"女人全是优点：妖的叫美女，刁的叫才女，木的叫淑女，蔫的叫温柔，凶的叫直爽，傻的叫阳光，狠的叫冷艳，土的叫端庄，洋的叫气质，怪的叫个性，匪的叫干练，疯的叫有味道，嫩的叫靓丽，老的叫风韵犹存，牛的叫傲雪凌霜，闲的叫追求自我，弱不禁风的叫小鸟依人，不像女人的叫超女。无论你是哪一款，你都是美丽的，祝你三八节快乐！"

真佩服此短信创作者的才华！看到这样的句子，没有哪个女性能忍住不莞尔一笑吧？想起一句歌词"女人如花花似梦"，每一个女子都是一朵美丽的花。

记得上中学时，三八节也是要放假的，不过只限女生女教师，男生男教师依旧上课，那时候我们女生总是特别开心，觉得这一天自己倍受重视，不过，由于港台影视中把喜欢八卦别人是非称做"三八",甚至带点辱骂女性的味道,这让我们不喜欢"三八"一词,至于妇女,感觉好像是指已婚老女人,于是,年轻的我们把三八节叫做"女生节"。昔日的女生都已长大,现在的校园还那样男女不平等地放假吗?

三八节前后,百货公司铺天盖地全是各种优惠活动,某些品牌的折扣很有个性:3.8折!却也不叫三八妇女节,大幅广告上写着"女人节快乐!""三月女人季"。无论冬装还是春装,鞋子还是手袋,都在折扣大甩卖,购物人潮多为女性,大家热情洋溢,试了衣服试鞋子,似乎完全不用考虑价钱,似乎不购物就没享受到女人的特权。

收到好姐妹电话,约我去星级酒店喝下午茶,因为今天是我们自己的节日,必须小小奢侈一下。

由此想到这个节日的本意。三八节全称为"国际劳动妇女节",是世界各国妇女争取和平、平等、发展的节日。一个多世纪过去了,到世界相对和平的今天,我们还记得那些前辈们为女性地位提升所做出的努力和牺牲吗?现在,大多数女性在这个节日只想好好休息休息、购物或者享受。

女人如花花似梦,每个女子都是一朵花,一首诗,一个梦,关注自己,自我呵护固然没错,那么,至少,要知道三八节是为了纪念劳动女性的,要记得我们的母亲为我们的付出和她们一辈子的辛勤劳动吧。于是,在给自己买了漂亮裙子的同时,我给妈妈精心挑选了一件玫瑰红绣花薄棉袄,一件满布玫瑰花枝蔓的羊毛背心。

想象着,年近七旬的妈妈穿着这两件衣服,在北方初春的料峭中一定很温暖很美丽。妈妈以前常常说,如果玫瑰没有了刺,就失去了玫瑰的个性;只有工作中的女性才是最美丽的。

穿裙子的女人

那个穿裙子的女人又出现了！

她身材偏瘦，皮肤白皙，及肩的黑色直发，发型简单，是上世纪二三十年代女学生常留的那种发型，她身穿一条浅灰色的连衣裙，圆领，裙子长度及膝，款式简洁，无任何装饰和点缀，看起来优雅而单纯。她背着一个大书包，身边跟着两个孩子，一个十来岁的女孩，一个四五岁的男孩，俩孩子眉目很像她，不知道是不是就是她的儿女，但可以肯定的是，她是送这两个孩子上学的，因为俩孩子身穿校服，而那个小点的男孩没有背书包。

不是第一次看见这位穿裙子的女士了。一年来，只要是上学的日子，几乎每天早上七点半左右都会在海关边检大厅里见到她，因为我们都需要这个时候过关去澳门。我几乎没见过她穿其他服装，无论冬夏，她都穿着高跟鞋和裙子，裙子的款式大致雷同，不同的只是颜色和质地，冬天时长袖，外穿一件呢绒大衣，夏天时短袖，有时候围着一条围巾。虽然她的裙子的款式略显过时，但是，穿在她的身上，整体是得体的，优雅的，这使得她跟周围的人很有些格格不入的味道。早上七点多钟的边检海关是最忙碌的时候，过关的人很多，大厅里也比较拥挤，大家都不耐烦地等候海关检查，急匆匆地赶路，唯有她虽然也行色匆匆的，却总是多了几分从容，她总是细声细气地低头跟两个孩子说话，有时候还顺手给孩子整理整理校服，擦擦汗……她的高跟鞋踩在地面嘀嗒有声，举手投足间，好像不是在送孩子上学的路上，更像是上世纪三十年代电影里某位大家闺秀在夜总会和着音乐，跳着一曲探戈。

我惊讶于她的裙子的款式始终如一，也佩服她在忙乱地送孩子上学的清晨还天天穿着裙子，把裙子穿得如此得体，雅致，虽然有些特别，却不突兀，如一朵清雅的白玉兰，摇曳在晨风中。

有人说，女人穿裙子总是比穿裤子看起来更温柔，更斯文，更漂亮。大多数时候我是赞成这一观点的。但是也有例外。前几天去听一场讲座，主讲者是一位三十来岁的年轻女性，她也穿着一条连衣裙，足蹬一双露脚趾的高跟凉鞋，她的裙子布料比较薄，颜色说不清是浅粉色的还是米色的，还有一些花纹，给人一种不清爽的感觉，好像裹了一件睡衣，完全没有职业女性的庄重和优雅，最要命的是，她的裙子前胸后背领口都开得很低，是大而低的圆弧形，她站着的时候已经露出小半个胸脯，当她俯身操作低矮的讲桌上的电脑鼠标时，不经意间她的胸部几乎露出了大半，包括两个并不高耸的"半球"，虽然大家同为女性，但是这仍然让我觉得很尴尬，因为我并没有刻意看她胸部的故意，而且，毕竟这是一个比较严肃的讲座……

家乡小城一女子，从少女时代到人届中年的今天，她出现在大众面前的形象始终如一：长裙飘飘，长发披肩，走起路来高跟鞋嗒嗒有声，浓妆，眼影腮红唇彩一样都不少，眼睛和嘴唇的妆非常浓，以前没有什么"烟熏妆"之说，她已经在眼窝处涂抹厚重的眼影，乍看眼睛非常具有立体感深邃感，也有人说很像大熊猫的眼睛；因为她无论春夏秋冬只穿裙装而且裙子的款式大同小异，因为她十几二十年不变的飘飘长裙长发和妆容，时间久了，她在小城有了一定的知名度，众人给她一绰号

"画皮"，褒贬兼具。把裙子穿成一个人的风格和符号，也算是另一种持之以恒吧。

在九寨沟风景区里也曾见过穿着高跟鞋和裙子，扭捏而行的女子，佩服她们的体力和勇气，穿着高跟鞋上山下山地看风景，难道她们的脚不累吗？游览山水就是为了放松身心，穿着裙子，如何迈开大步轻松行走呢？

还有一次，在一个公园的湖边，我买了一包鱼食，坐在石凳上喂锦鲤，随着我投下的鱼食，越来越多的锦鲤聚集在岸边，密密麻麻地，往来翕乎，吧嗒有声，吸引了更多的游客过来欣赏和喂食锦鲤，这时，走来两位穿着时髦超短裙的年轻女子，她们惊喜地看着色彩艳丽的锦鲤，急忙脱了高跟鞋，攀着湖边的石头围栏，用脚去搅动湖里的锦鲤！接着，她们干脆蹲在岸边，俯下身子，伸手去抓水里的锦鲤！她们一边跟锦鲤"亲密接触"，一边喜不自胜地"格老子呀，这下子发达了！这下子有好运了！"完全没察觉自己青春的胴体在她们大幅度动作下，暴露了很多不应该暴露的部位在众人眼前，她们无视游人的侧目，只顾着去抓锦鲤，我赶忙走开，不再喂食锦鲤，锦鲤渐渐散去，她们才悻然起身……那一刻，我觉得裙子穿在她们身上很丑，很低俗。

女性穿裙子的历史少说也有几千年了，裙子毕竟是女子优雅装束的一个标志，当然，长裙相对于短裙是保守，斯文很多的。说到底，裙子是无罪的，适当场合应该穿适当的衣服，无论男女。比如不要在棉袄外面穿着西服，更不要穿着西服去耕地，去旅游；还比如不要穿牛仔裤、球鞋去参加舞会，也不要穿着拖鞋、短裤来参加孩子的家长会，穿着睡衣满街溜达。

我想，这不是保守思想，而是尊重自己之余，也要尊重别人的眼球吧。

穿睡衣牵狗散步

小城不大，在一条大江边。江水傍城而过，江是汉江的上游，江南是巴山山脉，江北是秦岭山脉。秦岭山脉阻挡了北方寒流，巴山山脉增添了南国的秀美。最难得托"南水北调"的福，两岸封山育林，汉水干净清澈。小城四季分明，山清水秀，风景优美，冬天不是太冷，夏天不会太热，舒适，宜居。

小城的人喜欢散步，特别在夏日黄昏，太阳将落未落之时，晚霞燃烧在天空，沿江而建的滨江公园里，堤岸上，成群结队全是散步的人，有老，有少，有男，有女，三三两两，接二连三，络绎不绝，似乎满城的人至少一半都跑来这散步了。

夏日黄昏在这江边公园、沿江堤岸上散散步，江风拂面，暑气全消，边走还可以边欣赏自然风景，跟身边人聊聊天，的确是件十分惬意的事情。

也随家人散步几次后，发现一件有趣的事情，就是散步人群中成年人的着装很有特色。散步是很悠闲的慢运动，运动量虽不大，毕竟也是运动，着装本该随意，舒适。可是小城的女士们大多正装出现，身上漂亮的裙子或长或短，耳环、戒指一样都不少，着高跟鞋，涂脂抹粉，个个都精心打扮，似乎把散步当做去赴一次盛大的晚宴。而我却是T恤短裤，拖鞋或球鞋，一副随意舒适的着装。结果，有多年不见的友人通过朋友传话，问我是否这些年过得不太顺，怎么穿得一点都不讲究？

散步的男士呢，有的也如他身边女士般穿着正式，长西裤，翻领 T 恤，皮鞋，好像在上班，倒也跟身边精心打扮的女士很匹配，人靓丽，景秀美，两相映，颇有赏心悦目之感，可惜，走着走着，许是走热了，男士突然随性地撩起 T 恤，露出半截肚皮，好像翻着白肚子的青蛙；也有男士如我般穿着随意，短裤 T 恤地走在他打扮的如同韩剧办公室女郎般的老婆边，虽不是太协调，倒也自豪自信，幸福满满。

有一单身女人，几乎每天黄昏都身着几近通透的睡衣，化着浓妆，牵着她那条高头大马脏兮兮的大狗，在滨江大道上走上几个来回。

同学聚会，一男同学来晚了，连连道歉说，对不起，刚才陪老婆散步去了，最近工作太忙应酬太多，一两个星期没陪老婆去散步，她发脾气问我是不是有外遇了？

伦敦奥运会期间，媒体大炒举国体制运动员种种行为的弊端，其实国人自有国人的特色，比如这散步不仅仅是散步，除了消暑，除了锻炼身体外，还有作秀展示等复杂的味道。

乡情如此，省情如此，国人如此。

邻家女孩夏江波

最初想见家乡籍奥运冠军夏江波，不能不承认多半还是出于对明星的好奇。

龙年冬至后第四天，恰逢西方圣诞节，县作协主席树勇大哥说下午约了去江波家坐坐，知道树勇大哥跟江波一家一直很熟，关系往来比较密切，我问能带我去吗？我也想见见世界冠军。树勇大哥当即致电江波，说想带一位朋友一起去看她，电话那端，江波爽快地答应了，表示欢迎。

出门时是下午两点多，有明晃晃的太阳在头顶，气温却比较低，哈气成霜。随树勇大哥走到县环城路边一栋外表毫不起眼的居民楼前，从门楼进去，又转了两个弯，再上到一栋楼的三楼，门开了，夏江波的妹妹和妈妈笑容满面地在大门口迎接我们。

进得屋去，首先感到她们家非常暖和，电炉子的火红彤彤烧得很旺，还开了空调，怪不得室内温暖如春，家具陈设井然有序，洁净而舒适，看来这是个温馨的幸福之家，也是个好客之家。沙发靠近大门的一侧，端坐着一位微笑着的美丽少女，明亮的大眼睛，甜美的笑容，一笑就露出两个可爱的小酒窝，我知道，她就是夏江波，因为以前在电视媒体上已经见过她很多次，已经很熟悉她的模样了。江波先亲热地叫了声"胡叔叔来了，快请坐！"没等宾主落座，树勇大哥先把我介绍给江波，江波立刻微笑着向我伸出手，说："哦，来了个美女阿姨呀，太好了！"听着这充满稚气的调皮话语，大家都笑了，我与江波的手紧紧握在一起，她拉我在她身边坐下，又把她的两个表姐介绍给我们。我看到茶几上有个小蛋糕，上面用英文写着"圣诞快乐"，一问之下，原来，我们没来之前，江波她们正在庆祝圣诞节呢！也许是因为有共同的朋友树勇大哥，也许江波和我同为多年在外工作的家乡人，也许就只是人与人之间的合眼缘，虽然这是我第一次见到江波本人，彼此却没有丝毫的陌生感或者初见面的尴尬，我们像老朋友般聊了起来。

话匣子就从圣诞节打开，我们谈中西文化差异，好奇江波近年到底走过了多少个国家，随着她熟练地操作手中最新款的苹果笔记本电脑，一幅幅她的生活照、比赛照展示在我们面前，美国，加拿大，英国，瑞士，法国，哈萨克斯坦……小姑娘真是不简单，这些年备战赛事，小小年纪已经去过一二十个国家了！她去年奥运会期间在伦敦街头拍的一张照片引起了我的注意，照片中的她这一次鲜有地没有露出她的招牌甜甜笑容和美丽酒窝，相反，大本钟下的她表情略显严肃而凝重，右手手搭遮阳棚姿势挡着阳光，阳光因此在她的脸上留下一片阴影，她眼神温和而坚定地目视前方，就在她的身后不远处，恰巧有一辆巴士驶过，巴士车身上有这样一行字："平凡中国人不平凡的故事"——这简直就是对江波最好的诠释！我问江波这张照片是故意抢拍的吗？这个姿势，特别是这辆巴士，要知道这可是在英国街头，巴士车身上居然难得是中文广告，更难得是这样一行极具内涵的话语！江波笑着回答说，没有，当时只是在伦敦街头随意拍照留影，假如我今天不说，她还没留意到巴士车身上中文广告这一巧合呢。

于是我们又聊到人生的巧合。我说她的名字"江波"二字，好像注定了她跟水结缘，自然，我们不可避免地聊到她童年时生病的意外，身体的残疾简直是上帝给予的一个残忍巧合，她的童年是孤独而艰辛的。2004年，一个巧合，年仅十五岁的她被选拔到省残疾人游泳队训练，虽然自小在汉江边长大，实际上她并不会游泳，甚至从没下过水，小江波第一次跳进游泳池就差点没命，幸好队长和救生员及时救起了她，接着好几天她都不敢再下水，她甚至很害怕，她很担心自己不适合游泳，学不会游泳，她想打个电话给几百公里外家乡的父母亲，诉说一下她内心的恐惧和孤单，但是年幼而懂事的她当时已经知道，人生有些机会必须牢牢抓住，不可轻易放弃，她不想再次坐回老家门前自己以前天天坐着的小凳子上，于是，小江波没有给任何人诉说她当时的恐惧，她咬紧牙关，坚持了下来。体能训练和技能训练是痛苦的，甚至是残酷的，体育运动的竞争之大也是众所周知的，其中小江波吃了多少苦，受了多少累，才有今天的成绩，我想，这不是任何语言就可以表达清楚和描述完整的，那该是汗水、泪水和血水的交织，是无数次痛苦与无数次坚持的对垒，最终小江波胜利了！

谈及胜利的喜悦，江波笑得格外甜，她是自信的，大家都知道，这次她的冠军成绩实则得来不易，在五十米自由泳S3级决赛当天，她感冒发烧了，但是最终她以48秒11的成绩打破世界纪录夺得冠军，乌克兰选手几乎和她同时触边，但她以0.02秒的优势战胜了乌克兰选手，拿下第二枚宝贵的奥运金牌，当她说到这个"几乎同时触边，只比人家快了0.02秒"的细节时，坐在对面的江波妈妈和妹妹笑着说"那是因为你的手臂比人家的长一点点嘛"，大家都笑了，江波笑着说："就是，那我最该感谢的是妈妈，因为妈妈把我的手臂生得长了一点点，我才赢得了这场比赛！"听着这轻松俏皮的对答，我的内心满是感动，虽然我们知道江波赢得比赛的真正原因是坚强的意志和过硬的技术，但是，我更喜欢这轻松话语中对胜利的诠释，这一刻，世界冠军不是镁光灯下耀眼的明星，也不是游泳池中奋力拼搏的运动员，她只是让妈妈无时无刻牵挂和疼爱着的心肝宝贝，是让身为大学生的妹妹都小小嫉妒和羡慕的小姐姐，是我眼中一位快乐的邻家女孩！

所以，邻家女孩夏江波说她不喜欢唐突记者和好奇者的采访，她不需要大家时刻都把她当做冠军来看待，她只喜欢像树勇叔叔这样多年来一直真诚关心她成长足迹的好记者，比赛场和训练场之外，她只是个爱说爱笑、活泼开朗的普通姑娘，她非常爱美，很懂色彩搭配和化妆技巧，她说她理想的职业是做一名形象设计师；多年在外训练学习的生活已经让她学会了独立，每次出去比赛都是自己收拾行李，从家里返队都是独自乘搭飞机；她甚至也追星，她喜欢台湾的林志颖，她欣赏天王刘德华，她说欣赏刘德华是因为刘德华很勤奋，很爱家人，她说一次活动中她跟刘德华拥抱合影的时候，刘德华特地蹲下来迁就她的瞬间，她觉得很幸福……说到幸福，我问她网上有一张广为流传的照片，就是她微笑着把金牌放进嘴里那张，那是不是也是幸福的味道？她说对了，那一刻她就想尝尝金牌是什么味道，果然是幸福的味道！那，跟刘德华的拥抱相比，哪个更幸福呢？江波歪着头调皮地说，各有各的幸福，两种不同的幸福的味道！

欢声笑语中，大家一聊就聊了两个多小时，很多次我侧着头，静静地看着眼前这位神采飞扬的姑娘，脑海里闪现着她在电视上、在赛场上叱咤风云的一幕幕……正如说到她的追星时树勇大哥所说，江波自己已经是最耀眼的明星，事实上在很多人的眼里，夏江波当然是绝对的明星，奥运冠军的光环永远都会在她的头顶闪耀，但是，从今天起，在我眼里，这个原本非常平凡的小姑娘在经历了很多不平凡的故事之后，在世界冠军的头衔之下，还原成了一位非常平凡的女孩，她爱笑，爱说，爱父母家人，爱美，她也怕孤单和寂寞，她还知道唯有付出才有收获，只有不断学习才会进步，所以她学文化知识，学电脑知识，学英语甚至开始写作，学一切她想学的……她除了是世界冠军，她更是一位可爱的邻家女孩，好像就住在我家隔壁，天天出门我们就可能遇见，就会互相问候致意。

我相信，世界冠军夏江波会继续努力获得更多的荣誉，我更知道，邻家女孩夏江波也会继续努力，快乐幸福地精彩她的每一天！

琐碎思绪

一

有一段时间心情灰暗，情绪低落。但是太阳每天还会升起，地球还是在转，每天还得如常工作，生活，不能和不会因为你的灰暗和低落，世界就停止转动。周围的人看不出我有什么特别，每天的忙碌过后，躺在床上，想着，终于又应付过去了这一天！我感觉到我的心封上了一层冰，还感觉到一种无言的沉重。有一天，看到一句话，"毕竟爱情是人生长河中的一部分，可能非常非常，但不是全部"，当时就落泪了，泪水一滴一滴，滴在结冰的心脏上，心脏因此感觉到了眼泪的热度。

那么，生活的全部又是什么呢？

二

人人都渴望爱，渴望亲情，爱情，友情。大家爱与被爱着。冰心老人说"有了爱，就有了一切"，鼓励、鼓舞、安慰了多少人啊！但是与冰心同时期同为才女的女作家苏青却语出惊人，说冰心说这样的话多少有些矫情。看资料，苏青是单身母亲，独自扶养两个孩子，完全靠自己写作挣稿费养活自己养活孩子。可以想象，那个年代里，她是特立独行的，她要经受多少艰辛和磨炼啊！

两个出身和生活境遇完全不同的女人，对爱的理解，也许会有很大的不同。无论单纯幸福到娇情，还是曲折磨砺到艰辛，无论是有了爱就有了一切，还是生活中有比爱更重要的，爱都是永恒不变的主题。

三

《爱情们》——好朋友兼陕西青年作家春春的新书，小说。看到书名就特想找来读，书名新鲜啊，乍一看，好像还有点别扭，因为没见过把爱情加"们"的用法。继而细思量：爱情既然是名词，当然可以有复数形式，那么，爱情们，也就成立了；再者，现如今，人大多贪心，一份爱情不够，爱情是越多越好，所以，爱情们。

向春春讨要她的《爱情们》，作为兔年过年自己最想要的礼物。她短信说不日寄来。大年三十早上，阳光灿烂极了！琢磨着从她说寄书到现在已经十来天了，这礼物也该到了吧？先不去菜市场买年夜饭要煮的海鲜，先洗头洗澡，给一大束百合玫瑰换了水，收拾到家里窗明几净了，出门去邮局。结果，再三查询，书，没到。

唉，爱情还真是要讲缘分，不是你想它啥时候到，就啥时候到的，更不是你想要就能要的。

有些人有些时候，爱情多到泛滥成了爱情们。

有些时候有些人，一份爱情都是奢望，怎么可能还会有爱情们？

寻梦

半夜梦中醒来，分不清身在何处，分不清是梦还是真……这样的心情，这个春天，已经有好几回了。

一

是一个阳光四月天。我跟妹妹一蹦一跳地走在田边的小路上，阳光很灿烂，举目是一大片一大片油菜花，金黄金黄的，或者一块块的冬小麦，绿油油的；还有一树一树的粉红桃花，雪白梨花，李花……远远看到外婆家了，坐落在前面的半山腰上，掩映在翠竹林里的那院大瓦屋，炊烟袅袅。我们加快了步伐，几乎奔跑起来，我看见外婆站在院子边上那棵梨子树下，慈祥地微笑着，手搭在前额上，正在张望着我们，我和妹妹一边奔跑一边大呼小叫起来："婆！婆啊！我们来了！婆！婆！"

连连呼唤外婆，我居然叫出了声音，一声呼唤，把我从梦中叫醒。睁开眼睛，感到身上被柔软的被子包裹着，原来自己在床上！外婆呢？透过房间微弱的灯光，隐约看到对面墙一排的书架，哦，这是我的卧室，外婆在千里之外的家乡，在外婆家后面那片油菜地里，外婆长眠在那里已经快三年了！

外婆经常在我的梦中出现，她的模样一直都没变过。外婆慈眉善目的，从来都没见过她对谁发脾气。从外婆家到公路上等车回县城，要走几十里山路，外婆微胖的身子摇呀摇地走得很快，我们要一路小跑才跟得上。她夏天时喜欢穿白色府绸大褂，摇着扇子给我们讲故事，给我们扇风扇蚊子；她总是在冬天来临前就给我们做好了棉衣棉裤，到了冬天，我们学习，看书，她就坐在旁边绣花，绣鞋垫，或者给我们剥炒花生吃，轮流着每人一大把，刚吃完，就又有了。

人死了之后，到底还有没有灵魂和感觉呢？医学告诉我们没有。但是，我相信有，我更希望有！因为我要外婆知道我在想她，希望外婆也在牵挂我。

二

无数次梦到恩师，梦中，恩师不是在教我唱歌，就是给我讲解唐诗宋词，或者，在河边青青草地上，恩师双手倒立着走一圈，我在旁边拍着手掌说老师真厉害……

苏轼写"十年生死两茫茫，不思量，自难忘"。屈指算来，恩师走了也快十年了。十年是个触目惊心的数字，是个说长不长、说短也不短的数字。每每想起恩师，总是想起童年的时光，想起童年的那所学校。

小时候，父亲远在关中军营，我跟母亲在陕南乡村学校，那时候交通不便物资缺乏，老师们大多住在学校的宿舍里，一学期才回家一次。我们家跟恩师一墙之隔比邻而居，朝夕相处八年，恩师待我像女儿一般亲。记得我读五年级的那个夏天，放暑假前，母亲带着妹妹回县城办事，留下我一人在学校，一日三餐均托付恩师照顾。考完期末试，下起了连阴雨，大雨倾盆，公路多处被冲毁，原本一天一趟的班车也停发了，但是，我天天嚷着要回家。

大雨下了六七天，这天早上雨稍微小了一些，我收拾好自己的东西，准备沿着简易公路走回家，回家去找爸爸妈妈。恩师一再劝说："不行！太危险了！万一你出了啥事情，我怎么向你的父母亲交代啊？等明天天晴了，又通车了，我送你坐车回城里去。"但是我哭着说走路也要走回家。恩师无奈，只有送我走。

雨中我们打着伞，恩师背着我的书包和行李，我们赤着脚在泥泞的简易公路上走啊走，走到了一条大河前。这条河河上没有桥，平时水很清澈也比较浅，人和汽车都蹚水过河。如今，河水浑浊，水流湍急，根本看不清楚河水的深浅。我们站在河边，恩师劝我说："看看！这怎么过得去哦！不如我们回去吧？"我站在岸边，双手捂着眼睛，不管不顾地哭了起来："我要我妈妈嘛！我要回去嘛！呜呜呜……"恩师好像有点生气了，他那两道如刀削般的粗黑的剑眉向上扬了扬，眼睛好像要喷火，我吓得止住了哭声，哽咽着，从指缝里偷偷看他，只见他也正在看着我，他的怒火转瞬即逝，脸上温和下来，对我亲切地说："好了，莫哭了，莫伤心了，我知道你已经二十多天没见过你妈妈和妹妹了！好，我们回家吧！来，我背你过河！"于是，我打着伞，趴在老师的背上，老师一步一步小心翼翼背我过河，好几次，我感到恩师就快站不稳了，脚下的水流是那么的湍急，我开始害怕，这时候恩师让我闭上眼睛不要看水，说看了会头晕。等我再次睁开眼睛，我们已经顺利地到达了河对岸，不过，老师的脚被河里锋利的石头划伤了好几个口子，鲜血直流……

我想做一个梦，就做这个下雨天我回不了家的梦，也是爸妈留我一个人在学校的家里，也是只有老师照顾我，但是，在梦中我一定不会天天嚷着要回县城的家。在这个梦里，我要天天开开心心认认真真地跟老师读书，练毛笔字，学画画，老师不仅文学造诣深厚，而且琴棋书画俱佳，而我，至今写的字很丑，画画是白痴。现在的我明白了，当年小小的我叫着嚷着，哭着喊着要回家，老师内心一定很伤心："无论我怎么像对待亲生女儿一样地疼爱她，她还是要回家找她的爸爸妈妈！"

老师，现在我才明白，那一天我伤了你的心。

三

你是梦中唯一的爱人。我经常梦见你。

那也是一个明媚的四月天，我们打算结伴同游。我们站在火车站的站台上，已经买好了远行的车票，我兴高采烈雀跃万分。眼看列车进站的时刻就要到了，这时，你说你去去就来，让我就站在站台上等你回来。过了几分钟，火车鸣叫着进了站，可是你还没回来，我着急地到处张望找你，可是找不到，急忙打你的手机，却是不通。站台上人很多，大家都挤着上火车，把我挤过来又挤过去，我很着急，也很害怕，我根本看不到你的影子，我不知道是该继续等你，还是该上车？我担心你已经从另一个车门上了车，因为我们要坐的就是这趟车，于是我急忙跳上车，我刚一上车，火车拉响了汽笛，哐当哐当地就启动了！这时候，我突然看到车窗外的你就站在站台上，着急地向我挥手！但是，火车慢慢加速，渐渐把你抛在了身后，我着急地哭了起来……

一声哭声把自己哭醒，醒来，暗夜里，我想，我们几时会去坐火车呢？请你不要在火车开动前走开，或者，我该一直站在那里等你？

节日有暖

今年中秋没月亮

临近中秋，心里总是想着天上的月亮，晚上偶尔抬头望望天空，看月亮是否快圆了。可惜天公不作美，连日来不是大雨倾盆就是细雨绵绵，有时候还闪电雷鸣，不禁让人疑虑：这个中秋夜，能看到月亮吗？

今天就是中秋节了。早上起来第一件事情就是拉开窗帘，看看天气——倒是没下雨呀，可是，天老爷阴沉着个脸，乌云密布，还有一团团的黑云压得很低，好像随时都会化作雨滴，跌落下来。正这样想着呢，说时迟，那时快，豆大的雨点已经打上了玻璃窗，啪啪作响。

看来，今天晚上多半是看不到月亮的了！

中国的传统文人从来不缺乏浪漫情怀，浪漫的情怀总是有某种具体的凭借和依托。送别的依依不舍之情，凭借十里长亭连短亭，依附客舍青青柳色新；秋日对远方爱人的思念，凭借于大雁飞鸿，抬头痴望"云中谁寄锦书来"；江南的女子思念意中人，干脆"折梅寄江北"，"低头弄莲子，莲子青如水"；七夕节，遥望"迢迢牵牛星，皎皎河汉女"……中秋节，有"明月几时有，把酒问青天"的天问，有"嫦娥应悔偷灵药，碧海青天夜夜心"的遗憾，有"海上生明月，天涯共此时"的自慰，还有"月是故乡明"的自信和恋旧，看来，一轮明月之于中秋节，是多么重要啊！少了天空中的一轮皓月，我们的相思怎么寄托呢？连思乡之情，也是从"举头望明月"生发而出的啊！

是次世博会中看到的希腊场馆，一棵枝叶婆娑的大树下，散放一些原木桌椅，墙上，一轮金黄色的满月高悬，满洒一地清辉，尽显人与自然的和谐美，虽然这美妙的画面，只是人为地结合高科技手段制造出来的，至少，表达了人们期待跟自然和谐共处的美好愿望，看来，不仅中国人独爱月亮，外国人也不例外。

那么，少了明月当空的中秋节，是有点遗憾的中秋节了？就像是美女少了风韵，佳肴少了盐，红花少了绿叶，青山缺了绿水，豪宅少了窗户，幸福的人却不美满？

转而一想，从客观存在的角度考虑，月亮一直都在那里啊，无论天晴下雨。就像今天，只是云儿暂时遮住了明月，我们肉眼看不到罢了。

就像是我们的情怀，离别时即使没有折柳相赠，不舍之情依旧；我们的怀乡，未必就只有举头看到明月的那一刻；情人的期盼，可以寄一枝梅，也可以发一个手机短信，或者干脆打个电话，听听他的声音……今天回家跟亲人团聚的脚步，不会因为天气的变化而轻易停止，远方游子对家人的思念，更是如台风过境，势不可当。

中秋节依旧，思念和祝福依旧，月亮也依旧在天上，你看到了吗？

何况，即便今晚不能赏月，或许，明天就天晴呢？我们明晚去追月吧！

又过年了

又过年了！大红灯笼挂起来了，五颜六色的鲜花摆上了，大街小巷人流如织拥挤不堪，购物商城人头攒动，食品区的东西简直好像都不用钱，人们只管一股脑地往购物篮里放；收银处大排长龙，购物人潮还是不断涌入商城………

又过年了！无数人流携带大包小包，乘坐飞机火车，动车汽车，甚至摩托，千里迢迢从这个城市迁移到另一个城市，更有些人一年到头现在才回家一次，从一个城市到另一个城市的遥远乡村，怪不得外国人评价中国的春运是当今世界奇观呢！

又过年了！我也卷入人潮，大包小包采购食物，登高爬低清洁家居，逛花市时看着美丽的花儿，忍不住买了又买，把家里每个房间包括窗台都摆上鲜花，连厕所都放上几枝香水百合……

又过年了！从除夕上午开始，手机不断哔哔作响，收到一拨又一拨的祝福短信；电视节目用煽情的语言说着年的话题；窗外的鞭炮声从稀稀落落到密集不断；邻居有的在贴对联，有的在楼道里烧香拜神祈福，我也跟儿子赶紧把精心挑选的对联和"福"字贴起来……

又过年了！只要是中国人，就要风风火火地过年，无论主观还是被动。

今年是龙年，虽然英文中把龙翻译成一种凶残的野兽，但是，龙在我们中国人心目中，是一个民族的理想化的近乎完美的图腾。瞧，我家大门上贴的门神就是两条神武的飞龙，希望它守候着我们的安康幸福！

当午夜来临，新年的钟声敲响，外面鞭炮齐鸣震耳欲聋，烟花绚丽在夜空，新的一年来临了，我们的心充满了对未来的期盼和憧憬。合家团聚的，望着亲人的笑脸自己也幸福地笑了；相隔两地的，每逢佳节倍思亲。那一刻，所有为年而付出的辛劳，都化作了无限的温馨和幸福。

又过年了！亲爱的朋友亲爱的你，因为年，让我们尽情释放无限祝福吧！过年好！新年快乐！

明天，拜年去！

四年一次生日

　　早上收到好朋友电话，说她帮我买了早餐，请我吃早餐。问为什么？她说因为今天是二月二十九日，四年才有一次的二月二十九日，很难得，所以该纪念一下。

　　其实老友经常请我吃早餐，只是今天用了这个理由，我心想，每过几年，二月就多一天，很正常的呀！

　　上课前学生写家课手册，写到日期，有学生奇怪地问："二月不都是二十八天吗？怎么今天是二月二十九号哇？"马上有他的小伙伴答："今年双春兼闰月，二月就有二十九天，你连这个都不知道哇？"还有孩子说："就是的，我妈妈说今年是好年，结婚的人特别多，所以，我小姨也下个星期结婚……"看看，我们可不能小瞧这些小学生们呀，现在的孩子懂的比我们想象的多。

　　中午外出午餐，果然，看到街上好几辆结婚花车驶过，带给人喜庆的感觉。有两个春天呀，准新郎新娘们不要急。

　　其实双春兼闰月也不是那么难遇到的，如果这一年闰月，就一定会双春了。佩服祖先们的智慧，根据月球环绕地球公转所需的时间定出的农历，又用地球环绕太阳公转的轨道定出二十四个点，称为二十四节气。其实我们的二十四节气跟公历的历法相当接近，所以，清明节总是在 4 月 5 日，冬至总是在 12 月 22 日等。

　　为什么双春兼闰月有那么多人结婚呢？我想，是因为双春兼闰月给人感觉非常吉利喜庆、春意盎然吧？不过，今年的春天却有个长长的回南潮湿阴雨天，潮湿寒冷的天气持续了十几天了，还没有停下来的意思。听着窗外雨声滴答，可苦了那些明天就要穿洁白婚纱或者粉红伴娘裙的美丽女子们，她们一定盼望明天奇迹般阳光灿烂吧？

我却惦记着放学前一个小男孩的快乐，他走来神秘而开心地告诉我今天是他真正的生日，四年才一次，所以，爸爸妈妈说今天会好好给他庆祝一番，平时妈妈只好延后一天，在三月一日给他过生日。

因为稀少，所以难得，因为难得，所以重视，所以珍贵。

别样除夕^①

　　日历明明已经到了一年的最后一天，却不愿意相信，这一年就要过去了？明天就是新的一年了？随着年龄的增长，越来越怕年岁的延伸，也不完全是怕老，更多是对韶华逝去的忧愁，真希望时间能慢一点，不要这样一天赶着一天，一年赶着一年。

　　明天就是元旦，同事们互祝新年好，问今晚去哪家酒店享用除夕大餐，在哪里倒数。我答：今晚进修考试，三十人一起过除夕呢！同事说，你们教授也真是的，除夕来考试！

　　除夕，不能考试吗？除夕通常是用来合家团聚，或者集体狂欢的。但是，一门课的考试就定在除夕夜八点，考试内容繁多，教授还是严厉到不肯做一点点让步的老学究，没有考试范围，没有复习大纲。

　　惦记着晚上的考试，其他什么心思都没有了，中午下班就急慌慌赶回家，准备简单煮一个面就温习看书，所谓"临阵磨枪，不快也光"嘛！哪知心神不宁就出事，煮面时不小心，半壶开水硬生生倒在自己的小腿上，只觉得小腿某个部位一热，接着是一阵钻心的痛，撩起裤管一看，起了六七个水疱，最大的那一个巴掌么大，还让我撩裤管时随手弄破了皮！家里没

---

① 除夕：在澳门，很多人视公历一月一日元旦前夜为除夕，这一天晚上连官方组织的活动也叫"除夕倒数"。

备有烫伤膏药，只好用消毒水简单消消毒了事，好在不是很痛。

晚上见到接我一同考试的好朋友，告诉她我被烫伤了。她二话不说立刻把车开到药房门口，给我买了药，到了跟另外几个同学晚餐的餐厅，大家都命令我先去洗手间处理伤口……

八点钟开考，不停地写字，间或心急如焚地翻找资料，深切体会到开卷考试其实远比闭卷考试难得多呀，怪不得武打功夫片中，敞开大门的院子总是比深锁重门的更危险呢！两个小时很快过去，交卷时间到了，很多同学还一脸的茫然和担忧，不想交卷，虽然已经头昏脑涨了，手也写酸了。在进修中心门口大家告别，互祝新年好，都说要马上回家休息。狂欢倒数？完全没了兴致。

回家路上，车比较多，比较堵，夜空弥漫着比平日更热闹而甜蜜的气息，好像这是一个不寻常的夜晚。也是，毕竟是除夕夜呀，上一年除夕在龙环葡韵看花展，多美呀！

午夜收到很多祝福短信，其中一条来自远方亲人，询问烫伤好点没，说"小灾难在去年，新的一年你一定会顺顺利利！"另一好友也说我的烫伤："哇呀呀，新年见红，好兆头！"——相反的角度，相同的爱和祝福。

进修同学说："新年快乐，身体健康，工作顺利，家庭幸福，英语过四级！"——这个祝福最好，新的一年，继续学习并工作着，辛苦并快乐着！

父亲节快乐

六月的第三个星期天，父亲节。早上醒来，立刻电话给父亲，说："爸爸早上好！今天是西方的父亲节，我祝爸爸您节日快乐，身体健康！昨天给您买了件衣服，虽然不能在今天送给您，但是表达了我对您的心意，放暑假了给您带回家。"父亲在电话那端笑声爽朗，说大妹妹也电话给他了，他很开心我们这么惦念他，他跟妈妈正在公园晨运散步呢，难得星期天，让我好好休息休息……

看电视剧时，一些官宦人家里，儿女要把父亲称呼为"父亲"，感觉很正式很严肃，于我，"父亲"只是书面语，人前人后我都叫父亲为"爸爸"，就像是英文中的"dad"，亲密而随意，还有几分在父亲面前永远没长大的娇嗔。

人常说，父爱如山，因为父亲对子女的爱如大山般厚重深沉。收到好朋友短信，说自己的先生在收到大洋彼岸读大学的女儿父亲节的祝福后，寄语女儿："我们不富有，但自觉富足；我们无豪宅，但有温暖的家；我们不会给你最好的，但会给你所需要的；我们会吵架，但更多的是笑声；我们不能再无微不至地呵护你，但一定会默默在你身边支持你；我们乐于见你成功，但更希望你能在挫败中进步；我们希望你成材，但更希望你健康乐观；我们是你的最亲的家人，但更希望将来成为你最好的朋友；我都觉得自己好啰嗦，但仍然对你有无尽的期望……"

这段话道出了天下父亲的心声，我读了又读，除了感动，还是感动，我想，她那大洋彼岸懂事而好学的女儿，看到父亲的答复勉励，更会因为想念远在澳门的爸爸妈妈而哭得稀里哗啦了！

　　西方节日里，我最欣赏的就是母亲节、父亲节和感恩节，这三个节日的共同点就是教我们感恩、感谢。我们中华民族也是个懂得感恩的民族，"受人滴水之恩，当涌泉相报"，中华民族也是个很注重孝义的民族，"百善孝为先"。可是不得不承认，我们没有为感谢母亲和父亲设立节日。今年母亲节期间，看到一些媒体呼吁说"中国人不要一味地过洋节了，连母亲节都是跟着洋人走，母亲代表是位洋妈妈，倡导把农历四月初二，孟母的生日设立为中华民族的母亲节"。这种爱国的思想是好的，却有邯郸学步之嫌，至少，我在母亲节这天，想到的就是自己的母亲，而不是哪一位洋妈妈，更何况，美国母亲节的由来中那位母亲，的确也是位伟大的母亲。

　　我想说的是，全天下的父亲，母亲，都是一样伟大的父亲母亲。无论是否洋节日，这一天，能让我们想起自己的父亲，母亲，继而懂得感恩，为父母亲做点什么，哪怕是祝福，这个节日就该重视，就是一个应该认真来过的节日。

　　祝天下所有的父亲父亲节快乐！

温暖情人节

每一天都不一样，每一个节日也不一样，每年情人节更不一样。

今年的情人节是个温暖的情人节。这天天气很暖和，最高气温二十三度，毛衣穿在身上热烘烘的，已经有人穿短袖，好像夏天已经来了。这让人无法想象就在前两天还是冷风飕飕，最低气温才八度，要穿羽绒服才能抵挡寒冷。可是，情人节第二天又开始降温，低温从十八度降到十四度，第三天已经降到了十二度。

时常想，一个地方的天气和当地人的性格特征是否有某种内在的联系呢？比如，热带的人相对来说大多热情奔放，寒带的人就冷静保守得多。那么，这热带季风气候的海滨小城，加上中西交汇处的特性，这里的人的性格更是与众不同吧？会不会如这里的天气一样，大起大落，大悲大喜，强烈的情感如台风，如暴雨，如高低起伏的温差，来得快，走得也急？

情人节是个舶来的洋节，属于浪漫，属于巧克力和鲜花，是向恋人或者爱人表达爱意的好时机。也许在舶来的过程中有了误差，到了国内，首先情人这个原本美好的词有了歧义，变了味道。有人因此很反感这个称谓，这个节日，我也曾写文章感慨过这个变味的节日。也有人说，西方人过情人节就完全遵循情人即有情之人的定义了吗？也许也不完全是。

情人节这天刚好轮到我值日。刚过八点，站在教学楼五楼走廊，看到高年级的孩子们跑出跑入，还多了跨班级的互相走动，明显比平日多了几分活跃和兴奋。几声起哄般的开怀大笑吸引了我，走过去一看，一群人围着一个女生，大家正在抢她手中的巧克力！见我来了，大家立刻安静下来，好像被人定了形，小声说："老师早！"看着他们不知所措的表情，我笑了："怎么了？怕我抢你们的巧克力呀？"他们马上笑了，我又问："婷婷，是你买的呀？你知道今天该是男生送女生巧克力的吗？你怎么男生女生都送啊？"大家哄堂大笑。接着，孩子们七嘴八舌地抢着告诉我说，是这个品学兼优的女生早几天就说了今天会带巧克力回来分给大家，都是她自己亲手做的。我问她为什么要这样做？她说想要带快乐和开心给大家，今天这个节日不就是一定要吃巧克力的嘛。看着他们清澈明亮的眼睛、灿烂的笑容，我微笑着提醒他们快到早读堂了，要尽快安静下来。接着，我走出了他们的教室。

早读的钟声还没响起，刚才那个女生和她的小伙伴走了过来，手中举着一个漂亮的小纸袋，对我说："老师，送给你的，节日快乐！"打开来一看，嗬，各式巧克力十几颗呢！我说，怎么这么多呢？她们说是同学们一人送老师一颗。

晚上正在家里做晚饭，儿子放学回家了，一进门，手中举着一枝含苞待放的红玫瑰，说："妈妈，送给你的，节日快乐！"哈哈！这下子，我是巧克力、红玫瑰都齐了呀！把学生送我的巧克力拿给儿子看，儿子说，情人节除了给爱人送花送巧克力，还可以送给你想对方快乐的人啊，你的学生是这样，我也是。

于是，这个情人节有了跟天气一样的温暖，爱的温暖，心的温暖。

怎样过节

下午五点多，午睡醒来，楼下院子里孩子们的喧闹声和着凉爽的秋风，从开着的窗户传上来，秋风轻轻撩起浅紫色纱窗帘，太阳已经转到另一边去了，凤凰木高大的墨绿色树枝勾勒出些许暮霭的味道，到底是秋天了呀，黄昏都来得更早一些了。

舒服地伸展一下身体，转过身，又蜷起来，继续睡可能是睡不着了，不想起床，赖在床上自思量：放假真是好哇，一个午觉到黄昏！明天就是中秋节了，这个节日怎么过呢？每逢节日来临，每个人都会这么想吧？除了窗外的孩子们。

他们总是那么欢喜，无论是否节日，或者，节日里他们更欢喜。

月是故乡明。下午出租车里，司机告诉我说澳门至少有十万人离开澳门返回内地过中秋，我问他有无打算明天回老家过节？他说他算是土生土长的澳门人，祖上三代都在澳门，澳门就是他的故乡，他已无故乡可回，况且两个儿子都在台湾读大学，老妻跟他明天也都要上班，给儿子挣学费，那些回故乡过节的，大多是原籍广东福建，来澳门定居才几十年的居民。健谈的司机还说，有故乡可回是幸福的，故乡土地广阔，一般还没有像澳门这样建筑密集，除了海边和比较开阔的公园，在自家阳台的话，简直就无法看到月亮。

有无可能有一天我也无故乡可回呢？离家经年，每逢中秋，故乡的明月就呼唤着我，或者说，我就思念着故乡的月亮，更思念故乡的父母亲人。但是，两千公里的距离，四天的假期，父母亲都劝我不必来回奔波，妈妈说"各人安好，月亮就圆"。

今年中秋，儿子远在异国求学，外国的月亮是否更圆更亮我看不到，但是我知道儿子一定会怀念我们每年中秋必吃的老字号月饼，会怀念他小时候提着灯笼海边赏月，会怀念去年中秋夜楼顶的月光……与其说知道儿子一定会怀想，不如说此时此刻，中秋的月亮还没升起来，我已经在怀想儿子在身边的那些中秋月了。

中秋节到底怎么过？近旁好几位亲朋早早邀请我与他们共赏月。一位同学短信提醒说澳门近来新登革热压境，双节期间预计有三百万内地游客入境澳门，大家应尽量避免去游客常去的地方，上街时最好戴口罩。读完这则提醒，我有了逃离都市的念头。

还是选一处清净地，跟知己好友安静赏月吧！亲人挚爱们，各人安好，月亮就圆，因了彼此的思念，明月在天上，祝福在心间。

回家过年

回家过年之不见不散

收到妈妈手机发来的短信："我们准备好晚饭，把接你的朋友请来，不见不散！"当我看到"不见不散"四个字，忍不住笑出声来，我想，天底下坚持要让女儿回家吃饭，因此跟女儿约定"不见不散"的，妈妈也许不是唯一这样的妈妈，但至少属于少数，妈妈真是既开明又固执的妈妈呀！

飞机刚降落咸阳机场，打开手机就收到了妈妈的短信。是日从珠海飞西安的航班在珠海起飞已经延误一个多小时，原定四点二十到咸阳的，到长沙已经三点半，到咸阳预计得近六点，考虑到出机场还要三小时才到家，回家就九点多了，于是在长沙机场给妈妈打了电话，叮嘱她和父亲不要等我吃饭，至于接机的朋友，我会在外面请他们吃饭。

可是，妈妈固执地要求我们回家吃饭。看在这可爱的"不见不散"上，我们赶回家，九点半准时开饭了，饭菜很丰盛，妈妈一早煲好的美味汤当然是必不可少的，我连喝了两大碗！看大家吃得很香，妈妈也少有地装了一碗饭，很满足地陪我们一起吃，我说不是不让你等嘛，下午没吃晚饭一直饿到现在、等到现在呀？妈妈说："我哪有那么笨呀？下午吃了晚饭的，只是现在看到你们回来了，我又饿了，又想吃了。"我知道，下午妈妈操心这在路上的女儿是否平安顺利，她根本就吃不下或者根本就没吃，就要等着我平安回来。

外国人说中国的春运简直是当今世界奇观，他们无法理解为何我们对春节如此重视，为何明知旅途也许会艰辛，还要做如此大的迁移，东西南北中，简直比乾坤大挪移还要轰轰烈烈！是啊，春运路上的确比平日辛苦多了，比如比平日贵了三倍的机票，比如飞机总是延误，比如延误的飞机上居然没有咖啡热茶没有盒饭供应，即便是头等舱的旅客，也是每人只给一个小餐包、一包小饼干充充饥，这还是乘坐最便捷的飞机回家，还有很多人坐高铁、火车，辗转汽车、摩托车等交通工具，更辛苦地一路风尘仆仆回家，就是要回家，一定要回家，那是因为，也许外国人不理解，但是我们自己知道，每个在路上的旅客知道，远方的家里，有亲人与我们约定，不见不散！

不见不散，我们回家过年！

回家过年之大扫除

粤俗语有云："年廿八，扫邋遢"，如果真的到腊月廿八才来做年前家居大扫除，会不会迟了点？我可是个勤快人，决定提早两天进行，干干净净过大年。

腊月廿六，天公作美，天气晴朗，太阳很早就出来了，阳光灿烂，许是前两天已经立春的缘故，已经不是很冷了，是个很适合搞卫生的好天气！上山砍柴先磨刀，吃过早餐，先去超市买回手套、玻璃清洁剂等清洁用品，再准备好旧报纸和毛巾，戴上手套，准备大干一场！

其实家里根本不脏。这套房子不算宽敞，只有九十多个平方米，三房两厅两卫一厨，平时只有父亲母亲两人居住。他们都是非常爱干净的人，每天都拖地、抹桌子，洗手间的瓷砖缝隙都用废旧牙刷一点点去刷，直刷得亮白如新。但是，既然我间隔了六年才回老家，回到父母亲身边过年，当然要为家里做点什么，才显得我很爱他们，我很勤快呀，何况，年前做大扫除也是过年的传统风俗习惯之一嘛。

　　说干就干，首先擦玻璃。这套房子玻璃窗比较多，客厅有大玻璃窗，每间卧室有玻璃窗，又因为厨房是一个大阳台改建的，所以有一幅三四米宽、两米多高的大幅玻璃窗，这样加起来，总共有大大小小五幅玻璃窗要擦。我搭着高凳子爬上窗台，先往玻璃上喷了点玻璃清洁剂，然后把一张旧报纸揉成团，抓在手上，挥臂擦拭起来，只见"唰唰唰"几下，原本就不太脏的玻璃立马更是通透透亮，干净得好像窗子上根本就没有玻璃一样了！做完寒假作业的外甥女走过来，见到这神奇的废旧报纸擦玻璃法，很是惊讶，也想试试，我说："好呀，来试试吧？很好玩的！"窃喜：有人帮忙，太好了！于是，小姑娘擦里面，我站在窗台上擦外面，有时候遇到一点顽固的黑点，我们姨甥二人面对面，在玻璃上喷口气，齐心协力一起擦，用力擦，直到把玻璃擦得透亮，才满意地相视一笑。外甥女虽然只有十二岁，但是做起事来毫不含糊，非常认真。到了擦厨房玻璃的时候，因为厨房油烟大，玻璃显得比较脏，有些地方擦来擦去都擦不干净，父亲说算了，我也累得有点泄气了，但是小姑娘不愿意，她坚持一定要把每块玻璃都擦得透亮才肯罢休，还不时提醒站在窗台上的我注意安全。这让我想起儿子小时候刚开始学着打扫卫生时也是如此认真，每次扫地、拖地，都要钻到床下面去，把床下面，柜子下面都扫到，拖到，而我自己却只有在大扫除时才认真清扫这些地方。也许孩子们刚开始学会做某件事情时都是充满热诚和很认真的，只是这种热情和认真的态度能保持多久呢？后来又是如何慢慢减弱甚至消失的呢？

费时一个多小时，我和小姑娘擦完了整间屋子的所有玻璃。接着收拾客厅，把废旧杂志、空药瓶子等杂物收集起来，扫地，抹桌子，拖地，把心形的刺绣"福"字和元宝装饰挂在墙上，茶几上摆上鲜花，窗明几净，鲜花盛放的屋子洋溢着浓浓的春节气息，家里温馨而美丽，这是我和外甥女共同欢乐劳动的成果，我不会忘记，她也不会忘记。

一天前，妹妹不想刚刚归家的我过于操劳，电话咨询家政公司，如果清洁我们家大约要多少钱？人家答复说人民币四百块。我当即说不要家政人员来。百物腾贵的现在，四百块也许不算贵得离谱，但是，家政人员的劳动能与我和外甥女的劳动相比吗？如果家政人员来帮我们做，我们不会有隔着玻璃相视一笑的机会。

我们还收获了一份春节劳动的感情，对家的热爱和珍惜。

回家过年之办年货

办年货在北方叫做买年货，是每家每户过年前必须办的头等大事。

回到老家的第二天是腊月二十四。从这一天开始一直到除夕，老家所在的小城允许小商贩沿街设摊摆卖，于是乎，整个县城几乎每条街道都变成了年货市场。最热闹的当属向阳大街和桃园路，每天都被置办年货的人潮挤了个水泄不通。

这天早上睡到自然醒，已经八点半，吃过早餐就在家坐不住了，好像外面有谁召唤似的，就想出去逛逛街，感受一下过年的气氛。

街上那个热闹呀，站在街边往前看，车水马龙，黑压压一片人头；转过身子往后看，还是车水马龙，黑压压一片人头，似乎整个县城的人都挤在这大街上了！人多，车多，必然拥挤不堪：汽车在大街中间来回，行人随意横过马路，于是汽车司机把喇叭按得叭叭响，但是行人根本不理会连续的喇叭声，照样过他的马路；于是司机把喇叭按得更响亮、更急促，连续不断的"哔哔、哔哔哔、叭叭"声不绝于耳，完全打破了小城平日的宁静，好像大家都急匆匆在忙事情，在赶路。

　　大家都在忙什么呢？当然是忙着大包小包地买年货。虽然不限制小摊沿街摆卖，还是有约定俗成的区域划分，桃园路因为本来就有个菜市场，于是这里摆卖的年货也主要是食品，是母亲最喜欢去的地方，只见她老人家一趟又一趟，把鸡呀，鸭呀，蔬菜呀，水果呀，本地特色的芝麻饼子呀，小吃呀……一袋一袋、一箱一箱拎回家，把家里两个冰箱都塞得满满的，塞得老爸只叫嚷没地方放了，她还不罢休，她想着难得她大女儿六七年没在老家过年了，这次，就要好好让她吃个够（我却担心我的腰，一个年假过去，一定会变成水桶腰）。

　　向阳大街类似于南方的年宵花市，主要售卖春联，"福"字，中国结，红灯笼，鲜花等过年的装饰品，其中以春联最多。这里把春联俗称为"对联"，最受青睐的对联并不是印刷品，而是本地小有名气的书法家现场泼墨书写而就的对联。现场写对联的摊档，不亚于一次小型的书法展览，大家围在书法家周围，帮书写者按着长长的已经裁好的红色对联纸，凝神注视书法家一笔一画挥毫泼墨，当然那个"墨"并不是黑色的墨汁，而是金黄色的"金粉"液体，书写后是金黄色的，比黑色的墨汁更有喜庆感。现场一片赞扬："嗯，这个字好！美！""这副对联对得不错，我也照着来一副！"有的对联是摊档主提供的，也有的，是客人要求摊档主按照自己提供的对联来写，小小一副对联，就是一次文化的交流和展示。

这天一大早，我和家人也兴致勃勃地拿了三副前一晚上在家构思好的对联去请书法协会的一位朋友帮我们写。我们家大门对联的上联是我出的："老少平安家和美"，下联是母亲对的："子孝孙贤万事兴"，大家正齐声赞美母亲宝刀不老才思敏捷，父亲给出了横批："瑞气盈厅"，大家更是立刻鼓掌！另一副对联更迎合了我的大名：上联"踏雪寻梅花灿烂"，下联"燕剪春风绣新年"，横批："春意盎然"。

冰箱塞满了食物，储藏室堆满了水果和各种干果子，鲜花和万年青插在了花瓶里，"福"字贴在了墙上，就等除夕一大早贴对联了，年的脚步越来越近了！

回家过年之除夕到

经过腊月的年货大采买、家居大扫除等等一连串的忙碌，紧赶慢赶，除夕这一天如期而至了。

陕南人除夕这天首先要祭祖，去山上给祖先扫墓，俗称"上亮"。爸爸妈妈一大早吃过早餐，带着早已准备妥当的香蜡火纸等祭品，准备去给我的祖父上亮。有南方的朋友曾经问我，为何要在这么喜庆的日子走去山上拜祭祖先？不是清明节才去的吗？当时我一时之间不知该如何作答，因为从小时候起我们就这样跟着大人除夕祭祖，从没想过为什么。今天想起这个问题，就来考考我那十二岁的外甥女。外甥女偏着小脑袋想了想，说："除夕是合家团圆的日子，我们也要跟祖先团聚吧？"我很喜欢这个答案。如果祖先的栖身地离家比较远，无法当天来回前去拜祭的话，就只好在家附近选一处安静地，在地上用粉笔画一个圈，然后在这个圈内给祖先烧一些纸钱，一边烧，一边念叨："您老人家还好吧？今天又过年了，我们都很想您老人家呀……"云云。

但是这天自己身体不争气，一大早就肚子不舒服，被妈妈勒令在家休息，不许上山，两个妹妹也都在上班，做医生的小妹还有两台手术要忙，也上不了山，妈妈说她和父亲代表我们去上亮，把我们的心意带给祖父，相信祖父会谅解，也会保佑他的孙女和重孙们来年健康顺利的！

于是我和外甥女在家里做除夕的第二件大事，贴对联。我们的对联是自己创作，再请书法协会的朋友书写而成的，上联"老少平安家和美"，下联"子孝孙贤万事兴"，横批"瑞气盈庭"。外甥女问我怎么知道哪句是上联，于是我给她讲了讲对联的平仄，一般来说，末字仄声的是上联，平声的是下联，她似懂非懂地点了点头。不管小姑娘是否听懂了，我们都要加快工作了，因为要在正午十二点前就贴好对联，这是除夕贴对联的讲究，何况我们还要赶去另一所房子贴对联呢。我们赶紧分工，小姑娘负责把对联反过来铺在地上，再在四周抹上胶水，我负责清除大门上的旧对联。我站在椅子上，三下五除二就撕掉了旧对联，破坏永远比建设容易得多呀。问题又来了，上联到底该贴在大门的左边还是右边？我和外甥女又开始争拗。她说她练毛笔书法时书法老师要求她从左至右写，所以，上联应该贴大门的左边。我却认为上联应该贴右边。小姑娘不认同，她找出了新证据：横批也是从左至右的，可见上联应该在左边。我犹豫了。电话请教一位知识渊博的作家，答复说上联应该贴在大门右边。我对小姑娘说，看看，连大作家都这么说呢。得到了共识，开始贴对联。我站在椅子上把对联贴在墙上，小姑娘在旁边指点贴得是否平衡对称，很快地，我们的大门就披挂上了簇新的对联，正中还有一个苹果造型的大大的"福"字，喜气洋洋，一派祥和。

贴好对联，父母亲也回来了。我和外甥女就出去走走。刚过了正午，街上行人已经很少了，大部分店铺关门闭户，已经停止了营业。与前几天大街上人潮涌涌、热闹非凡的情景相比，今天的市面可以说有点冷清。不过，请看那一间间店铺门前高高挂起的红灯笼和大红的对联，请看街道两旁繁星般闪烁的彩灯、一串串耀眼的红灯笼和中国结，请看一张张喜悦的脸庞，分明到处都洋溢着喜庆和欢乐的气氛呀！

行人脚步匆匆，都赶着回家呢！伴随着此伏彼起、接连不断的鞭炮声，年夜饭的香味儿已经弥漫着整个大地了。

回家过年之年夜饭

除夕这天的年夜饭是过年时的重中之重，陕南人称年夜饭为"团年饭"，很形象，因为只有大家开开心心聚在一起吃了这顿饭，才算是过年。

以往大家都是在家里吃团年饭，近两年这个传统习俗也有了变化，部分家庭，特别是兄弟姊妹比较多，人口比较多的大家庭，选择去酒楼吃年夜饭，说酒楼的菜肴比自家做的味道更好更丰盛，其实是图省事，毕竟，准备一顿年夜饭不是件简单的事情，一般家庭都要忙活上大半天。除夕前两天，小妹跟我商量说："不如我们今年也去酒楼吃团年饭吧？省事些。"我知道小妹是心疼父母亲做饭辛苦，但是我知道他们一定不会同意外出吃年夜饭的，果然，母亲听了小妹的建议，想都没想就给否定了，说自己在家里做的，吃起来多放心，多舒服，多可口啊，而且在家里才有团年的气氛，在酒楼吃只适合摆排场，我们不需要。接下来，母亲还说，如果你们怕我们辛苦的话，做饭时就都到厨房去帮忙就行了。我们姊妹俩听了哈哈大笑，说，好的，我们一定帮忙。

结果是我们一个也不用帮忙。除夕下午两点多爸爸妈妈就在厨房忙碌起来。我进去想帮忙，爸爸说："不是嫌你手艺不好，是你现在做的饭已经不是正宗的陕南风味，已经是粤菜风味了，还是我们来做，让你尝尝正宗家乡风味吧！"（这明显就是嫌我手艺不好担心他们自己吃不惯，还要说不是嫌弃，唉，这就是欲盖弥彰了！）小妹去帮忙，妈妈说："你上班很辛苦，还是去休息休息吧，今晚上你洗碗。"（小妹虽然身为医生，却不会做饭，专业人士在厨房一点尊严和威严都没有，只能做洗洗涮涮之类的事啊。）就这样，我们谁也不用插手，爸爸妈妈兀自在厨房忙活，下午六点，年夜饭就摆上桌了！没有鱼翅鸡汤，没有海参，也没有大龙虾，似乎很普通，但，都是我们非常爱吃的，别处吃不着的特色家乡菜，比如酸辣猪肚，猪肚是买回家自己洗干净自己卤好的，再用家乡酸菜坛子里的泡菜辣椒配上香芹炒的；还有汉中凉皮，木耳炒土鸡，红烧鲑鱼（汉江中的鲑鱼），炸虾等等，即便是一道小炒青菜，都似乎格外美味。是啊，家乡地处南水北调水源保护区，山青水秀，汉江清澈见底，如此优美的环境中生长出的食材，根本就是大都市的超市里贩卖的价钱昂贵的有机绿色食品呀，能不美味吗？欢声笑语中大家简直停不下筷子。我感慨：怪不得有人调侃说"春节就是大家找了个合理的理由，憋足了劲儿集体集中地胡吃海喝"呀！听了这话，对面的两个外甥差点笑得喷饭。

吃过团年饭，大家围坐在客厅，电炉子的火烧得旺旺的，屋子里暖暖和和的，桌子上摆满各式干果小吃和水果，我们一边看春晚，一边对节目品头论足，天马行空地闲聊。外面的鞭炮声连连不断，间或有烟火璀璨地绽放在夜空，灿若星辰，但是，我们没有一个人想外出走走，因为，密集的鞭炮声烘托了节日的气氛，也让人有点畏惧，好像外面正在上演枪战大片，一不留神"炮弹"可能就会落在自己身上，何况，我们还要一起守岁，跨越除夕零点，迎接新一年的到来呢！

幸福除夕，美味团年饭，坚持在家里吃团年饭，真是睿智的幸福选择！

回家过年之除夕大吉

除夕夜守岁是陕南人的传统，我们家也不例外。守岁时会吃香喷喷的卤鸡，却是我们家独有的惯例，打从我们小时候起到现在，爸爸妈妈已经为我们做了二十多年。

除夕夜比较冷，家里炉火很旺，灯火通明。除夕夜，每间屋子的灯都开着，无论洗手间还是阳台，无论房间里有没有人，都一片明亮，这在提倡环保、生活节俭的父母亲来说，一年只有这一晚可以例外，而且是有意为之，不算浪费，因为除夕点灯也是过年的习俗之一。屋内温暖如春，茶几上摆满各式干果点心和水果，有花生、瓜子、核桃、炸面起子（一种地方小吃），糖果、苹果、梨、香蕉等，现在还有南方的龙眼、火龙果等水果。

时钟指向八点，夜晚先生如常穿上了他那件黑大褂儿，可是，大过年的，能这么朴素吗？看，隆隆的鞭炮和嗖嗖的焰火半空中炸出星光点点，给夜晚先生的黑外套缀上了闪烁的宝石，他也有新衣服过年了！外面似乎很热闹，但是我们都不想外出，因为家里温暖而热闹，好朋友一家三口提前来拜年，可爱的小外甥晚饭后也不愿回家，留在外公外婆家守岁。大家坐在沙发上一边吃零食，一边看电视，一边谈笑，开心极了。父母亲在客厅看看电视又起身去厨房，去厨房忙活一阵子又出来坐坐，他们忙进忙出，除了准备第二天早上包饺子的材料外，还在给我们卤鸡呢。

屋外鞭炮声越来越密集，夜也越来越深，欢声笑语中，时钟指向十一点半，新年的钟声就要敲响了，春晚节目暂告一段落，主持人正煽情地阅读天南海北的贺电，非洲什么国家发来贺电给全国人民拜年啦，谁谁谁代表党中央给此时此刻守卫在祖国边疆的边防军将士拜年啦……好长好长一串贺词，大家听得无趣，开始觉得有点困倦，还有点饿了（特别在小时候，不知道为啥饿得那么快？明明一直在吃零食，嘴巴没停过啊）。这时候爸爸宣布："快去洗手去吧，我们的卤鸡就要隆重登场了！"大家欢呼雀跃，从沙发上一跃而起，连忙冲进洗手间洗手。洗完手出来，只见爸爸从厨房端出一个不锈钢盆子，盆里装着一只热气腾腾、香喷喷的大卤鸡，散发着诱人的光泽，看着就让人流口水，食欲大增！年夜饭吃得比较早，此刻正好有点饿了，面对如此诱人的卤鸡，你肯定一点抵抗力都没有了，什么减肥呀，什么睡前不要吃东西呀，都抛之脑后，除夕夜嘛，就是要放开来吃，我们中国人过年，吃是主题之中的主题呀！

我们围在爸爸妈妈周围，等爸爸妈妈给我们分鸡肉，好像嗷嗷待哺的雏鸟等待鸟妈妈喂食。爸爸妈妈趁热撕下一块块鸡肉，有时候太烫了，妈妈还会把鸡肉拿在手上掂两掂，掂到不烫了才递给我们。往年奶奶在我们家过年，第一个鸡腿总是先递给奶奶，奶奶又推辞着递给小妹。今年有尊贵的朋友特地来品尝除夕夜卤鸡，第一个鸡腿当然是给他了。妈妈把另一只鸡腿分给两个可爱的外甥，再给我们三姐妹一人一块香喷喷的鸡肉。我们像小时候那样，直接把鸡肉抓在手上，像吃新疆手抓羊肉般豪迈地大快朵颐，朋友起初有点不习惯，不过，很快他就感染了我们的快乐和豪爽，也像我们一样，手拿鸡肉，开怀大嚼起来……

"嗖，嗖，砰，砰，砰砰砰！"窗外的鞭炮声越来越密集，越来越激烈，腾空而起的焰火几乎照亮了半个夜空，我们虽然不太喜欢这如激烈枪战的背景音，但是，这就是中国人的年，震耳欲聋的鞭炮声中，电视上主持人开始倒数，零点的钟声敲响了，我们春风满面，欢笑着，品味着美味的卤鸡，辞旧迎新，走进了新的一年！

这时，远在异国求学的儿子发来短信给大家拜年，说他正在和来自台湾和祖国内地的同学一起包饺子，他还用爷爷教给他的方法卤了一只鸡呢。大家说，除夕夜的卤鸡已经成了我们家的传统了，儿子开始把传统传承。

除夕夜的卤鸡，幸福而满足的记忆，除夕大吉！

回家过年之初一登高

大初一清早去登高？于我，以前从没试过。除夕夜总是两三点才睡，大年初一起床比较晚，总是爸爸妈妈包好饺子，饺子已经下锅了，才千呼万唤把我们从床上叫起来，那时候已经十点十一点了，还怎么清早登高呢？

今年却例外。间隔六年才回老家过年，所以对如何过年有了一些设想和规划，其中，我寻思着大年初一要早早起床，然后去登高。让我有此念头的原因，源于几年前读到家乡大作家胡树勇的一篇散文，他在《正月初一登高》中写到他大年初一清晨登高望远的情景，极富感染力。他说："正月初一登山，居高望远，寻找新年第一天的新视点、新感受、新心情，而且真的能获得这样的收获。"试想，新年第一天早上，别人都还在狂欢之后的沉睡之中，自己却早早登上山，站在山顶看朝阳初升，视野该是多么开阔！相比之下，自己以往大年初一早上总是在睡懒觉，简直太平庸了！于是，我打算今年也学学大作家，如果还能像作家文章中写的那样，登山时遭遇瑞雪纷飞，那就更美了！

初一早八点，我出了门，准备去登山。是个晴朗的好天气，太阳一早就出来了。腊月底以来天气比较好，晴天很多，这几天都比较暖和，山上的桃花开了没呢？大街上行人很少，只见环卫工人在清扫街道，他们已经把路面清扫干净了，街边隔一段就堆放着一堆还没来得及运走的鞭炮碎屑，有的环卫工人正把这些碎屑往小推车上铲送，有的干脆把碎屑点燃，用焚烧的方式处理这些垃圾，于是，大街上这里一堆垃圾在冒烟，那里一堆垃圾在冒烟，联想昨晚鞭炮齐鸣的"枪战"，似乎环卫工人正在清扫"战场"。昨晚鞭炮几乎响了一整夜，大街小巷铺上了厚厚一层鞭炮碎屑，真够环卫工人辛苦一番！听朋友说，环卫工人凌晨四点就上街工作，春节期间他们的工作量更比平时多了好几倍。看来，春节期间燃放烟花鞭炮固然带来了节日的气氛，也对环境造成了一定的负面影响，更加重了环卫工人的负担。

一边走，一边想，初一早上的大街果然像大作家文章所写那样，安安静静的，跟昨天的熙熙攘攘截然不同，是大家遵行"初一不出门"的习俗，还是跟我以往那样还在睡懒觉呢？沉思间一抬头，迎面走来一位男士，好像正在对我微笑，是我认识的人？哦，是前几天文友聚会上才认识的一位朋友。我惊讶极了，完全没想到这个时候会遇到什么认识的人。只见年轻帅气的他胸前用布篼兜着一个婴儿，婴儿用毯子包裹得严严实实的，我脱口而出："早上好！怎么这么早啊？"（完全忘了该问候"过年好！"其实我更想问"大清早地去哪儿呢？"真八卦呀。）他似乎也有点惊讶这么早见到我。大家笑着打过招呼，就各走各路了。这，也算是初一早上的"奇遇"了。

沿着环城路一直向西，很快就到了北辰森林公园的大门。从山脚往上看，隐约看到半山腰那片默林一片嫣红，已经开花了？我惊喜地加快了步伐，很快就到了默林。默林散落在半山腰的石阶左右，棵棵有碗口粗细，树枝繁茂，花朵繁密，有的含苞待放粉嘟嘟似沉睡的婴儿，有的灿烂绽放红粉菲菲似小姑娘的笑脸，引来蜜蜂在花间嗡嗡飞舞，一片春意盎然！不远处的石崖上，一丛丛金黄的迎春花开得正旺，近处的草还是枯的，可是仔细看看，枯黄的衰草根部已经冒出了嫩绿的小芽儿；那边的白杨树也冒出了毛茸茸的嫩芽，前两天年货市场上就有卖杨树枝的，只是换了一个好听的名字："银柳"。深深地吸一口气，啊，我闻到了沁人心脾的香味儿，这就是春天的味道了！

继续向山上走，前面出现了一个岔路口，一条比较宽阔的石子路蜿蜒向左，一条泥路崎岖伸进茂密的松树林，我该从哪一条路登山呢？我选择了密林中的泥路，这里是登山的快捷方式。从这里往上，几乎整个山顶都是墨绿的松树林。林子里很安静，间或有一两只麻雀在头顶的树梢上叽叽喳喳，前后没有一个行人，毕竟是大年初一，平时晨运的人都没上山吧？走着走着，我突然有点害怕，我记得再往上走，要经过一片坟地，想到此，林子里的寂静立马让我心里直发毛，还有多远才到山顶呢？

这时，家人电话问我在哪？我说，在山上，马上回家。我转身，循着原路，几乎是一路小跑，就又回到了默林。于是，我的大年初一登山就这样半途而废了。

大年初一登山，于别人也许是独特体验，有难得的收获，于我，却无法穿越密林，所以也看不到山顶的风景。好在，还有山腰那片灿烂的梅花温暖记忆，让我读到了这个春天已经到来了的信息。

在哪里过年

好羡慕一位女友，她半年前预定了春节假期去水清沙幼、天蓝海碧的马尔代夫度假六天，因为提早预订，所以还拿到了相对比较便宜的折扣机票和酒店住宿。

而我呢，眼看踏入腊月，春节在即，开始纠结：去哪里过年呢？跟她去马尔代夫肯定已经赶不上趟了，谁叫我没有半年前就计划好呢？那就学她，去近一点的，自己一直想去却还没去过的地方，比如云南丽江。可是旅游数据上说云南最佳旅行时间是每年的五月、六月和十月、十一月，年假时那里比较冷，我是个怕冷的人，况且，一个人去旅行，好像还没足够的勇气呢。

回老家吗？圣诞假期刚回去了的。春节假期就留在自己家，安安静静看看书，睡睡懒觉吧，想想这也很不错，没有拜年的迎来送往，没有推辞不了的吃喝应酬，只是跟好朋友吃吃饭，逛逛街，还可以就近去泡个温泉，天气相对也比较暖和，多好！对，就留在南方过年吧！

没承想，独自过年的决定招来群起而攻之。先是身边认识了十几年的同学好友，算上我就堪称金兰四姐妹之中的其他三个一致反对，她们说我就是个柔弱的极需人呵护的小女人，过往好像做了几件别人看来很坚强很独立的事情，其实都是被逼的，绝非我的本性如此，所以，她们坚决反对我独留家中过年，更反对我近二十天假期都一个人过，其中一个说："你现在就觉得自己一个人多美，但是当除夕的钟声敲响，你一定会想你儿子，还想你妈妈，那时候你就会后悔没回去跟大家一起了！"旁观者清，我开始怀疑自己的决定。

大妹妹得知我的决定，也强烈反对，她坚决要求我回老家与父母亲一起过年，理由如下：一、春节合家团聚是中国人的传统，我们必须遵循传统。二、父母在，不远游，你平时已经远离父母家人在外工作生活了，春节假期相对比较长，应该立刻赶回家，陪在父母身边。比如父亲，近年从不外出，不离开他的老母亲即我们八十二岁高龄的奶奶，所以我们要向父亲学习，所以你假期必须回家。三、你儿子远在国外求学，春节不能回家，如果你春节再不回家，老母亲在除夕夜晚既要挂念她的孙子，还要挂念你这个女儿，你怎能让她老人家如此操心，一心系几处呢？

妹妹的振振有词让我无言以对，感叹妹妹近年越发懂事，越发成熟了，难怪有亲人感叹我们姐妹仨，老大好像是老二，是妹妹，老二才是老大，像姐姐。

那，父母亲又是啥意见呢？妈妈说："尊重你的决定，你不想回家，我们理解，你若回来，我们当然很高兴……"

听到妈妈说"高兴"二字，我准备接受好友和妹妹的建议，是啊，父母在，不远游，哪里的风景比得了有妈妈的家给予我们的幸福和安宁呢？

想起了圣诞假期间，每天早上一起床就能吃上妈妈为我准备好的早餐，每晚临睡前预先给我开好电热毯放好热水袋铺好的热被窝，每顿饭有我喜欢的菜式，甚至，递到手里的削好的苹果……这么多年，每次回家都是如此。记得儿子年幼时，暑假带他回老家，家里还没装空调，母亲整夜坐在他身边，轻轻地给他扇扇子；就连早餐，妈妈有时候会准备好几样，说因为我没提前告诉她想吃啥，所以多买几样我喜欢的，随我吃啥。

想到这些，幸福感包围着我，更让我惭愧，本来是我回家探父母，父母亲却无微不至地照顾我，我总是以平时工作忙为借口，回家只顾自己休息和享受，圣诞假期只做过一顿饭，还边做边叫嚷说："水太冷了，受不了。"父亲一边帮着洗菜一边说："让你不要做你要做，这水冷得很，你怎么受得了。"最后，一顿饭大半还是父亲做的。

还是回家，回到父母亲身边过年吧！这次，我要多为大家做几顿饭，多陪妈妈去买买菜、散散步，还要陪陪年迈的老奶奶。

母亲得知我决定回家过年的消息，据说笑得好像一朵盛放的菊，立马出去买了部热水器装在厨房里。而去马尔代夫旅行的好友，却也是大年二十八就赶回来陪母亲过年。

生日季

对于大多数人来说，生日是一年中比较重要的日子，虽然生日年年过。

首先，生日是母亲受难日，只有生过孩子的女人才知道生孩子的痛苦和辛苦，我们说母爱最伟大，一半缘于此。我们这一代人出生时医疗条件相对比较落后，母亲生下我们要比现今年轻母亲生个孩子艰辛很多！想象得到古代女人生个孩子几乎等于去鬼门关走了一遭，不少产妇因此搭上性命。因此，生日提醒我们要记得感谢母亲赐予我们生命。

其次，如果把人的一生看成一棵树的成长的话，生日就是树木那一圈一圈清晰的年轮，年轮的纹路提醒和昭示着我们的成长足迹。树的年轮并不是均衡排列的，年轮的核心和外围就是幼树和大树的时候，这两个阶段比较受重视，就好比人的孩童时期，几乎每一个生日都得到高度重视，我想没有哪个国家和地区的人不重视自己孩子的周岁生日吧？我有个朋友，孩子两岁前每个月给孩子拍张照。另一个很重视的生日就是十八岁生日，意味着孩子长大成人了。中国部分地区的人比较重视过三十六岁生日，大都要大摆筵席大肆庆祝，据说这是年轻时的一道坎，倒是南方没有这个习俗，南方讲究一个成年人如果上有双亲或者老人的话，自己的生日就不可以大摆筵席或者不能超过长辈寿宴的隆重，这一点我很欣赏。

从小到现在，每年最记得我生日的是我的妈妈。距离我生日还有七八天呢，妈妈就开始念叨了，到了生日那天，总是会煮些好吃的给我，比如焖一只鸡。印象中生日礼物倒并不是每年都有。

最难忘十八岁生日，记得那是个周末，十几个同学好朋友来为我庆祝，在我们家吃晚饭，爸爸妈妈提前精心准备了一桌子饭菜和很多零食，光是菜肴就有十几二十碟，要把两个饭桌拼起来才勉强摆下，坐的凳子不够，要去邻居家借，我们家小小的客厅一下子非常拥挤和热闹。饭菜上桌了，爸爸妈妈却不跟我们一起吃，说给我们一个完全没大人的轻松聚会，如果有他们在场，同学也许会很拘谨，于是爸妈在厨房简单吃了晚饭，就出去了。因为没有大人的监管，同学们很是自在，我们唱歌，做游戏，尽情地唱啊跳啊，一直到十一点，大家才恋恋不舍地告别。

这些年离开家乡，与父母家人远隔千里，爸爸妈妈仍然会在生日前提醒我生日快到了，叮嘱我生日那天做点好吃的，有时候还特地寄些家乡特产来。

有一次家人来回三天，花在路途上就用了两天，只为了在我生日那天陪着我。也就是这一天，住在另一个城市的好朋友开车一个多小时，给我送来一大束我最爱的玫瑰百合，这个生日成了最感动的，当然也是最幸福的。

今年的生日过成了生日季。从九月初开始一直到十月底的现在，陆陆续续一直有同事和朋友为我过生日，送礼物给我。有的是按照我身份证上的生日日期祝福的，有的用阴历日期，有的居然细心翻出万年历，考究出我的阳历生日到底该是哪一天，这个，连我自己都不太清楚。加上工作单位组织的生日会，大大小小为我而设的生日聚餐居然不下十次了。

事实上我和家人习惯以农历生日为准，许是两个月里已经过了好多次生日的原因，这天已经不想特别庆祝了，好朋友在发出"你的生日过得真有意思，非生日时间过了好几次，真正生日不过了"的慨叹后，下午她再次手捧我最喜欢的玫瑰百合，和她那高大帅气的儿子出现在我的面前。也就是这一天，生病住院十天的大妹妹出院了，这是上天赐给我的最好生日礼物。

这个生日季终于有了个完美的结局。

圣诞快乐

12月12日，收到今年第一张圣诞卡。虽然圣诞灯饰在11月底已经陆陆续续挂了起来，把小城装点得更加璀璨更加迷人，这第一张圣诞卡却对我正式宣告：圣诞老人已经驾着鹿车走在路途中了，快快迎接圣诞假期的幸福和快乐吧！

送卡给我的是一个二年级的小姑娘。下午第一节课下课，给学生们道了再见，收拾教科书准备离开教室，一位品学兼优、文静可爱的小姑娘双手递上一张小小的圣诞卡，略带羞涩地笑着对我说："老师，祝你圣诞快乐！"我惊喜地说："哈？这么早就祝我圣诞快乐呀？谢谢！"紧接着又有两个小男孩拥过来，也递上了圣诞卡。

小姑娘给我的圣诞卡是印刷品，紫色丝带，美丽的雪花图案，闪闪发光的铃铛组成了精美的立体图案，打开来，稚嫩的笔迹一笔一画写着："老师，圣诞快乐！身体健康！学生：梓珊 2012/12/17"，旁边还贴了一个叮当的贴纸。看到最后的日期，我笑了：孩子本想下周圣诞假期前送给老师，但是心急的她已经等不了那么长时间了！

另外两个男孩子送的圣诞卡是孩子们自己做的：白色A4纸上画着圣诞树，太阳，笑脸，星星，礼物盒，圣诞老人，小小人儿等图案，写着祝福语，其中一张写着："老师，圣诞快乐！我喜欢你！"这真是让人感动到发笑的语言！孩子手画的圣诞卡看起来似乎比较简单幼稚，在我眼里，却跟从文具精品店买回来的圣诞卡一样精美漂亮，甚至更美，更让人感动！我似乎看到这两个学生课余时坐在那里，认真地，用心地，一笔一画地画画儿，写字……

澳门的十二月是快乐的月份，也是休闲幸福的月份，十二月里节日有三个：澳门回归日，圣诞节，中国传统节日冬至，三个节日一般都会放假七八天，有的单位或者学校连同元旦假期一起居然放假十几天呢！整个城市到处鲜花盛开，随处可见漂亮的圣诞装饰，洋溢着节日的欢乐气氛，近年来由于内地游客的大量来访，假期澳门就成了游客的城市，圣诞节时也不例外，因此，很多澳门人选择出埠旅游或者返乡探亲。

单从对节日的重视来说，澳门真是既让人欢喜又让人欣赏，无论中西节日，澳门通通放假庆祝，这也是最能体现澳门中西文化交汇共融之特色。中国的传统节日诸如清明节、端午节、中秋节、春节这样的大节放假，就连佛诞、冬至也是政府法定假日，当然，国庆节、元旦、五一劳动节、三八妇女节、9月10日教师节、12月20日回归日等现代节日更要放假。西方节日里必须放假的有复活节和圣诞节，另有一些西方的宗教节日部分社团单位也要放假庆祝，比如圣母无原罪日。

听老同事说澳门回归前关于节日的一些趣事，她说那时候还是澳葡政府主政时期，6月10日是葡国日，如果当天华人学校不放假的话，澳葡政府会以该学校的教室为单位罚款惩戒；而10月5日是葡国国庆节，10月1日华人学校张灯结彩庆祝中国国庆，到10月3日，最迟4日，又急急忙忙把所有的墙报、装饰拆下来，安安静静度过第二天的葡国国庆节，因为，他们的国庆，我们华人是不会庆祝的！

每一个圣诞节的来临是相似的，然而每年的圣诞内容却各有不同。温情的问候，节日的礼品，都让我们回味、记忆。但是，我更喜欢闲适的感觉，在这三个假日的长时间里休闲心灵，回味一年的事情，期冀来年平平安安，风调雨顺，事事如意。

生活有彩

第一

　　荣幸得到编辑先生约稿，让考虑考虑写写专栏。考虑了一天，准备接招——毕竟，报纸上写专栏，感觉上是多么风光的一件事啊！

　　担心自己笔底功力不够，污染文学爱好者眼球。但是，既然决定开始，就要有第一篇。写什么好呢？万事开头难，编辑没规定非要写啥主题内容，说随我自由发挥，这让人感觉很自由，其实，没规定的规定，就是最有规矩的规定呀，这好比武林高手，都是化有形为无形，手无寸铁但能敌千军万马。

　　因为是第一篇，就想到这个第一。我们从小被灌输要争第一。可惜，第一争到手之后，一定立马有人跳出来苦口婆心告诉你，一山还比一山高，你是今天这里的第一，但是你是哪哪哪的第一吗？所以，你还要继续努力，再去争下一个第一！那一刻，真是有上当受骗的感觉，原来，之前付出那么多的努力，只是换来"第一看不到头"的哲理认识呀！所以，第一的压力总是很大，第一总是表面风光内心郁闷很不开心。

　　有个孩子，小学时连续两三年都考班级第二第三，父母亲总是鼓励他要努力考第一，倒是他的外婆说，不用考第一，考了第一，就没了奋斗目标了，你轻轻松松就考到第二、第三，多好！要那么辛苦争第一干啥？于是，这个孩子把外婆的话作为座右铭，从小学到高中，一直都是班级头二三名，整天乐呵呵地！

可惜，这样的外婆太少了！

唯有一种第一是可以快乐争取的，就是孩子玩游戏时，总是要赢、要争做的第一。游戏是孩子的天性，游戏也是孩子从小学习遵守规则的最好训练，这种要赢要做第一的心态，健康、单纯而快乐！

只是，孩子长大以后，小时候玩的游戏，再也没兴趣玩，想赢，要第一的心态，倒是很多人都念念不忘乐此不疲。

家乡美

周末去美容院做面部护理，放松放松。

帮我做护理的小姑娘刚二十出头，身材高挑，皮肤白里透粉，花儿一样的年龄和模样，简直是美容院的活广告。她那柔弱无骨的手指轻柔地游走在我的脸上，舒服极了，让人立马放松下来。听着她柔和而略带乡音的普通话，我随口问道，小妹妹是东北人吧？她说，是啊，我是大连人。大连？那个城市很美呀，我2006年夏天去住过三四天……

话匣子就此打开，小姑娘对家乡赞不绝口：大连滨海路比珠海情侣路美一百倍！大连的海是蔚蓝的，水清凌凌的，随手捞起的海白菜（海带）可以直接放进嘴里吃，哪像这里的海水这么浑浊这么臭呀；大连的星海广场宽阔，音乐喷泉壮观，在那里骑自行车最好玩了；大连的海洋馆有很多种海洋生物，精彩极了；大连的米饭很香，是东北珍珠米；大连海鲜没受污染，又便宜又好吃；大连还有樱桃，这里叫樱桃的，又大又甜又便宜；大连城市建设特别好，到处都是绿地、树和花草；大连很干净交通畅顺……

小姑娘说起家乡来滔滔不绝，果然是"谁不说咱家乡美"呀！印象中的大连的确很美，于我，只是一座很美的海滨城市，于她，却是世界上绝无仅有的美丽家乡。忍不住逗她：大连这么美，你怎么来珠海了呢？她说：因为男朋友在这里，自己只好从大连的分公司请调到珠海分公司来了。小姑娘又说，其实大连近年来的经济发展也很快，找一份理想工作是不难的，自己一定要做男朋友的思想工作，尽快回到大连。原来，小姑娘还是一个甘愿为爱情牺牲的性情中人呀！

一时的优势，不会是永久的优势。南方城市发展早，北方大多数城市近年来才开始发展。十年前看南北，北方太落后，现在再来看，北方比南方更有优势，因为北方吸取了南方的经验，发展经济的后劲也足。

无论优势劣势，最美永远是家乡。

最和唯一

离家最近的大街旁新开了家 KTV 店，外墙由红黄蓝三色彩色玻璃把整栋房子包裹成一个大大的色彩绚丽的玻璃盒子，时尚而鲜艳夺目，让人不敢相信这里几个月前还是一栋毫不起眼破破烂烂的红砖旧楼，原本是家小工厂，工厂关闭，楼房也就废弃多时，没想到经过设计师大手笔改头换面，现在居然成了这般模样。

吸引我注意的除了设计师的创意创新，变旧为新，还有电子屏幕上的大幅广告："本市最潮最时尚最好玩的 KTV，让你唱不停，吃喝玩乐一次满足！"广告语里的"最"字吸引了我。

记得以前读书的时候，写作课堂上，导师谆谆教诲我们说，一则新闻或者广告，首要的就是真实性，如果要用"最、唯一"之类的字眼，必须先通过数据统计调查，确保你的产品的确是同行中的"最"或者"唯一"。理论上的严谨大家都明白，只是，看看现在媒体上各种广告就知道，理论上的正确没有多少人在坚持，广告语一个比一个用词狠，语不惊人死不休，势必要把中文词汇的内涵扩展到极致。比如一则空调广告"掌握核心科技"，制造空调，相对于卫星上天或者制造核武器，该是很简单的科技，那么，制造空调而已，需要核心科技这么高深的科技吗？

甚至在写文章上，也流行运用华丽的辞藻，用最高级别的形容词副词去修饰，比如"深入了解""深化改革""夯实""确保"等等，举不胜举。还出现了一些媚俗的新词，比如"给力"等。反观文学泰斗或者大家文章，大多娓娓叙述，平淡中见真意。

最，是要通过比较对比之后才能得出的结论。珠穆朗玛峰是世界最高峰，有八千八百四十四米的数据说明，还有世界上除珠峰之外，都比珠峰矮的无数山峰为证；情人对你说"最爱你"，是他在几个他爱的人之中选择比较出了你。所以，女人最喜欢听到的，不是"最爱你"，而是"只爱你""你是我唯一的爱人"。

因为，唯一是排他性的，是除此之外别无他选，无从比较也用不着比较的。

什么时候安静？

很久没去喝早茶了，挂念那间临海的茶楼，坐在三楼临窗的位子，三五知己一边品茗聊天，一边享用点心，大幅玻璃窗外就是一望无际的海，看大船小船往来，云起云涌处海鸥飞翔，该是多么舒展，惬意……于是请求家人陪我去喝茶。

到达此间比较著名的茶楼，在一楼接待处就被告知大厅早已满座了，小房间靠海那边也已经客满了，也就是说，可以看海的位置已经没了！怎么办呢？既来之则安之，好吧，只要有位置坐下来，就行了，毕竟，快十点了，肚子饿得咕咕叫了！

上到三楼，推开大厅大门，那叫一个人声鼎沸呀！只见偌大的大厅每一张桌子都客满，一片嗡嗡嗡的嘈杂声，好像到了养蜂场；时有小孩子跑来跑去；服务员往来穿梭，端茶递水，好不忙碌，好生热闹，疾步穿过大厅，到小房间坐定，与家人面面相觑，相对一笑，心照不宣地说："还是这里安静一些，外面，虽然能看海，但是实在是太吵了！"我不明白，大家来喝茶聊天，有必要一个比一个说话嗓门儿高吗？难道是来斗大声的？

早茶毕，去书城逛逛。书城里的人也不少，不过还算是安静，大家各自捧着书，或站或坐，各看各的，互不影响；或者，像是一尾尾鱼穿梭于一排排书架间，寻找自己喜欢的书。惊喜地看到这个书城里增加了茶座，只要点上一杯饮料，坐下来，就可以看一整天的书了。

各自收获了好几本书，看看时间，又到了该吃晚饭的时候了。家人说，且给你好好放一天假，晚饭也不用做了，我们去吃顺德菜吧。于是又来到家附近的顺德菜酒楼。许是周末的缘故，又是客满，这次，是没房间雅座了，只有大厅的位子。怎么办？还是既来之则安之，坐下来吧，谁叫我们选的都是生意比较红火的酒楼呢。

这酒楼比早上的茶楼更嘈杂！邻座好几桌子的人许是庆祝什么好事，或者是生日晚宴？时不时有人站起来举着杯子，高声叫嚷着——但是我一句也没听清他们到底在吼什么，家人说这样嘈杂的好处就是，我们听不清别人说话，别人也听不清我们说的啥。哈，这倒是真的！难道这就是大家都放心大声说话的原因？

好在这里的菜式味道的确很不错！我们安静地享用着，偶尔说说话，儿子在等菜的间隙甚至翻看起刚买的书来，颇有任尔如何嘈杂，吾自有安静天地的味道。看着安静的儿子，想起儿子小时候跟大人去赴宴，被教导要安静，不可玩弄餐具，不可在餐厅里乱跑，为避免他无事可做不愿安静坐下，就给他带着图书，有时也带玩具，大人们吃饭聊天，他就安静地自己看书，玩玩具……一个习惯的养成，要从小教导，从小做起，这话不假。

许是我们来得比较晚，我们的菜还没上齐呢，邻座的嘈杂客人已经结账走了，大厅里立刻安静了许多，这让我觉得美食越发美味了，儿子说："妈妈，你刚才不耐烦地问'啥时候能安静一些呀？'看到没？没人的时候，就安静了！"

没人才能安静？希望这只是儿子的幽默。记得去年去了欧洲，发现人家无论餐厅、咖啡厅，还是风景区、火车上，甚至超市里，到处都是安安静静的，别说人声鼎沸的嘈杂声，连我们的超市里最常见的促销声人家都没有，欧洲相对于中国来说，人口是比较少，但是，安静与否跟人多少真的不该有直接或者必然的联系呀！

夜幕下回到温暖小家，发现，自己的家是这一天中最安静的地方。下个周末，还是安静地宅在家里吧！

广场舞

暮色苍苍中，结束了一天的工作，拖着疲惫的身躯从公交车上下来，急急忙忙往家里赶。刚走到小区广场边，一阵悠扬的音乐传了过来，抬头一看，广场一角，十几个人正随着音乐节奏翩翩起舞。

她们是在跳广场舞。所谓广场舞，我想是相对于前些年流行的街舞而言的，跳街舞的多数是十六七岁的小青年，有男有女，是年轻人的时髦运动之一；广场舞顾名思义是在户外的广场进行，是国内近年来兴起的一种大众健身运动，参与者多数是三十岁往上的中年人，而且女性居多。

这个小广场跳广场舞的清一色全是女子。走近了，看到十几个女子，从二三十岁到四五十岁左右不等，整齐地排了三行，前排有位体形健美、穿着紧身运动服的女子，舞姿特别娴熟优美，显然，她是领舞者。队伍中有的动作娴熟老练，有的一边跳，一边看着领舞者的动作来模仿，动作就慢了一拍半拍，但是这并不妨碍她们的投入和专注，音乐节奏是柔和的，她们的舞蹈也柔美舒缓，换了节奏快的曲子，她们的舞姿也随着刚健迅猛起来……

走过她们身边，好几次都想停下脚步，加入她们的行列，可是，我穿着高跟鞋、西裤的拘谨造型，跟她们随意轻松的运动装束格格不入，何况，我还要赶着回家做晚饭呢！

小广场的另一边，几个几岁的孩童正在追逐嬉戏，咯咯咯的笑声是那么开心，几位老人一边在健身器材上运动，一边闲话家常，一边注视着跑来跑去的孩子，可能他们也是孩子的看管者吧？

这时的广场是休闲的，生活的，舒适随意的，是和谐的。只是，这里没有中年男士的身影，中年的男士们，此刻都在忙什么呢？

别说男士们，就连跟这个海滨城市一海关之隔的澳门，群众休闲娱乐方式也有很大分别。寸土寸金，澳门的城市广场数量相对比较少，缺乏跳广场舞的场地，更没有跳广场舞的人群，早晚在公园里散步或者运动的人大多数是退休赋闲的老人，他们无家务拖累，无生活后顾之忧，得以悠闲地在松山，在几个公园里打太极，舞剑，跳扇子舞。跳这种广场舞的，却是很少见，可能广场舞节奏相对比较快，动作幅度也大，不适合老人。澳门的中青年女士多为职业女性，下午下班多数在六点左右，回家后还要做饭，辅导孩子学习等，自然无暇去广场跳舞的。如果要锻炼身体，一般都去政府的体育馆游泳，打球，做瑜伽，进行室内专业运动，很少见一群女子聚集在某个广场跳舞运动，如果有，那可能是一群老乡在聚会，比如在这个城市里工作的某些东南亚裔人。

广场舞是休闲的标志，节奏快的城市可能就很难见到广场舞，一个城市多了这样的小广场，小广场上有了这些跳广场舞的人，有了运动的大众，这个城市的黄昏，才是闲适的，那时，几分温情脉脉的生活况味也会从中荡起。

过敏

　　过敏是个蛮奇妙的现象和体验。抵抗过敏，又是一个极其辛苦的过程。

　　有些人天生过敏体质，对某些物质过敏。比如有人对花粉过敏，别人感觉沁人心脾的花香，他却喷嚏连连，一个接一个的喷嚏简直无法停下来，严重者呼吸急促，甚至窒息；有人对鸡蛋黄过敏，吃下去肚子就开始作怪，隐隐作痛，极不舒服；我的妹妹对白萝卜过敏，只要闻到煮熟的白萝卜的气味，已经厌恶到要呕吐的地步，不愿意吃一丁点儿；我的一位小学女同学对四季豆过敏，吃下去就上吐下泻，在那个物质贫乏的年代，四季豆是最家常的蔬菜，她憨厚的农民父母亲原以为是女儿挑食，最终还是不得不相信了医生的话，知道女儿是对四季豆过敏。

　　印象中自己第一次过敏对我来说是件颇为惊天动地的事情，永世难忘。那时我才六岁，随母亲住在乡下学校里，学校大门前，一条清澈的大河浩浩荡荡奔向汉江，河里有很多河鲜。有一次，妈妈买了一只鳖，炖成一锅鲜美的鳖汤，我吃下去之后，先是感觉脖子和耳朵发痒，忍不住用手去挠，妈妈还以为是被蚊子叮咬了，给我擦了点风油精，可是擦上去之后根本无济于事，越挠越痒，喉咙和头皮都痒了起来，全身还冒出一个个蚕豆大的包，连脸上都长满了，难受极了，接着开始呕吐起来，肚子也痛，还拉肚子，妈妈一看，吓坏了，赶紧抱我去卫生院，好在卫生院离学校很近，只有十来分钟的路程。

妈妈一路小跑到了卫生院，医生说我这是严重的食物过敏，如果再来晚一些，就会因为过敏导致咽喉红肿而呼吸困难，当时的乡村卫生所医疗设备很落后，一旦出现那样的情况，后果不堪设想！医生马上给我打抗过敏针药……那一晚，我在妈妈的怀抱中睡得很不踏实，妈妈说她看着怀抱中满身红肿，连头皮都是一个个大包小包的小小的我因为药物的作用虽然睡着了，小手还在下意识地挠痒痒，眼角还有泪珠不时滑下，她后怕极了，好在送院及时；她也心疼极了，因为自己的女儿以后再也不能吃鳖、虾和蟹。

医生说，要防止过敏，就要杜绝接触过敏源，只是，知易行难，我不能吃的这几样食物，偏偏都是非常鲜美的美食，不比白萝卜或者四季豆，只是寻常蔬菜。美食当前，知道自己不能吃，真能克制住，是抵抗过敏的最大挑战。

结果是我经常都会挑战失败。身边的朋友都知道，我年中总要过敏几次，这不，前两天又因为吃蒜蓉蒸虾而过敏了，赶忙喝了抗过敏药，药物的作用下昏睡了大半天，睡醒了，看着镜子中脸上还没完全消散的红肿，我就是想不明白，为何只吃了四只虾，就过敏成这样呢？美食当前，眼巴巴地看着别人吃，自己却不能动一筷子，简直就是不许守财奴数他金库里的金币；要英雄对美人坐怀不乱；给了书痴很多书，却不许他翻看；把冰毒摆在瘾君子面前，却封住他的嘴，绑住他的手……

唉，这可恼而无可奈何的过敏哟！

也谈地铁里的"骚"与"扰"

日前，上海地铁第二运营有限公司官方微博"上海地铁二运"发布了一则微博："乘坐地铁，穿成这样，不被骚扰，才怪。地铁狼较多，打不胜打，人狼大战，姑娘，请自重啊！"——配图是一名身着黑色丝纱连衣裙妙龄女子的背面，由于面料薄透，使旁人能轻易看到该女子内衣，确实非常性感。

这条微博引发各方热议。有人认为，穿什么出门是我的自由，任何人无权干涉；也有人认为，如果法律或者地铁营运公司没规定女士不能这样穿，那么就没权利指责；有人反驳道："按照你的理论，游泳池不是所有的男人都要对女人动手动脚了么？"还有人说，在正常的社会里，一个人即使裸体走在街上，你可以报警，但你不可以侵犯她。

随着论战加剧，出现两名年轻女子在上海地铁2号线身着黑袍和普通衣装，蒙面手持彩板，上书"我可以骚，你不能扰""要清凉不要色狼"，以此向上海地铁第二运营有限公司抗议。

虽然对之前那些论战有所关注，但是，看到这两名女子的所谓行为艺术的口号，简直莫名惊诧，有拍案而起的冲动！换位从男子的角度想一想，地铁作为现代社会的普通交通工具，并不是乘搭地铁的男士必然有色狼的潜质或者就是色狼，也有很多有素质有修养的男士，他们或许想说："我根本都不想扰，你为何要在公共场合如此骚?！"而另一口号"要清凉不要色狼"就更是无稽之谈了，众所周知，地铁里有空调，甚至空调温度一般还比较低，本身就很清凉。

说到底，这场争辩的核心问题是穿衣服应该看场合，因应不同的场合，着装要求也就有所不同。地铁是个公共场合，虽然没有法律明文规定应该穿什么，不应该穿成怎样，但却是有约定俗成的潜在公约，正如没有一条法律规定你得呼吸，你得吃饭，但是我们每个人天天都在呼吸顿顿都在吃饭。

穿衣到底该如何看场合？这个问题的答案既复杂又简单，说复杂，是因为无法三两句就说清楚，也没有具体的明文规定可以依从；说简单，简单到只要你尊重你出席的场合，你就能找到合适的着装。比如去旅行，当然是休闲装平底鞋，如果你着正装晚礼服高跟鞋，那就会让自己不舒服，让旁人也因为担心你而受累；办公室着装要严肃大方，而不能过于性感；一个有修养的女士着装最基本的一条，就是不可以过于暴露，不应该让人看到自己的内衣，裙子不可太短。

当然，男子照样有着装修养和礼貌，比如不要赤膊上街、拖鞋短裤参加家长会等等。

着装要求很多只是约定俗成，假如你要标新立异，只能说明你是另类或者个人修养欠缺，并不能表明你在宣示人权和自由。

街头的歌声

走几步，停几步，走走，停停，不断被肆意横在前面的汽车逼得不得不停下脚步，看看交通灯，明明是人行绿灯呀？很快又变成红灯了，可自己还站在斑马线中央的，无奈，继续疾步前行……就这样左躲右闪好不容易穿过人行横道，慨叹"马路口如虎口"真是有几分真实性。松口气，踏上人行道刚走了几步，就听到了嘹亮的歌声，歌声和着电子乐器的伴奏声，喧嚣着灯光迷离人流如织的街道，犹如有人在开街头音乐会。

这是这个城市最繁华最热闹的街道，距口岸仅十几米，人流如暴风雨前赶着搬运食物回巢的蚁群，匆忙，庞大，复杂，让人眼花缭乱。路边，一位身着校服、十七八岁的帅小伙子身背吉他，站在麦克风前深情地自弹自唱"爱你不是我的罪"，他身边放了一台小型的扩音设备，前面放了一个盒子，盒子里零星散放着几张纸币。说实话，小伙子的吉他弹得挺不错的，颇有些功底，一组组和弦伴奏行云流水般流淌，歌声也很悦耳，也许正因为如此，他的周围围起了一圈人，可能被他的歌声打动而停下了脚步；再走几步，迎面而来一阵阵尖细的女高音唱着"泪水禁不住地往下流……"这是一首老歌，唱歌者是一位皮肤黝黑，看起来已经五十上下的女人，她坐在一个小凳子上，全身脏兮兮的，衣着简陋，手拿话筒正卖力地大声唱着，可能唱得太久了，声音有些嘶哑还不时跑调，显得有些刺耳，她旁边坐着一位跟她年纪相仿的男人，那男人双目紧闭眼眶下陷，看起来是位盲人，他们的手紧紧地握在一起，一副相依为命的样子，他们身边也有简陋的扩音设备，因此歌声传去很远，又因为设备简陋，时而传出扩音器"嘶嘶嘶"的声音，他们前面也放着一个铁皮盒子，里面只有几张小面额的纸币和几个硬币。再走几步，又有歌声起，这次干脆只是录音机播放的音乐而不是真人歌唱，一位怀抱小孩的比较年轻的女子漠然地蹲在地上，怀里的孩子最多一两岁，正在熟睡，录音机的音量开到最大，播放着"甜蜜蜜，你笑得甜蜜蜜……"她的前面也放着一个放钱的盒子。

疾步走过他们身边，却一点都笑不出来，更别说笑得甜蜜了。他们绝对不是梦想成为歌星的音乐爱好者，不忍心把他们称为卖艺者，更不忍心称他们为乞丐，但是，他们正做着卖艺者和乞丐所做的事情。

在欧洲旅行时也看到过类似的人。那天在瑞士雪峰下的一个小镇漫步，街边飘扬着音乐声，循声望过去，一位男子正在拉小提琴，前面放着小提琴的盒子，里面有零星散币，他没有用扩音器，周遭静谧的环境让他悠扬的琴声有了几分凄美的味道；还有一次在高速路休息站的超市门口，一座全身银白色连面部都刷满银白油漆手持一顶帽子的"雕塑"突然向我们眨眼睛，吓我一跳，定睛一看，原来"雕塑"是一位大活人！他的帽子里也有一些零星的散钱，把一个硬币放进他的帽子里，"雕塑"冲我们灿烂一笑，做了个鬼脸，继续一声不吭地站在超市门口做他的雕塑去了。

本是喜欢安静的人，嘈杂的地方总让我有逃离感，这街头此伏彼起犹如赛歌般的音乐让原本嘈杂的街头更加喧闹不堪了，我想逃离的同时还感到深深的悲凉，我跟大多数人一样，对街边的音乐不理不顾，漠然加快脚步匆匆路过，就在不远处，一个显眼的牌子上写着："社会有救助，请不要帮助口岸附近的流浪乞讨者。"

我知道这样的提醒也不是全无道理，因为据说这些街头歌者有些已经把这个当做一种职业，每天的"乞讨"收入高得吓人，并不是真正的为生活所迫的苦难人，还有一些更是有组织的小团体。

但是，有没有想过如何给孩子解释"请不要帮助乞讨者"？真正的乞讨者是需要人们伸出援手的，而现在的乞讨者真假难辨，这真是让人为难的事情。

少数人

　　这个城市有一部分人好像两栖动物，住宿在珠海，工作学习在澳门，早出晚归，过着双城的生活，他们每天必经两道海关，中国内地拱北口岸和澳门出入境（俗称澳门关闸），可以说，他们的早晨是从排队过关开始的。

　　由于港澳自由行的开放，再加上澳门近年来大量的劳务输入，每天过关的人潮如滔滔洪水络绎不绝。经历了过关排队的人都知道，这简直是个痛苦的过程，首先在拱北广场上排长龙，被人几乎前胸贴后背地挤着，转上几个圈，好不容易进了拱北口岸检验大厅，立马气结：大厅中排队的人并不多呀，特别是港澳居民通道的队伍并不很长，几乎空了一半的位置呢！为何要在外面转那么多个圈才能进来呢？特别是酷热的夏天，为何不可以让人在大厅里等候，偏要人在外面汗流浃背地兜圈？当我第一次发出这样的疑问时，前面一位不认识的旅客给出了这样的回答："你没看到吗？这样的大厅显得井然有序，说明他们管理得很好！"

　　这些天天排队，来回过海关的澳门居民中，有相当一部分是学生。学生早上上学早，让他们一大早就转圈排队，着实辛苦，更浪费时间。两三年前，首先是澳门关闸设立了学童专用通道，接着珠海海关也特设了学童通道。事实上无论是不是学童，只要过了要转好几圈的拱北海关，港澳居民过澳门海关几乎用不了几分钟，如果用电子信道的话，就更方便省时了。正因为这样，拱北海关的学童特别通道的设立对于澳门学生才更重要。

由于拱北海关的控制人流排队措施是从拱北口岸广场就开始的，所以，每天早上七点半前，拱北海关的学童特别通道就在口岸广场进入查验大厅一侧设有学童通道，至少两位工作人员把守入口，一位特警，一位海关人员，以防止部分旅客"顺"水摸鱼。以前，只要穿着校服者，即便是有一两位成年家长随行，也可以使用学童通道。殊不知，近日拱北海关的学童通道又有了新变化：入口处严格把关，把"学童"的定义规范限制在十四岁以下，逐个严格查验学生的身份证或者通行证上的出生日期，并且只允许一位家长陪同。有家长质疑："十四岁以上的学生基本是中学生，其实中学生早上到校时间比小学生更早，为何突然要限制学生年龄？又为何以前可以的，现在突然不可以？"把守在学童通道入口处的海关警察义正词严地答："根据有关规定，学童通道是方便十四岁以下的学童的，一个规定肯定只能方便少部分人，不可能让大部分人受惠。澳门海关的学童通道还是指十一岁以下的学童呢！我们的政策更惠民呢！"对于为何以前可以现在不可以，警察避而不答。

好一个"一个规定只能方便少部分人"和"更惠民"！政府的政策规定不是应该为更多的人服务吗？最重要的，拱北海关可否知道，澳门海关所设学童通道的学童的确规范在十一岁以下的学童，但是，澳门的电子自助过关信道却是年满十一岁居民就可以使用，而且，即便是人工查验通道，也不用前胸贴后背地排队，等得人无名火乱窜！

拱北海关能出动那么多的特警和警察在广场上、大厅内维持排队秩序，一个学童通道就用了两三人查验把关，不如请这些人去多开几条查验通道，旅客不用无谓地排很长很久的队，秩序自然也会好很多的。

　　拱北口岸广场强制排队的铁栅栏上方还竖着两个醒目的牌子：港澳居民信道，非港澳居民信道。但是这两个牌子基本上没起到任何作用。有旅客质疑既然没用处，为何还要竖在这里？海关警察答曰，这告示牌是 2008 奥运会期间的特别措施之一，已请示上级说拆除，但上级还没批复。

　　真是太有个性的少数人的思考。

古稀之泣

圣诞回乡探亲期间见到这位老人，已经七十二岁了，但是精神矍铄，红光满面，壮实而高大，退休前是资深教师，老校长，母亲的同事，还是我家的本门亲戚，论辈分我应该称呼他为爷爷。

老人的老伴儿几年前走了，老人有两儿一女，这几年老人间或轮流在三个儿女的家里小住，有时候独自守着一大院老房子。儿女都已经成家立业，都有自己的工作和生活，孙子孙女也都大了，有的在外上大学，有的已经工作，只剩下老人一人好像整天无所事事，老人做了一辈子校长，也不擅长做家务，只能看看书、写写字度日，渐渐觉得孤独寂寞。

在一个老朋友聚会上，老人认识了一位年近六十的老太太，老太太有两个女儿，老伴儿也走了，大女儿嫁得比较远，老太太本来跟小女儿、女婿一起生活，但是女婿越来越嫌弃她，她只好只身来到城里开小吃摊的亲戚家打工，换两餐一宿。

同样孤独和潦草的生活拉近了两位老人的距离，一来二去地，两位老人想在一起生活。

老太太两个女儿不反对两位老人的婚事。但是老人的三个儿女都强烈反对，理由很多：母亲跟你受苦受累一辈子，没享受过一天，现在母亲走了，你的退休工资很高（内地教师退休待遇很好），你却找个人，让别人来享受；老太太找了个养她的人，你却是找了个人来养，你这是自讨苦吃；我们对你不好吗？你缺吃少穿了？……

　　老人于是请我母亲帮他去劝说他儿女，期望他儿女能同意。一番苦口婆心的劝解，看在我母亲的面子上，老人儿女的态度有了转变，提出至少要先检查身体，看看老太太是否健康。

　　老人怕伤老太太的心，特地陪着一起检查。隔日，大家陪着老人去拿检查结果，报告显示，老人非常健康，老太太却是"小三阳"，是肝病带菌者。老人的三个儿女当场表态：为了父亲的健康，坚决反对父亲的婚事！而且，以后都免提，因为肝病是无法治愈的慢性病！

　　听了儿女的话，两个老人傻眼了！随即，老人伸开双臂，把老太太揽在怀里，他们抱头痛哭起来……门诊大厅里人来人往，冬日的灿烂阳光穿透玻璃窗，带来缕缕明亮的温暖，两位老人从放声痛哭到无声抽泣，仿佛生离死别。有人好奇地望过来，他们以为有谁患了绝症。

　　我的眼睛湿了，对老人的女儿（我该称呼为堂姑姑）说："看老人都痛苦成这样了，就成全他们吧，肝病是可以治疗的嘛。"

　　她答："有啥好痛苦的？老都老了，还不知羞耻，又不是小青年的爱情！"她的哥哥，我的表叔不耐烦地补充："鸡肚子不知鸭肚子的事，不是你的亲生父母，你当然说成全！"

　　我哑口无言。

轻松还是清闲

远方一位故友，虽然近二十年来大家一年也见不了一两次面，但是少年时的友谊总是多出一份牵挂，加上现在通讯方便，这不，她时不时地发来短信，偶尔也打来电话，关心我工作忙不忙，生活得是否开心。知道我作为孩子王一个，教学工作比较紧凑，孩子高三了面临升大学，还在进修读书，抽空写点小文章，当然买菜做饭等等的家务也免不了……于她来说，我的这样忙碌的生活简直差不多是水深火热的煎熬了！于是，她对我说得最多的几句话就是："别给自己太大压力，别太好强，要活得轻松一些，轻松和知足的人才会快乐和幸福！"

我感动于朋友的关心。但是每每读着她的短信或者放下电话，她的关心和劝诫语让我觉得似乎有点不对味儿。在她眼里，我似乎是太忙碌了，活得不轻松，活得太累了，她总是希望我能清闲一些，下班后不用赶着去上进修的课而是在家里看看电视；周日不要坐在家里不是批改学生作文不是写作，应该去逛街、购物、约朋友吃饭……

问题是，忙碌的生活就一定是不轻松的吗？不知道友人可否明白，忙碌和清闲指的只是工作状态，轻松和知足却是人的精神状态和内心世界。忙碌的人未必就不轻松，忙碌的人也许也很知足，相反，很清闲的人未必就一定是很轻松，很知足的，更何况，时常逛街，约友人吃饭，看电影，这些看似轻松的事情也是另一种忙碌呢！我从来没觉得批改学生作业、进修读书、给儿子做饭这些事情有多累，相反，从中我得到了很多快乐的感觉：当批改学生作文时，读到有创意而童稚的语言，我会忍不住笑出声来，马上跟身边的同事或家人分享学生的佳句；看着家人吃着我做的晚饭满足的表情，我比他们更满足更开心，虽然做一顿饭要花费两三小时时间；晴朗的周日午后，跟逛街购物相比，我更愿意坐在书架前的地板上，听着音乐看一本好书……

清清闲闲，没有太多的俗事杂事缠身，每天都有很多的时间用于休闲消遣固然每人都向往，但是，忙忙碌碌地，充实而进步，也很开心！

无论是清闲还是忙碌的，轻松的心情，满足的心情，快乐每一天，就好！

不会唱歌了

老朋友久别重逢，姊妹们好不容易相见，不亦乐乎，少不了天天一起混吃混喝，几天下来，特色农家饭吃了，新茶喝了，夜市啤酒也拼了，黄昏时滨江大道上沿江散步也走了好几遭了，这天傍晚又去江边散步，华灯初上，走过一家霓虹闪烁的华丽 KTV 歌厅，其中一位建议说：我们去飙歌吧？好久没唱歌了呢！

于是，呼朋唤友地走进了外观富丽堂皇的 KTV 厅。大大的水晶吊灯，璀璨的射灯，长走廊两边都是镜子，人在廊中走，对影成三人，恍然身边多了好几群人。包厢宽敞，气派的沙发一字排开，十几个人坐下去，也显得不拥挤，主人熟门熟路地叫服务员上水果拼盘等小吃，有人立马走到一侧电脑前，熟练地触屏点歌，不一会儿，歌声响了起来，小型的演唱会开始了！

朋友热心地问我想唱什么歌？唱什么歌好呢？最喜欢的歌星是王菲和刘若英，因为她们两个很有个性，刘若英还是才女，文笔了得。但是，王菲的歌音都很高，旋律也比较特别，一般人是很难唱好的，刘若英的歌我勉强能唱完整的就只有《后来》，那，就唱《后来》吧？

几首歌下来，我只能坐在那里喝菊花茶了，平时滴酒不沾的我，对红酒啤酒也是敬而远之。其他人倒是越唱越起劲儿，萧亚轩的，王力宏的，林俊杰的，韩庚的……一首接着一首，一个接着一个，特别是十七岁的儿子和十一岁的侄女儿，简直堪称"麦霸"，两个妹妹也不逊色，很多流行歌都会唱，都唱得很好！一个多小时、两个小时过去，我有点失落，我发现他们唱的歌，别说唱，有些我连听都没听过，而我会唱的歌，却是那么的少，明显已经是"老"歌了！喜欢音乐的我，居然不会唱歌了！

儿子还是青少年，侄女还是儿童，他们整晚唱的歌，歌词无外乎想念，思念，单恋，热恋……总之脱离不了爱情这个主题。记得我十一二岁的时候，唱的是《让我们荡起双桨》，十七八岁的时候，唱琼瑶的《在水一方》，也抒发了青春期的躁动和对爱情的神秘向往，但是，却比现今流行歌曲的直白明显多了一份委婉和含蓄。

很欣赏小侄女唱的《隐形的翅膀》："每一次都在徘徊孤单中坚强……"想起高中时，我们最爱唱的一首歌是《我多想唱》："我想唱歌可不敢唱，小声哼哼还得东张西望，高三了，还有闲情唱，妈妈听了准会这么讲……"

一整晚，没听到几首这样朝气蓬勃的歌曲，很可惜。是我不会唱歌了，还是我已经老到落伍了？朋友说，那倒不是，年轻人唱的这些歌的确如你所说，我也有同感，歌曲的调子整体低沉，节奏婉转，歌词不收敛，这大约就是他们喜欢的潮流和流行，不过年轻人总该是阳光的、阳刚的多一些。

不是落伍了，只是潮流不同而已。

二百五

二百五是什么？二百五当然是个数目字，比如二百五十块钱，二百五十头牛羊。但是，中文是很有趣的，二百五除了是个数目字，还可以有另外的寓意，很多时候，很多地方，二百五等同于"二杆子"，就是那种莽撞、无礼、粗鲁之人的代名词。没想到，二百五的两种含义，有机会一次体会到了。

妹妹携子来澳门探亲旅游，顺便也办理了香港游签证。预订了早上第一班从珠海九州岛港到香港九龙中港城码头的船票，当天我们按时到了码头，准备出发。过珠海海关时，由于各走不同通道，我先一步过了海关等他们。谁知轮到妹妹和小外甥时，被海关查验官告知她手持的是香港旅游签证，需要旅游团队登记表一份才能过关。已经过了海关的我，被海关官员押下通行证，允许回到对面，协助妹妹办理。我们询问在哪里拿这份团队旅游过关登记表？被告知旁边的旅行社柜台就有。举目张望，只见就在海关入口处，摆了一张办公桌，桌子后面坐着一位皮肤白皙，头发长长的女子，桌子上摆着一个小小的牌子：某某旅行社。急忙上前询问，这位女子慢条斯理地打开妹妹的护照看了看，打开抽屉拿出一张纸，说："每人一百五，两人三百。"我拿过那张纸一看，蓦然间想起，昨天从澳门回到珠海拱北时，在口岸地下商城里有人主动询问我们是否要团队旅游过关登记表，三十元一份。好像就是这样的一张纸。当时我在想，不会吧？这样一张纸就要人民币三十块？既然手持旅行签证，即便是海关要填表，也不用额外交钱吧，因为办签证时已经给政府交了费用了。

没承想现在成了每人一百五！我又走到海关指挥台，询问海关官员。被明确告知妹妹过关必须要有团队过关登记表，可以就在这个小小的办公桌，所谓的旅行社专柜办理。我说，昨天在拱北，被告知每人三十，但是现在那位女士说一百五，为什么？官员不耐烦地回答："这是人家旅行社的事情，我们只管过海关的事情，人家的价格，我们无权管也管不着，你看你是办还是不办？"妹妹在旁边着急地说："离开船还有八分钟了，办吧，出来玩，哪有不挨宰的？"只好走回旅行社小小的"专柜"，乖乖交钱，这时，那办事姑娘开口了："看你有个小孩子，小孩子就给你优惠一点吧，一大一小，总共二百五十块。"我和妹妹闻言相视一笑，二百五？好吧，二百五。

我心有不甘地再次对近旁的海关官员说："为何在拱北地下商城里是三十块，到这里就是一百五十块了？警察啊，你们也要管管啊！"几位海关人员笑而不语，其中一位五大三粗，穿另一种颜色的制服，似乎是行李查验官员的海关人员对我厉声呵斥："不要站在这里了！人家旅行社的事情，关我们啥事？不同单位，明不明白？你可以不交钱给她啊！莫名其妙！"闻言，我呆呆地愣在那里，不知道该说什么，更不相信我的耳朵……

已经过了查验关的妹妹走近我，急忙拽着我的手臂，说："快走吧，船要开了！"妹妹拉着我的手，安慰说："不要生气，就是这样的，我们已习惯了，越是你急着办的事，越是有人等着宰你一笔！"

一边向前跑一边回望，只见海关查验井然有序，就在海关查验口旁边的那个某旅行社专柜的桌子后面，那位姑娘依然气定神闲地端坐着，多像那几千年前那位钓鱼的姜太公啊！

一小时十分钟后，我们抵达香港，下船，入境香港时，小心翼翼地递上护照和那花了二百五十块办理的薄薄的一张纸，谁知香港海关查验官只接过护照，那张"珍贵的"有着一个大大的红色印章的纸人家接都不接，看都不看，只是仔细查验过护照，就放行了。

唉，好一个二百五啊！到底谁是谁的二百五呢？

小放纵

沉沉睡梦中，一阵急促的电话铃声催醒我，睡意蒙眬地伸手抓过电话："喂？""你还在睡觉啊？都几点了……"电话那端传来好朋友的声音，没听清楚她到底在说什么，霎时间已经吓得我清醒了大半："要回校工作？我迟到了?！"她咯咯咯地笑着说："你睡糊涂了？那个工作是下周六的，难道只有因为工作我才能打给你吗？我……"

放下电话，看看钟，已经上午九点多了，怪不得朋友诧异。我想起床，但是，头昏沉沉的，眼睛也打不开，只好倒头再睡下。

再醒来已经快十一点，最后这两小时睡得并不安稳，窗外院子里的嘈杂声不时扰我清梦，期间又接了两三个电话。我很少这么晚才起床，因为昨晚四点才睡，昨晚晚饭稍晚，饭毕已近十点，肚子饱，睡不好，于是，电脑上看电视剧，本想看一两集就睡觉，结果一集集追下去，直到困乏到眼睛不由自主闭上了，才合上电脑睡下。

这样连续几小时地看电视剧，有人称之为"煲剧"，非常形象，慢火慢慢煲，欲罢不能，当然，很伤身体，这不，即便是睡了七八个小时，头还是有点痛，更大的坏处是太浪费时间，使人晨昏颠倒。

我称我的"煲剧"为小放纵。心理学告诉我们：每个人内心都住着两个孩子，一个好孩子，一个坏孩子。好孩子要求我们做个符合社会规范的好孩子，坏孩子却诱惑我们时不时地犯点小错。

时时刻刻都做好孩子，固然应该，但是，偶尔的小放纵，看似身体受损，却收获了另一种幸福，这不，先是远方家人接连四五通电话，近乎唠叨地说我不应该晚上四点才睡觉，甚至调侃我还没成名成家呢，就想培养所谓作家的晨昏颠倒的坏习性了？调皮的小外甥义正词严地告诫说："大姨，你晚上要早些睡觉，早上要早早起床，养成早睡早起的好习惯！"我听了只有汗颜的份儿，这小小放纵简直让我以后在孩子面前威严扫地呀！

母亲大人更焦虑："你这么大个人了，怎么还像个小孩子呀？熬夜最伤身体，早餐也吃不成。你平时生活习惯很好的呀，从来都是十一点上床的，这下好，儿子没在身边了，你就这样……"听她那口气，恨不能立刻飞来身边，打我几下以示惩戒。

我像个做错了事情的孩子，虚心接受大家的批评，正在给亲人深刻反省和口头保证呢，听到有人拍门，打开门一看，居然是好朋友微笑着站在门外："担心你继续睡，搞到今晚又睡不着，来陪你吃饭，不许睡午觉了！"

哦，偶尔的小小放纵，收获了大大的幸福！当然，为了爱我的人，也为了我自己，我以后还是做个"好孩子"吧，哈！

分担

想到"分担"这个词，是一个周末的下午，跟朋友对坐在一家特色火锅店里的时候。

南国的十月总算是有了秋的况味，虽然秋意还不是很浓。下午五点多，太阳已经没那么刺眼了，照在身上没有火辣辣的感觉，倒有几分温暖和舒服；微风拂面，送来一点秋日的凉意，走在高大的木棉树下，接住几片飘落的黄叶，抬眼看看翠绿的树冠，不明白这几片叶子为何偏偏要飘落下来呢？朋友说因为大树知道我喜欢秋天，所以送给我秋天的名片呢！

朋友是多年的知己，周末特地来看我，我带她去吃特色火锅。我们来得早，还没到晚饭高峰期，店子里比较清静，正是我们想要的。

我们一边吃着美食，一边聊天。朋友说看看不远处的邻座，多好哇！一看就是亲密和睦的一家三口；那边，好像是个快乐大家庭？从长相看，坐在中间的是白发苍苍至少有八十岁高龄的母亲，她两边的，是两鬓泛白的几兄弟姊妹吧？还有他们的家人，小字辈……我说，我也喜欢看到这样温馨的场面，吃火锅就是要人多，才能吃到更多的美食，像我们这样，两个人来吃火锅的比较少呢，下次我们多约几个朋友来。

正闲聊间，推门走进一对俊男靓女，均二十出头的样子，女孩子模样姣好穿着时尚，空着双手走在前面如同高傲的公主，男孩子也还算帅气，双手拎着好几袋东西跟在后面，好像她忠实的仆人，可能他们刚逛完街；惹人注意的是男孩子肩上还挂着一个有细长金属链、时尚耀眼的鲜红色小坤包，显然，这是前面女孩子的随身小包。他们两个在服务员的带领下，落座在我们不远处。

我正想说这不，也有两个人来吃火锅的了！朋友先开口了：这男的好搞笑啊，怎么背这么女性化的一个包呢？真要命！我答，你真的没看出来吗？这是他身边那个女朋友的包吧？他帮她拎东西，帮她拎包，也许，这就叫分担吧？

朋友说，未必，一个男的愿意帮你拎包，可能是有为你分担的心思，但是，这么小的一个坤包，又有多重呢？何况男人拎个女人的红色小包，多难看啊！如果结了婚，他还愿意出门就帮你拎所有行李，也愿意多数时候抱着孩子，遇到了困难他愿意帮你解决，你不开心了他愿意为你分忧，这才叫分担呢！背一下小包，才不叫分担呢！可惜呀，年轻小女孩儿们偏偏就是喜欢男朋友这种形式化的表现！

听着朋友关于"分担"的高论，我差点笑出声来，赶紧夹了一筷子刚烫好的蔬菜放到她的碗里，微笑着说：哇，果然是过来人呀，小女孩儿长大了！对，帮着背一下小包绝对不算是分担，形式主义害死人呀，所以，你赶紧为我分担一些蔬菜吧！

说归说，笑归笑，实际上谁不喜欢有人为你分担呢？哪怕只是形式上的。

重逢一碗面

下班前同事说明天早上会去一家平时很少去的茶餐厅买早餐，想吃的报名，有这等好事，我怎能错过呢？赶紧搭顺风车，拜托同事也帮我买一份回来。

第二天早上，打开同事放在办公桌上的早餐盒，着实吓了一跳：这份早餐未免分量太大、太丰盛了一点！只见整个饭盒密密麻麻铺着一层切成条状的鸡扒，旁边还挤着五粒足有乒乓球那么大的淡黄色鱼肉丸子！说是鸡扒鱼蛋面，却只见鸡肉和肉丸子，不见面，分量十足。鸡扒看起来煎得很够火候，呈褐黄色，泛着柔和油光，点缀着小小颗的黑胡椒粒，看起来就很香很好吃！谢过同事之后，迫不及待地夹起一块鸡扒放进嘴里，嗯，外焦内嫩，煎得刚刚好，肉质不柴不干，很有嚼头，很有口感，咸淡适中，有浓郁的香味，好像放了香叶茅根之类的东南亚作料，简直太美味太好吃了！嗯，这味道怎么这么熟悉呢？绝不是我经常吃的工作单位周围那几家餐厅的风味，是一种似曾相识的熟悉的味道。好像以前在哪里吃过？于是，问同事这早餐是在哪一家茶餐厅买的？她说出一个地名，说这家餐厅原本在某某社屋楼下，现搬迁至新的社屋楼下。

果然是那家，几年前我居住地附近，小小咖啡室位于一栋古旧的粉红色社屋楼下，铺面比较狭窄，放不了几张桌子，好在门前是小区休闲地，面积不小，空地上有几棵高大的树，大树墨绿的叶子很肥厚，很大，好像老外婆的大蒲扇，树冠撑开来好像一把巨伞，阳光就从树枝的缝隙漏下来，洒下一地斑驳光影。树下散放着一些矮矮的长条石凳，还有一些矮桌子，小板凳，不远处有一个儿童游乐区。附近居民都喜欢来这里坐坐，小孩子在游乐场攀高爬低嬉戏，大人坐下喝咖啡聊天闲侃，小狗小猫跑来跑去撒欢儿，一派悠闲舒适。儿子那时候正上小学，上学必经此地，天气好的时候，下午放学走到这里他就不愿走了，眼巴巴申请放下书包去游乐场玩一会儿，基本上每次我都点头同意他去玩，他玩开心了，回家也会开心地很快完成功课。于是，儿子在那边玩，我在这边手拿一杯不锈钢杯子装着的热咖啡，坐那里看天，看云，看狗，看人……大约半小时过去了，儿子满头大汗跑过来，喊叫饿了，我给儿子擦擦汗，递上一个热乎乎的鸡扒包（有时候也吃猪扒包、米粉或者面），儿子拿过面包，总是问："妈妈你吃了吗？"我答："没有呢！"儿子赶忙递过鸡扒包，让我先咬一口，我说我不吃，我回家吃水果，儿子坚持让我咬一口他才肯开始吃……

时间过得很快，当年小小孩童如今已经读大学了，我们也搬离了那一区。同事无意间买回来的这碗面，让我回忆起了那段接送儿子上学放学的幸福时光，那个古旧社屋下的那家咖啡室，美味的鸡扒包，那些大树，大树下的小凳子，闲坐的人。人的味觉真是奇怪，曾经吃过的东西，哪怕很久没吃过了，有一天一旦再次吃到，曾经的味道立马复活，过去也被味蕾激活。

由此也想到，如果是幸福的味道，可以一再尝试。如果明知道，或者以前试过是苦涩和痛苦的，就不要再尝试了吧！

应酬中的美食

不用想，应酬中的美食是一种郁闷的观望，尤其在北方！

有应酬的时候，无论自己是主是客，一桌菜肴总有几道是自己喜欢吃的美食，但是应酬的时候能好好享用美食吗？答案是肯定的，不可能！

品美食，必定三五知己，心情轻松，把聚会简单到单纯的吃饭，没有其他附带任务；轻声细语，无套话客气话要说；慢慢用，慢慢品，不赶时间，才能品出食物的味道。应酬时，一桌子的人，人多必嘴杂，人多必喧哗，这是中国人通病。既是应酬，必然要注意到方方面面，要注意尊老爱幼啊，该对谁说什么话呀，别人跟你无话找话，你也要尽量跟人套近乎，找些共同话题以免冷场啊，他给你敬酒，不管你是否善饮，你也得赶紧回敬呀……一顿饭吃下来，食不知味不说，脸上的肌肉都有点僵了，皆因保持淡淡的微笑时间太久的缘故。

在北方吃饭，除了上述应酬之苦，更让人头痛的还有喝酒！所谓无酒不成席，无酒不欢，在北方，凡是宴请就一定要喝酒，公事应酬要喝酒，就连亲朋好友相聚吃个饭，也一定要喝点酒，不知道是北方人多数善饮的缘故，还是地域风俗习惯使然。所谓"感情深，一口焖，感情浅，舔一舔"，把喝酒与否跟彼此交情联系了起来，于是，不善饮如我者，很多次只好无可奈何地拿起茶杯，以茶当酒跟人碰杯，万一你招架不住对方热情洋溢逻辑分明的劝酒令，硬着头皮喝了一小口啤酒或者红酒，马上完蛋，接下来你必须喝酒，不可以再用茶水"搪塞过关"了！

更好笑的，见到喜欢的菜肴上桌，想大快朵颐以解乡愁，刚伸手夹了一箸菜往嘴里送，就听到有人叫我，抬头一看，对面有人端着酒杯要跟我喝酒，只好连忙放下筷子站起来，环顾左右，只见大家都站着，喝酒的，敬酒的，劝酒的，唾沫与热情齐飞，酒菜共融烩一碟，好生热闹！满桌满碟的菜肴却多半没人动筷子！即便是想吃，眼见刚有点点酒水洒落，还能吃得下吗？如此这般，别说品美食，就连想吃饱都有点困难呢！

还是更欣赏和习惯南方的宴会聚餐，菜一道道上来，服务员细心照顾每一位宾客，大家要做的只是谈天说地，细品美食。酒水？善饮、好饮者想喝就喝呗，自有服务员给你斟酒，多为红酒或者啤酒，鲜有要求喝白酒者，甚至一般没有白酒提供，更没人特意给你敬酒，大家也不互相敬酒，一致认为酒只是部分人用以佐餐的附属品，不是某种媒介更不是必须。如果婚宴、寿宴或者单位团拜，主人家或者领导只会在宴会中场时一席一席过来祝酒一次，大家共举杯，没人考究你的杯子里到底是酒是茶还是白水，要的只是一个真挚的祝福和彼此尊重的气氛。

虽然不能因此就说南方宴会的喝酒方式更文明，北方的应酬喝酒不太文明，但是，南方的应酬和聚餐更让人轻松舒适一些，至少，不会可惜了满桌子的菜肴和美食。

将就

家里厨房洗菜池的水龙头漏水，水渗到橱柜下面到处都是。请了两个师傅来修理，第一个简单地紧了紧水龙头螺丝，就说好了，结果漏得更厉害；第二个一番检查，说是连接热水的管子老化了，要换，干脆冷热水管子都换掉。这下该解决问题了吧？还是隐隐地渗水。唉，将就一下吧，反正问题也不太大，浪费不了多少水。

十来天过去了，昨天惊见橱柜里面一块木板翘了起来，还有点发黑，急忙再致电水电师傅，请他抽空来看看。结果是水龙头坏了。师傅给换了一个新的，价钱不便宜。问师傅为啥前两位师傅都解决不了问题，他说一来可能人家没找出渗水原因，二来即便是找到原因了，也嫌整个换掉太麻烦，何况一个新的水龙头要好几百块，问题也不是太大，将就一下算了。

问题就出在这个将就上面。

将就，有人认为是一种变通。比如说家里没买菜，就说将就一顿，随便吃点什么算了。也有例外的，在杂志上读到某才女的故事，说她凡事认真不肯随便将就，一次她自己亲自下厨，请一帮朋友吃蒙古烤肉大餐，菜上齐了，宾客即将举杯时，她发现用来佐餐的蒙古特色背景音乐碟找不到了，于是，此才女请大家都坐着，千万别动筷子，等她出门买回她想要的那张音乐盘片回来再开吃，她夺门而去满城地搜碟，扔一帮朋友在她家里呆坐着等她一个多小时，面对美食巴巴地流口水……这样的看似追求完美，不肯将就一点，似乎已经是固执到近乎偏执的地步，是大可不必的。

将就很多时候是一种逃避的态度。明明知道有问题，不去正视问题，还用借口来掩饰来忽略问题的根本，结果，只会是出现更大的问题。比如我的水管漏水，师傅想着将就一下，简单给修理一下就算；我想着已经修理过了还是解决不了问题，不如将就着用。结果当然是没办法将就，要整个换掉，要不然，就只能任由整个橱柜都烂掉。

将就还是一种委曲求全。比如有的夫妻，表面看起来是郎才女貌非常登对的一对，实际上早已经貌合神离同床异梦多年，有的为了孩子，有的为了大好家庭的风光面子，有的只是惰性使然，还是就这么地将就着过了一辈子，还美其名曰成就了最终的胜利和幸福。只是，如鱼饮水冷暖自知，夜深人静的时候，老之将至的时候，只有他们自己才知道这将就的背后是什么滋味了。另一位女友，性格外柔内刚，坚定地离开一再背叛自己的旧爱，选择了独立和孤单，经常有朋友不解，说看看你现在清苦的独立生活啊，你为啥就不能将就一点呢？她只是笑笑，我现在很快乐啊！她的内心说，倒是想要将就一点，你可知道，将就很难。

宝岛才女刘若英的歌里也唱道："想要将就一点，却发现将就更难。"的确是这样。

因为，将就，从本质来说是不同于迁就的。迁就有爱意的温暖在里面。将就，已经是敷衍而无可奈何的态度了。

物质追求上大可以将就一点，精神领域里来不得半点的将就。仅仅是生活习惯方面带出的差异，还是多迁就一点吧。

"头爆炸"和"谣盐"

辛卯年三月也是一个多事之春，先是3月10日我国云南盈江发生了5.8级地震，接着，3月11日，与我们一衣带水的日本仙台、福岛发生了9级强震，地震导致了恐怖的海啸，继而引发了福岛的核电站爆炸……

一连串天灾人祸的消息，让我想起去年比现在稍稍晚一点的4月，先是欧洲火山爆发，火山灰飘散导致民航业受影响，接着我国青海玉树发生了强震……我们的春天怎么了？春天还是那个莺飞草长花红柳绿的明媚四月天吗？我们的地球怎么了？真要实现玛雅人的预言了吗？

这让人内心总是有些不安。也有人无奈地说，连年发生雪灾啊，地震啊，旱灾啊，水灾啊，太多了，见怪不怪，都麻木了！真的日趋麻木了呀？记下近日的几件"趣闻"，一来为了记录，二来，既然是"趣闻"，可能博君一笑，顺便刺激刺激我们日趋麻木的神经。

先说同事讲述的真实故事：日本发生九级地震后的第四天，在远离日本两千多公里的澳门，华灯初放的夜晚，一个四口之家温馨的餐厅里，最小的女儿香甜入睡在婴儿床，四岁的小女孩跟爸爸妈妈围坐在餐桌旁，一边用晚餐一边看电视，电视正播放日本地震的相关报导。

爸爸对妈妈说："这次日本惨了，地震已经很惨，还有海啸，地震海啸已经够惨的了，结果还有核电厂爆炸，核泄漏的危害更是长期的影响⋯⋯"妈妈说："是啊，看看，三号机组又要爆炸了！"这时，小女孩插话了："对啊，爆炸很恐怖啊，我们老师说这两天不要出门，不要淋雨，要不，头会爆炸的！"

闻言，爸爸妈妈愕然相互对望一下，停下筷子，对女儿说："什么？头爆炸？"询问之下，原来，小女孩就读的学校听信了传闻，相信日本福岛的核电厂爆炸导致的核污染会对本澳有影响，呼吁学生采取相应保护措施，其中，特别提到下雨天不要淋雨，最好穿着雨衣，注意保护颈部以抗辐射。小女孩现在就读幼儿园中班，幼小的她把老师的训话接收成了"头不能淋雨，要不头就会爆炸"，让人哭笑不得。稍后，该校发出了相关提示短信给广大家长。第二天，在《澳门日报》上看到了关于这间学校发送手机短信，提醒家长及学生们采取一定措施预防核污染扩散本澳的相关报导。

于我，初闻日本发生 9 级大地震，继而海啸席卷大地，大自然的威力让我不寒而栗，让人思考"人定胜天"之类豪言壮语的可怕，我们实在应该对大自然多几分敬畏；同时，居然有"隔岸观火"事不关己的冷漠，毕竟，日本之于我中国，有太多让人唏嘘的复杂纠结情绪，我们这一代，从爷爷那里，从父辈们那里，听到过太多关于历史的仇恨；我甚至还有一点幸灾乐祸，小日本受灾了，这下他没有精力找中国事了，比如钓鱼岛之争。继而，连续在电视上看到灾区惨景，又让我理性看待日本灾情，我对地震灾区民众产生了强烈的同情，期望他们的政府早日把援救物资运抵灾区。

接着，日本福岛的核电站机组相继爆炸，发生核泄漏。接下来，全球多个国家开始反思核电站的必要性，民众甚至抵制兴建核电站。电视新闻，报纸网络，民众议论，还没有啥时候"核电站，核泄漏"这两个词语像现在这样高频率地被使用。

第二件趣事，当然就是把"谣言"改写成了"谣盐"的抢盐事件了。日本地震后的第六天上午，一位亲人告知我内地人都在抢购食盐，问澳门情况，我说好像还没听说。午饭时间，澳门一位朋友电话他的家人，说到处都在抢购食盐。我和朋友不信，走访几家超市，果然，货架上已经见不到一包盐，无论一块多钱一包的平价盐，还是二三十块一包的进口盐，均被告知已经脱销，昨晚上已经被抢购一空了。超市里明显比平日多了几倍的人流，有人像我们一样在找盐的，更多的，在买酱油、鸡精，她们说没盐卖了，酱油鸡精也是咸的，多买几瓶也一样，还有的在大包大罐的买米买油，我感到不可思议，也有了几分茫然。

这时，接到母亲电话，说妹妹家昨天下午做晚饭，盐用完了下楼去买，结果到处都买不到盐，好不容易找到一家店铺有盐卖，但是居然要三十块钱一包，问我澳门情况如何？老人听我说澳门也到处都在抢购盐，盐已经脱销，老人一下子就慌了，老人深知自己体力有限，没那个能耐去超市人挤人地抢购，决定人上托人，动用关系，定购一箱食盐，四十包，至少不用担心涨价或者脱销了。听着母亲的诉说，我只有安慰说没事的，定了也好，买了放在家里，再看情况。

到下午看新闻才知道，短短两三天里，神州大地到处都在抢购盐，无论港澳，还是内地，无论北京，上海，还是广州，无论大城市，还是小城镇。这一次全国人民倒是难得如此齐心，统一行动啊！当然，抢购食盐乃至食用油，大米的，还是属于少数人，比如我的同事就没有一个人去做这件事情的。可是十三亿中的少数人统一行动起来，一两天内就造成了让人吃惊的局面。

第二天早上，在办公室里，大家纷纷热议抢购食盐事件，其中，我听到了几件趣事，摘录于此：

1. 老妇甲拖一小拖车蹒跚而行，满载食盐二十余包，食用油一大罐，大米一包，电梯间偶遇老妇乙。老妇甲："大家都在抢盐，你怎么不去啊？"老妇乙："不去喽，非典的时候我抢的那些到现在还没吃完啊！"

2. 儿子听闻妈妈没去抢盐，窃喜老妈素质高，故意问妈妈："妈妈你怎么没去抢盐呢？"

妈妈："抢盐是为了防辐射，听说用盐水洗澡最好。但是澳门的自来水已经够咸的了，还用加盐吗？"

3. 甲："你相信多吃一些盐可以防辐射吗？"

乙："不信。"

甲："那你为啥也去抢购呢？"

乙："我看大家都在排队抢购，我也就跟着去喽！"

甲："那为啥还要抢米抢油呢？"

乙："都说了是人家抢，我也跟着抢喽！万一真的没有了，一大家子人吃啥啊？就算是有，如果都涨价了，也恼火啊！"

到这里，"谣盐"和"头爆炸"已经让我的头有些痛，我的心也在隐隐作痛。我们乡下口语中，一个人歇斯底里前，就会痛诉"我的头都快炸了！"某种情况下，这个几近爆炸的头，比真实的爆炸更让人痛苦难耐。一个四岁的小女孩，她所想象的头爆炸的画面和她童真清澈的双眸中看到的电视画面上的福岛核电站的爆炸景象，是不是同样非常震撼呢？我不得而知。正如我无言以对我的学生焦急而认真地问我："老师，核电站是我们人类发明和兴建的，明明知道可能爆炸和污染环境，为啥我们还要兴建呢？"

孩童有真

———

真想到你家

真想放学到你家，我的学生！当我看到你交上来的功课又欠完成，仍然停留在昨天在学校里做的部分，想跟你一起回家，看看你五点钟之后都做了些什么？为什么连十几分钟、半小时做完功课的时间都没有？看看你有没有做功课的小桌子？你平时都在哪里写字看书？

真想到你家，我的学生！当我看到你眼角挂着眼屎，校服衬衣已经分不清到底是白色还是灰色，领带滑稽可笑地卷在脖子上，像一条油乎乎的香肠，裤子短到小腿几乎成了七分吊脚裤，脚上穿了双同样分辨不出颜色的球鞋，我真想跟你回家，看看你家里是否有洗衣机？是否有穿衣镜？你可是生活在相对比较富裕社会福利较好的澳门呀！我想教会你使用洗衣机，晾晒衣服，教你运动服才配球鞋，校服正装要配黑色皮鞋，教会你临上学出门前要照照镜子。

真想到你家，我的学生！当我又看到你在课堂上睡着了，下课问你，你说因为昨晚看电视看到十二点才睡觉；当我听到班主任说其实你是你妈妈的小儿子，有非常宠爱你的母亲，还有一个读中学的姐姐时，我想跟你一起回家，见一见她们，看看她们是如何爱你的，再看看为何电视对你的吸引力这么大？姐姐做不做功课呢？姐姐做功课时，你在干什么呢？

真想到你家，我的学生！在我小时候，老师会去学生家里家访，现在老师通常情况下只能通过电话跟家长沟通，不知道如果老师去家访，家长有时间接待吗？愿意接待吗？

真想到你家，我的学生，只是看看你放学后在家里的情景。

飞进教室的蝴蝶

"你从哪里来，我的朋友，好像一只蝴蝶飞进我的窗口，不知能做几日停留……"一只美丽的蝴蝶翩翩飞进诗人的窗口，诗人想起了和朋友间的友谊，由此思念友人。有一天，一只小小的蝴蝶从窗户飞进一间正在上课的小学生教室，它带给孩子们什么呢？

就是那样平常的一个春天的上午，校园里静悄悄的，学生们正在上课，老师声情并茂地讲解着，学生们聚精会神地听着。这时，一只小小的蝴蝶扑闪着翅膀从窗外飞进了一间教室，靠窗的男孩首先发现了蝴蝶，他先是把头一缩，再立刻用手中的课本挡住自己的脸，好像生怕蝴蝶飞到他脸上。蝴蝶轻盈地掠过男孩头顶，飞到教室中间，这下子，至少五六个孩子都发现了这只蝴蝶了，他们的目光从老师身上转移到小小的蝴蝶，追逐着蝴蝶的飞舞，胆小的女孩子发出一声低沉的尖叫，立马趴下身子，胆大的男生却兴奋地站了起来，拿手中的书去扑打蝴蝶，教室里顿时乱成了一锅粥！

"同学们，安静，安静下来！"被迫中断教学的女老师愠怒地提醒孩子们。孩子们立刻安静下来，但是，目光却仍然被蝴蝶牵引着，大多数孩子显得害怕地趴在桌子上。

老师一边走向门边，一边说："同学们，这只蝴蝶只是走错门了。不过，可能因为她喜欢我们，才来我们这里呢？让我们放她出去吧？"老师打开了门。

"可是老师，我不喜欢蝴蝶。我妈妈说蝴蝶翅膀上的粉末有毒，如果吃进肚子里我们就会死。"一个孩子说。"就是呀，蝴蝶还是虫子变成的，好恐怖好恶心哦！"其他孩子附和。

老师愣住了。稍作思索，老师说，同学们，其实蝴蝶并没有我们想象的那样可怕，相反，她在花丛中翩翩飞舞，帮花朵授粉，花朵才得以开得灿烂；蝴蝶的种类也很多，在中国的云南和台湾都有蝴蝶谷，那里栖息着很多美丽的蝴蝶，因此，很多诗人用美丽的诗句赞美翩翩起舞的蝴蝶，很多词曲家为蝴蝶的舞蹈作词谱曲；我们中国还有《梁祝》的故事，最后主人公就是化作了两只蝴蝶，曲作家根据《梁祝》谱写了小提琴协奏曲《梁祝》，其中最广为传诵的一章就是《化蝶》。看着孩子们专注的眼神，老师唱起了"你从哪里来，我的朋友，好像一只蝴蝶飞进我的窗口……"同学们终于对蝴蝶投去温柔的目光。

"让我们把窗户也打开，让蝴蝶飞出去吧？"老师建议。

终于，那只蝴蝶在同学们的目送下，从打开的窗户飞了出去。

蝴蝶，蝴蝶，你这会飞的花朵，应该属于春光，属于花丛和草地，属于大自然，也应该停留在孩子们的心里。

妈妈你慢慢来

做小学教师的好处很多，其中一个就是可能有些职业不放的假，小学教师却可以跟学生们一起放假，比如儿童节。

放假当然是让人开心的好事，放假前一天，就听到同事聊天，策划假期要带孩子去哪里玩，有的去迪斯尼乐园，有的去番禺香江野生动物园，留在本澳的，也安排了丰富多彩的节目，总之，孩子的节日，当然要带孩子开开心心玩一天，给孩子礼物更是少不了……

微笑地听着好朋友们的谈话，却是无从插嘴，因为，家有小儿初长成，儿子已经十七岁了，正是要自由要民主要独立的年纪，是绝对不会去那么"幼稚"的地方的，就在上周日，问及儿子可否愿意跟妈妈一起去《华侨报》举办的"庆六一园游会"看看，儿子敷衍地说："我还去儿童节园游会呀？是小孩子去的！"我只好跟同事及其儿女一起去了，其实园游会举办地卢廉若公园是他小时候最爱去的地方之一。

慨叹光阴似箭，时光如梭，不知不觉间，儿子已经长成了壮小伙子了。孩子成长得是如此快，什么时候起，早上他不用你送他上学了？什么时候起，他有了自己的朋友圈子？什么时候起，他学会了做饭，即便是独自一人在家，也能把学习和生活安排得有条有理？甚至，在他高二的暑假，还独自一人远赴重洋，去了法国游学两星期？

是的，儿子已经长大了，不再是那个离不开妈妈的小小孩童了。这个过程其实是多么快啊！快到在早上上班路上，看到那些年轻的妈妈拖着年幼的孩子上学，急匆匆赶路时，想对那年轻的妈妈说：妈妈你慢点走呀，你的孩子的腿还很短，小脚丫子还很小，他是一路小跑着，被你扯着拽着，才跟上你的脚步的呀！

公园里，小孩子在池塘边看鱼，问他身边的妈妈："妈妈，金鱼睡觉时眼睛是睁着还是闭着？"他的妈妈说："不知道啊，你几时可以长大，不再整天问些无聊的问题！走了！"——妈妈你坐下跟孩子一起看看鱼呀，也许就在下一刻，孩子就少了探究的眼光看世界。

好朋友每见到我的儿子一次，就大发感慨一次：我的小宝贝啥时候才能像你的仔仔那么大，那么优秀哦？她才两岁半，唉，有得捱的！"——妈妈你不要着急，慢慢来呀，有苗不愁长，孩子的成长，其实很快很快，有你耐心而细心地陪伴，于你，于孩子，才是最快乐的事情。

小读者

2012 年元旦前一天是周一，学校教学正常进行。下午放学后，去给五、六年级的学生上"讲故事兴趣班"。兴趣班比较轻松，开始总有十分钟的让学生畅所欲言的时间，算是为后面的阅读故事、演绎故事热身。

因为刚放了长假回来，孩子们就像很久没见面的老朋友一样，一坐下来就叽叽喳喳说个不停，分享彼此的假期见闻。我请大家不要抢着说，一个一个来，分享一下假期里最有趣、最难忘、印象最深刻的事情。有的孩子说，最开心是跟爸爸妈妈去吃了圣诞自助餐；有的说，最难忘是回了福建老家看外婆；有的说，最开心是跟家人去了香港看圣诞灯饰，但是坐船时晕船了，还难受得吐了；有的说，假期好无聊，爸妈都上班，他和姐姐待在家里哪儿也没去……每一位的发言都让大家随之开怀大笑或者遗憾叹气。

到了一位六年级的女生，她有着一双聪慧明亮的大眼睛，充满灵气和神采，平时很活泼，刚才却没抢着发言，只见她神秘地从课桌桌斗里拿出一本书，小心地打开，对我说："老师，我买了您的《秋叶集》，假期里看了一遍了，现在开始看第二遍，我很喜欢其中这篇……"我的心一颤，不敢相信这孩子居然去买了我的散文集来读。只听她继续说，在学校班级周会我主持的写作讲座上，主任介绍我曾经有散文集出版，这次她在我的指导下参加全澳门讲故事比赛获得了二等奖，奖金是一百元购书券，假期里她去了澳门文化广场，想用书券选购书籍和文具。她到了文化广场，突然想起我的这本书，于是向书店前台工作人员查询，殊不知一眼看见一位收银员正手捧一本《秋叶集》看得入迷，工作人员说："还剩两本了！"于是，她立刻买了一本，那位女收银员还说："还剩最后一本呀，我也买了吧，这本书还是很有趣的！"同学们听了她的购书经过，连连说："老师您的书还有哪里有卖的呀？我也想要！"……孩子们围绕这本书七嘴八舌地提了一大堆的问题。

看到孩子们对老师的文章汇集成书的惊讶和钦佩，我很感动，于是对他们解释了我这本散文集结集出版的经过，我告诉他们：写作一点都不神秘，你们不也每周都要写作文，写周记吗？这是老师的第一本散文集，在学校的鼓励下结集出版，当时老师有些文笔还很稚嫩，不过，知道你们也会买来读，老师以后会更努力的，希望第二本书能带给你们更多的惊喜！

由于还要进行讲故事阅读和演绎训练，围绕我的书展开的讨论在我的引导下很快停了下来。原本平常的一节课外活动前的分享心得事件，由于我的学生成了我的小读者，让我在新的一年到来之前对写作有了新的感动和体会。

一个作者，知道有人愿意花钱去买你的书，而且会用心去看，无论读者的年龄长幼，都会让作者满心感动。用心写作对于一个教师有更特殊的意义，这个意义在于教师的"言为人师，行为世范"，教师写作更要注重于写作内涵的思想性，严谨性，文章要多一些美，至少，要对得起小读者们。也正因为我的小读者和小读者口中的那位女收银员，让我对自己的写作多了一些信心和力量，我相信，我会用心写作，越写越好的。

这是过去一年的收获，也是新年里最美好的礼物之一。

儿童故事的审美取向

——2010 儿童讲故事颁奖礼有感

12 月 11 日，周六，早上天空灰蒙蒙的，好像是阴天，最后太阳还是出来了。到了中午，太阳很灿烂地照耀着，显得喜气洋洋。午后一点多，我带着五位学生急匆匆地在望厦山上的步行径走着，无暇看周围的风景。我们是去澳门旅游学院参加澳门"讲'德'好听"儿童讲故事比赛 2010 颁奖典礼的。

澳门旅游学院依山建在风景秀美的望厦山上，欧式风格的建筑庄严雄伟，散发着浓厚的艺术气质，这里是澳门国际旅游业才俊的摇篮。临近圣诞节，到处都装点着圣诞树、鲜花和圣诞灯饰，让这座澳门第三大高等学府显得更加美轮美奂。由澳门教青局主办、图书管理协会协办的一年一度的儿童讲故事比赛颁奖礼今天在这里的礼堂举行。学院礼堂外的庭院很漂亮，葱绿的植物，小小的喷泉，舒适的藤沙发，柔软而富弹性的坐垫，营造出优雅写意的闲适空间。今天，这里却是人头攒动，有限的六七张沙发坐满了人，很多老师，家长和学生们只好三三两两地站着，这里一堆，那里一群，孩子们叽叽喳喳地，像是欢快的云雀唱着动听的歌谣，工作人员高声点名，张罗着不同组别的获奖同学报到和彩排事宜，场面热闹而有序。我想，旅游学院平日里很少有这么多的孩子来这里，很少这么喧闹吧？

与会的老师和获奖的同学们个个笑逐颜开，孩子们更是兴奋莫名。从大赛组委会得知，今年的儿童讲故事比赛是历年来规模最大的、参赛学生人数最多的一次，有三十多家学校共三百多名学生参加，最后评选出的奖项却是有限：参赛学生分为高小组、初小组、个人组、团体组四个组别，优异奖每个组别各一名；一等奖每组别五个共二十个，二等奖每个组别五个共二十个，竞争可谓空前激烈！而获得优异奖的组别获邀在今天的颁奖礼上演出，这是颁奖礼另一个看点和重中之重呢！此外，教青局还邀请了台湾，香港以及广州的儿童讲故事获奖者来现场友情表演呢！

　　经过报到，彩排等准备工作，下午四点钟，颁奖典礼正式开始了。友情表演果然很精彩！来自台湾的小姑娘一身高山族民族服饰，手拿两个大大的布偶娃娃，用台湾特色的国语，柔声柔气绘声绘色地演绎了一个高山族部落酋长的小公主由任性到懂得理解他人尊重他人的故事。其中，她用手中的布偶娃娃替代故事中的两个人物，酋长和老人，这种方法很值得借鉴。来自广州的一位男同学年纪不大，个子可不矮，他身着灰色长衫马褂，围着灰色长围巾，手拿折扇，古色古香的扮相俨然一位明清时期茶楼的说书人，他用广州话给大家讲了个小康熙智斗鳌拜的故事，字正腔圆，声情并茂，铿锵有力，生动形象，博得满场的掌声，特别是他的收尾语用了传统的"欲知后事如何，且听下回分解"，勾起了大家的期待，我身后的一位家长诙谐地大声说："你真要还有下回分解才好哦！"

　　来自香港的表演嘉宾是一位小姑娘，相比台湾和广州的两位，我认为这位小姑娘就略显逊色，她用的是香港特色的广州话来讲香港著名儿童作家潘明珠写的一个儿童故事，她很多句子的末尾一个字喜欢拖长音，声调上扬，俗语把这种拖音叫做

"懒音"。我的母语是普通话，对广州话只能是能听能说，说到广州话讲故事的技巧，我可能不够专业资格来点评，但是，我认为这种刻意地高频率地拖音，是不太合适的，是有待商榷的。可惜，在接着的澳门获得优异奖的学生表演中，我又多次听到这种拖音的演绎方式，特别是初小组。

　　高小组团体优异奖的获得者演绎的故事《卖香屁》把颁奖礼推向了高潮和空前热烈的场面。先简单叙述一下两个男孩子演绎的故事梗概："有两兄弟，大哥懒惰贪心，弟弟勤劳善良。父母双亡后两兄弟分遗产，好房子好地一头牛归了大哥，茅草房差山地一只小狗归了弟弟。弟弟无奈之下，拿狗来犁地。过路商人看见狗犁地，觉得不可思议，遂用一车货物来换得亲眼见到狗犁地的奇观。哥哥听说弟弟用狗犁地轻易换回满满一车货物，就向弟弟要来小狗帮他犁地，谁知小狗一点都不跟哥哥合作，不愿帮他犁地，哥哥生气地把小狗打死了。弟弟很伤心，就把小狗葬在了地边。不久，小狗安葬的地方长出了一棵树，树上结满了奇异的果子，弟弟摘下来吃，果子又香又甜，而且，吃下后弟弟连连放屁，不过，他放的屁一点都不臭，不但不臭，而且清香扑鼻，于是，弟弟干脆做了一面锦旗，上书"卖香屁"三个金光闪闪的大字，去到集市，一边挥动锦旗，一边吆喝"卖香屁卖香屁，闻一闻空气清新，吸一吸舒筋活络！……"弟弟的惊人之举惊动了县太爷，于是弟弟又用香屁换回了县太爷赏赐的一百个金元宝。哥哥又听说了弟弟遭遇的好事，哥哥也去摘了树上的果子来吃，果然哥哥也放屁了，哥哥主动去找了县太爷，想用屁换元宝，可是，却换来了一百大板，打得他屁股开花，因为，哥哥的屁不是香屁，是臭气熏天的臭屁！"——故事到这里结束了，两个男孩子非常投入，用广州话演绎得非常生动，活灵活现，他们总结道：这个故事告诉我们做人不要贪心。他们获得了满场的欢笑和喝彩。

故事是比较有趣的民间传说。孩子讲故事的演绎技巧也很值得称赞。只是，在满堂哄笑连连之中，我有了一点疑惑：如此富丽堂皇，如此高雅的礼堂里，台下就座的有天真烂漫的小学生，有各校的校长教师，还有教青局的官员以及关心教育的家长和各界人士，明亮的舞台之上，孩子的嘴中却发出模拟的"噗——噗——"放屁声，挥舞锦旗，高声吆喝"卖香屁，卖香屁，闻一闻空气清新，吸一吸舒筋活络"？我们的主题是"讲'德'好听"，即弘扬和倡导中华民族的道德，美德。这个故事里该赞扬的是弟弟的善良和对哥哥的宽容忍让。但是这个故事毕竟不是一个可以登大雅之堂的故事，这个故事获得最高奖，让我认真审视我们审美取向的高雅和低俗。让我联想到香港某电视台周末夜晚热闹非凡的"奖门人"娱乐节目，以捉弄他人取乐，以搞怪娱乐大众，这样的综艺节目获得了热捧，毕竟这样的电视节目的目的只是娱乐大众。一个由我们政府的教育最高行政机构和图书管理机构所举办的讲故事比赛应该跟低俗的娱乐大众的电视综艺节目有很大不同，我们的审美情趣应该更高雅一些，我们应该给学生给大众提供更高尚的道德标准和导向。客观地说，《卖香屁》的演绎水平也是比较高的，但是把这样的比较低俗的只适合茶余饭后博人一笑的故事评为全澳门的唯一的特别优异奖，我认为是不太合适的。当然完全可以评为一等奖。

随着颁奖礼的举行，一年一度的讲故事比赛暂时落下了帷幕。这个比赛对于提高学生的阅读兴趣，倡导阅读风气，增强学生的语文理解能力表达能力等都起到了积极的作用。在参加比赛和颁奖礼的过程中，图书管理协会的工作人员和义工们为这个比赛做了很多台前幕后的工作，他们待人亲切有礼，工作主动热情，任劳任怨，其中有一位比较年长的女士，短短的头发，明亮的大眼睛闪耀着善良和热情，脸上总是挂着灿烂的笑容，有问必答，而图书管理协会的理事长黄先生，更是一马当先，亲力亲为，给师生们留下了深刻的印象。颁奖礼历时四小时，他们为此工作的时间，一定超过四小时很多。感谢他们为孩子们的辛勤付出！

　　获奖与否，我相信学生和老师从中都学到了很多，成长了很多。精彩，待来年，让我们都做得更好一些！

你还记得我吗？

周末下午一点有工作，午餐时间要提前，只能简单解决午餐，就去了一家快餐店。

前台负责点餐的服务员小伙子笑容可掬，真诚热情："欢迎光临！你要点什么？"我点了餐，然后站在旁边等候取餐。

服务台内，几位工作人员忙碌而有条不紊地根据电脑屏幕上客人所点的餐单配餐，面包，薯条一样样食物放进托盘，最后，一位女孩子端着一杯咖啡微笑着对我说："小姐，您要的餐齐了！啊？老师，是您啊，您还记得我吗？"我打眼一看，这女孩子十六七岁的样子，身材高挑，模样姣好，眼睛大而明亮，一笑就露出两个甜美的小酒窝，叫我老师，应该是我的学生？哦，想起来了！还是在校生呢，最多还在读初三或者高一吧？我的脑海迅速地翻检她那一届那一班学生的轮廓……我冲口而出："哦，想起来了，你现在读初三？你叫……"她开心地小声欢呼："老师您还记得我呀？我就是……"

这时，刚才帮我点餐的那个小伙子在旁边说："老师你还记得我吗？我也是您的学生啊！"我扭头对他说："是吗？"甜美笑容的女生答："是啊，老师，他就是……他跟我一级的。"男孩子有些落寞地一边忙着收钱，一边答："好伤心啊，老师都不记得我了！"我连忙抱歉地说："对不起啊刚才没认出你来，现在想起来了……"女孩子笑着对他说："你应该主动给老师打招呼嘛！"我说："没事，他有点怕羞，是老师的错，没认出来，你们都在这里兼职吗？你们好棒啊，小小年纪就懂得兼职帮补家用，但是，学习能应付得来吗？要以学习为首位哦。"他们连连点头说学习没问题，而且他们只有周六日才来工作。

跟他们聊了几句，怕影响他们工作，就端着食物上了二楼，找了临窗座位坐下。想到刚才上楼梯时听到他们的同事在我背后对他们说："你们老师好亲切呀，你们跟老师感情好好呀……"我打心眼儿里笑了出来，这一刻，觉得自己好幸福！

"老师，您还记得我吗？"单凭这简单的一句问候和询问就知道，教师，特别是承担基础教育的中小幼教师，的确是一个特殊的职业，教师的一言一行、一举一动都影响着一个幼小的心灵，无论是在学校的课堂上，还是在校外的大街上、市场里或者巴士里，或者其他地方，可以说，每时每刻，任何地方，都有可能有你的学生或者曾经的学生在你不经意时出现，注视着你的言行举止。有一天他们有一大把年纪了，看你的眼神第一时间也许还是定格在当年那个学生看老师的眼神。

几天前一则网络消息，说国内某场钢管舞比赛中，其中一位舞者居然是一名幼儿园老师，有人质疑她跳钢管舞会对学生有不良影响或者会影响学校声誉，她响应说自己虽然是一名幼师，也是一名普通女孩子，教师只是以一种职业，不能因为自己是教师就剥夺了其他兴趣爱好。

热播美剧《靓太唔易做》（亦译作《疯狂主妇》）里，女主角之一的苏珊在一所私立学校任美术教师，为了帮丈夫还债她不得不还在某色情网站出卖色相赚钱，有一天有位家长发现了她的行径，于是，她被开除了！

开放自由如美国，教师这个职业也不仅仅是一个职业这么简单，小学教师的职业道德规范也没有我们想象般那么宽容，没有说那件事只是苏珊的私事，或者说只要她在课堂上表现出色就算是优秀的教师了。

　　大学期间，我们的英语老师是一位年届六旬的英国老太太，骑自行车来给我们上课，第一节课时认真点名，让我们逐一自我介绍，我们当时觉得这外国老太太好老土，不承想第二天上课时，她居然准确无误地叫出我们全班三十多人每一个人的名字，我们立马服了她！她用行动告诉我们，做教师如果练就这一项基本功，有多管用，对学生多重要！

　　读师范时，导师让我们自己找出《教师的"不要"》，我们总结了近二十条之多，其中有"不要伤害学生自尊心；不要漠视学生反应；不要迟到早退；不要污言秽语，奇装异服；不要上课接听手提电话"等等最基本的准则，颇具争议的有"不要在大街上边走边吃鱼蛋等街边小吃"，深得大家认同的是"不要不记得你的学生的名字"，那时，青葱的我们对教育充满了满腔的热诚呢！

　　手中的咖啡见底了，飘飞的思绪也回到了即将去完成的工作上。我轻快地走下楼，叫着我的学生的名字给他们道再见。亲爱的学生，老师要努力记得你们每一个，无论在课堂，还是在校外，无论现在，还是将来。

拾书记

你小时候有没有拾过柴火？我们陕南这里，把拾柴火叫捡柴。在物质相对比较贫乏的年代，小孩子刚刚六七岁就要学着帮家里做事情，做得最多的，就是捡柴。因为跟着母亲住在乡村学校里，母亲有时候会开小灶给我们改善伙食，所以，我也经常跟着学校附近老乡家的孩子或者我的同学去捡柴。

拾柴火是很快乐很满足的劳动。晚饭后，太阳还燃烧在西边，我们大大小小几个孩子，各自背个大背篓就出门了。大的打猪草，小的就捡柴，田坎上，小河沟里，满到处跑。那时候，到处都是郁郁葱葱的，干枯的小树枝在原野上随手可得，我们一边捡柴，一边唱歌，有的时候，背篓早早满了，我们干脆跳进小河里，捉起了小鱼小虾，玩得是不亦乐乎！直到晚霞染红了天边，太阳快落山了，我们才一路唱着歌各自回家去。回到家，妈妈会夸我今天真能干，说我捡的柴火够家里用上几天了，那时我们一般晚饭才自己做，午饭都是在学校食堂解决。

现在的小孩子，特别是城市高楼大厦里长大的孩子，他们的童年，是很难体会到在乡野里拾柴火的乐趣了。暑假里，秋叶回了家乡，自己家的、朋友的小孩子，加起来四五个，在一起做什么呢？吃吃喝喝也吃喝过了，歌厅里也飘过歌了，变形金刚，超人金刚也买了几个了，热闹过去，孩子们的新鲜劲也过了，觉得他们的大姨也无外乎如此，一个个蔫蔫然继续回到他们的电脑前，挂在了网上……

这样可不行啊！于是，我想带他们去拾柴火。

一大早，约了姐妹几个，带上各自的孩子，出门了。偏偏天公不作美，出门就刮起了大风，凉风送爽，倒是一扫连日的酷热，正欣喜间，豆大的雨点落了下来，噼里啪啦！哈哈，搞得我们措手不及，急忙躲进一个大的市场里避雨，连带着买雨伞。妹妹问还去吗？我说当然。我们先带着孩子们去了肯德基，避过了大雨滂沱，也填饱了大家的肚子。雨渐渐弱了下来，夏天的阵雨，说停就停了。雨后初晴的金州城，街道两边的香樟树绿得发亮，街上湿漉漉的，走在树下，还有些小雨滴滴下来，孩子们问，大姨我们现在去哪里啊？我说，我们去拾柴火啊，还有几步路就到了！

安康金州城里，一条主要的街道边，当街的一个大大的店铺，红色为主的装潢特别的鲜艳醒目，"嘉汇汉唐书城"几个字，特别地美，特别地有气势！我喜欢"汉唐书城"这个名字，秦皇汉武，唐诗宋词啊，是我们中华文化的重中之重，还让我联想起古城西安呢！记得几个月前，从散文网上陕西新闻出版局作家王新民的博客上得知，在方方面面的努力下，家乡接连开了好几家汉唐书城的连锁店，金州城里的这家，该是最大规模的一家了。这其中，王新民做了很多功不可没的具体工作呢！

带着四五个孩子，我们一帮子人走进了金州嘉汇汉唐书城，孩子们愣住了，说大姨，在这里拾柴火啊？我说，对啊，我们在这里拾书，不就是拾柴火一样吗？现在，书就是我们的柴火，书也能给我们热量，买书的过程，就能让你们体会到你们的妈妈小时候拾柴火的快乐呢！快去吧，小家伙们，去拣你们喜欢的图书吧！

孩子们上了二楼左侧的青少年读物专区，看着一排排整齐的书架，看着这浩如烟海的图书，小家伙们半信半疑地走近书架，开始扫视，一会儿工夫，先是一个大的惊喜地说看到《哈利波特》全集，想要！再有刚刚学前班毕业的小弟弟也爱不释手地抓着好几本的故事书，不知道该要哪本才好，又有正在练书法的小姑娘高兴地发现这里有很多种字帖，渐渐地，孩子们兴高采烈地在书架间穿梭，挑了一本又一本，最爱看书的那个，干脆捧着书站在书架前看了起来。几个大人平日忙工作忙孩子，都风风火火忙忙碌碌地，除了给孩子买学习参考书，很久都没有为自己买本书的念头和机会，这时好像见到了久违的老朋友，这本书摸摸，那本书翻翻，其中一位，挑了一本毕淑敏的散文集，用心翻看起来……我在这里找到了孙犁的《芸斋梦余》等好几本好书。

汉唐书城里飘荡着如水的音乐，轻柔而舒缓，外面的世界车水马龙，这里只有静谧和安宁。二楼的书吧只有简单的实木桌凳，墙上有一块留言板，就像是大学里图书馆的一角，大家安安静静地坐着，各自捧着一本书，看得入迷。书吧里已经坐满了人，于是，很多的读者或者想买书的人就坐在书架下的小凳子上看书，一个小男孩刚好坐在了一条主要的过道上，捧着一本书看得入迷，一位女店员走近他，我想，该不会是生硬地让孩子让道吧？只听见一把甜美的声音说："小朋友，你刚好坐在了空调出口处，坐久了很容易着凉，来，跟阿姨移到这边来吧！"哦，多么聪明，多么善解人意的店员啊！

不知不觉间，一个多小时就这样过去了，我们当然是收获满满，在一楼收银处付款时，我们共消费三百多元，收银的姑娘提醒说，你们可以分两次付钱，因为买满一百六十八元，就可以办理一张会员卡，有了会员卡，你们余下的书款就可以九折了，以后再来，也可以九折消费，还可以积分，积满不同分数，我们还有礼物赠送给您。听了姑娘的介绍，我们很高兴，这样的好事，我们怎能错过呢？于是，我们办理了一张会员卡，付了书款，还拿到了一个可爱的小猫图案的鼠标垫赠品。这时，我看到会员宣传资料单上还写着"教师免费入会"的相关规定，就问她，是吗？她说是的，拿教师证就可以办一张会员卡，以后买书九折。于是，我拿出了我的教师证。我那诚实的外甥女说大姨是澳门的教师，行吗？店员姑娘研究了一下我的教师证，说，澳门也是我们中国的领土，当然可以！哦，说得太精彩了！于是，我们又多了一张会员卡，提着三袋经店员姑娘们用心整理好的图书，在店员姑娘们"欢迎下次再来！"的温声软语中，满载而归了！

我问几个孩子：大姨和你们的妈妈们小时候拾柴火，好开心，我们今天来拾书，开心吗？他们笑逐颜开地答：开心！

我写这篇文章的此刻，家里安安静静的，一个孩子就着她的字帖，有板有眼一笔一画地在写大字，另一个呢？倒在床上看书，都很入迷。我们那天拾回来的书，就像当年我们拾回来的柴火一样，正在发挥着光和热呢！

可惜，家乡小城还没有一家如此规模的可爱的书店，让更多的孩子和大人，能更方便地，随意地就去拾些书回家。

选择性守规矩

　　早上排队过海关回澳门上班，长长的队伍，蜗牛般慢慢向前蠕动。

　　排在我前面的，是一家三口，小女孩和她的父母亲。小女孩只有两三岁的样子，扎着可爱的羊角小辫儿，大眼睛忽闪着长长的睫毛，穿着某某学校幼儿园标志的罩衫，被年轻的爸爸抱在怀里，她的妈妈提着一个小书包，拿着一盒奶、一个面包跟在旁边，一边随队伍向前，一边不时喂孩子吃口面包，喝口奶，显然，这又是一个把家安在珠海的澳门家庭，孩子需要天天来回过海关走读。

　　我跟在他们后面，于是看到了这样的画面：年轻的妈妈拿出纸巾给女儿擦嘴："看看我的宝宝，吃得满嘴都是，变成肮脏小猪猪了！"小女孩伸手拿过纸巾，自己擦嘴。年轻的爸爸立刻鼓励女儿："宝宝真聪明！自己擦嘴嘴！好，也自己吃包包，不用妈咪喂！"爸爸拿过妻子手中的面包，递到女儿手中。小女孩想接面包，但是手中有纸巾，于是，稚嫩的童音说："纸巾，垃圾桶！"小女孩低头四望，想找垃圾桶。小女孩的妈妈伸手接过纸巾，一边对孩子说："这里没有垃圾桶，就扔在地上就行了。"一边随手把纸巾扔在了地上。爸爸对小女孩说："哦，妈咪随手乱扔垃圾！"妈妈喂了孩子一口牛奶，说："宝宝，不怕的，这里是内地，这里可以扔垃圾，回到澳门，就不可以这样了，在幼儿园里，垃圾要扔进垃圾桶，要不，老师会骂你的，在大街上，也不可以乱扔垃圾，乱扔垃圾要被警察叔叔罚款的哦，六百块哦！好多好多钱钱哦！宝宝，记住了，回到澳门就不可以乱扔垃圾了哦！"小女孩忽闪着明亮的大眼睛，频频点头，爸爸笑而不语……

看着这一幕，不知怎的，我想起了今年五月中旬发生的一宗新闻，说一外籍男子在沈阳开往北京的动车上，将赤脚搭在前排中国女乘客的座椅上，女乘客礼貌地向他表示不满，他非但不听劝阻，还用汉语说脏话辱骂女乘客。后查明，该名外籍男子居然是北京交响乐团俄罗斯籍大提琴首席奥列格·维捷尔尼科夫，他在国际大提琴比赛中多次获奖，经常与俄罗斯著名演奏家和演唱家们一起赴意大利、荷兰、德国、美国等国家演出，在北京交响乐团担任首席大提琴手已经十年。新闻一出，所有人都讶异于一位有较高艺术修养的欧洲音乐家居然能在公共场合做出那么粗鲁那么没有基本道德修养的行为，很多人质疑，如果他在欧美国家，他会做出那样的行为吗？他会那么无礼地对待女士吗？

而这一刻，我似乎找到了答案：那位首席大提琴手就像这位年轻的母亲一样，他们在遵守公共秩序和个人教养方面，只是选择性地守规矩，或者说是一种被迫式修养，没有把道德和修养作为无论何时、何地都应该坚守的做人的基本，一种发自内心的自觉修养。从这个意义上说，我欣赏中国古人的慎独修养，不管何时何地、无论有无他人，都遵循同一个道德修养标准。

为那个纯真的小女孩担忧。

在哪里看书

好朋友的女儿刚满五岁，聪颖活泼，现就读于某著名女子中学幼儿园高班。某一天，小女孩拿回一张测验卷，成绩尚可，但是小女孩很委屈，指着其中一个红红的叉，不解地问妈妈："妈咪，为什么老师判我这道题错呢？"

她的妈妈仔细一看，这是道看图判断对错题，考的是孩子看书时的正确坐姿，四幅图分别描述的是：A. 有个孩子躺着看书；B. 有个孩子在车上看书；C. 有个孩子坐在书桌前看书；D 有个孩子坐在床上看书。要求学生选出正确的一幅图来。小女孩选了 C 和 D。但是标准答案是 C。

妈妈于是耐心地为孩子讲解这道题是考什么，老师为啥判她错。孩子听完妈妈的话，继续不解地问："但是妈咪，为啥不能坐在床上看书呢？我们就经常坐在床上看书呀，还坐在地上看书呢，又没有躺在床上，躺在地上。"

这位身为教师的母亲面对女儿的提问，顿时语塞，不知道如何作答，是啊，如果单单从注意用眼卫生、保护视力方面考虑，躺着看书、在运行的车上看书当然是不可取的，但是，为何坐在床上看书也不行呢？那么，坐在家里的地板上，蜷在舒服的沙发里，坐在床前的地毯上，坐在公园的草地上，坐在大树下，能捧本书，津津有味地看吗？

到底应该在哪里看书才合适？号称"鬼才"的唐朝诗人李贺经常骑着他的小毛驴一边走，一边在毛驴上看书，吟诗，有了灵感佳句，还马上写下来；著名戏剧家曹禺坐在澡盆子里一边洗澡一边看书，一看一小时；毛主席为了锻炼自己的专注力，曾特地坐在闹市的一隅认真看书，就连外出视察，在摇晃的列车上，主席也是一手拿放大镜，一手按着书页，认真阅读……

这道看似简单的幼儿园学生的测验题目让我想到，现今我们无论是政府还是学校，都在大力倡导阅读推广阅读，那么，是否应该首先培养孩子的阅读兴趣呢？让阅读成为一种需要，一种习惯，而不要带着功利心，只是为了学习，为了考试才去阅读？当阅读成了一种需要，一种跟吃饭喝水一样的基本需要，一种跟天天刷牙穿衣一样平常的生活习惯，那么，在哪里阅读，根本就不重要。阅读的良好习惯和喜好，更是要从小培养。孩子还在牙牙学语的年龄，从简单的认字开始，家长对他阅读的熏陶就开始了，孩子再大一点，每晚临睡前，家长陪伴床边，甚至把孩子揽在怀里，给孩子读故事听，这是最好的亲子互动和阅读培养。这样成长起来的孩子，怎么可能不喜欢阅读呢？面对考卷上坐在床上看书的选题，她做出正确的选择，当然也就不足为奇，更不应该判她错误了。

宋代文学家欧阳修说"余生平所作文章，多在三上：乃马上，枕上，厕上""盖惟此尤可以属思尔"。大文豪欧阳修说自己平生所写的文章多在马上，枕上，厕上这"三上"构思完成，而且还说只有这三个地方能让他好好思考，看来，大文豪也并没有非得正襟危坐于书桌前才能构思写作呀，因此，"在哪里"这种形式并不重要，最重要的是爱学习，爱阅读，在学习，在阅读。

也许也有人会为这位幼儿园出题老师辩护，说可能只是这道题目出得不太严谨，但是老师的本意和出发点是好的，是为了让学生从小养成保护视力的好习惯，这个，也是可能的，可以理解和接受的。只是，正因为如此，又引发出第二个问题，就是，这正说明其实老师和学生考卷的分数也并不就是绝对的权威，我们的学生包括家长，是需要有一点分辨能力和分析能力的，要信任老师，但是也不能盲从，特别是不要只是用分数的高低来衡量孩子的智能和成就。

这让我想到另一个孩子的故事：这个孩子刚上小学三年级，是上课认真专心、纪律良好的好学生，但是，他经常语文默写测验不及格，因为他写字速度较其他孩子慢很多，总是不等他默写完就已经时间到，下课了。几次测验之后，他的妈妈看着他每次都不及格的成绩，几近崩溃，一气之下把他打得身上青一条、紫一条的，因为她知道她的儿子明明全部都会默写，而且她每天总是陪儿子写作业、复习到深夜，付出了很多的努力！后来，他的语文老师了解了这些情况，跟孩子妈妈谈，说家长，你明明知道自己的孩子会写这些字，也就是说他已经掌握了相关知识点，只是因为他现在写字速度太慢才导致成绩不理想的，你为何还要打他呢？打他只会让孩子更难过更无助，不如我们一起想想办法，鼓励和帮助他学着写字速度快一点，好吗？

可喜的是，最近这个孩子写字速度快了很多，因为他在妈妈和老师的鼓励下，自信了很多，他学会了不停笔地写，专注地写，全神贯注地写，把他本来就会的，轻松写出来，他的成绩如芝麻开花，节节高！

学懂了掌握了知识，远比测验考试的分数更重要，喜欢看书愿意看书，当然也就远比应该在哪里看书更重要。

这让我想起，我从小至今睡前要看书半小时左右，上厕所蹲坑坐马桶时也一定要看书，经常钻在厕所里半天不出来，而且两个妹妹也一样。庆幸的是，我们的妈妈从来没有在这样的时候气急败坏，对我们大吼大叫。不知道从哪一天起，我们家里的厕所里有了一个筐子，里面满是书，各人喜爱的书。

这真是莫大的幸福，能随心所欲地阅读，还有这样的鼓励和支持阅读的妈妈。

后备

　　放学时分，操场上格外地热闹，除了来接孩子放学的家长外，还有舞蹈队在为了两周后的比赛而彩排。每逢学年度下学期，各项学界比赛密集，朗诵，舞蹈，歌咏，话剧比赛，数学竞赛……等等，师生们抽放学后的时间，加强训练。

　　操场上有舞蹈队的彩排，同学们围成一圈观看，部分家长也加入了先睹为快的行列，特别是舞蹈队成员的家长们，一来是给自己的孩子打气，二来也是等孩子放学。

　　这时，一位家长拖着自己的女儿，找到舞蹈队指导老师，气愤而气恼地质问："什么？我的女儿只是后备?! 只是后备的话，比赛演出就没她的份，她根本就不会出场，那，还天天练什么练?! 真是浪费时间啊！走，女儿我们放学，回家！""家长，话不是这样说的，请听我解释，后备队员很重要啊……"一场家长跟老师的沟通就这样开始了。

　　该名家长不能接受自己的孩子只是后备队员。后备，是从"有备无患"而来，是为了万无一失。一场比赛或者活动的后备队员，的确有很大机会是不会正式出场的，但是后备又是不可或缺的角色。什么情况下后备会出场呢？其他正式队员临场有状况时，比如正式队员生病了。后备队员是不是就比正式的队员差一点呢？也有可能。但是绝大多数的后备队员，是需要跟正式队员一样地优秀，出色，才能成为后备的，比如，宇航员的后备队员，来不得丝毫的马虎，更不能降低一点点标准。

而舞蹈队的后备，内行的人知道，同样不简单，是需要每一个位子的角色都会跳的，才能做后备，如此，万一临时有状况，需要后备上场时，才能真正救到急，救到场。

那么，优秀的你，努力的我，愿意做后备吗？甘心只是后备吗？

说回那位妈妈为她打抱不平的舞蹈队可爱的小女孩，她刚刚读三年级，跳舞跳了两年多，已经被选为此次比赛的后备队员，应该说，她是舞蹈的好苗子。于她自己，她还没有因为自己是后备队员而自卑，而不开心的意识或者表现，她练习得很认真很刻苦，跳得更是开心，投入。她甚至没有要主动告诉妈妈自己只是后备队员的意识。她的妈妈当然也是为女儿是舞蹈队成员而自豪的，她还预订了多张舞蹈比赛的入场券，遍邀一众亲朋好友届时一定要去观看女儿的表演，去捧女儿的场。因此，当她得知女儿现在是后备队员，可能不会出场时，她首先接受不了自己优秀的女儿居然是后备，继而觉得甚至无法向众亲友交代，如她向老师申诉的，"这样的话，我多没面子啊！"

什么时候甘心做后备呢？真的是出自热爱，发自内心的喜欢，而不会去计较个中得失，少了功利心、虚荣心的时候。

自家有慈

———————

妈妈的水杯

圣诞假期回老家探望父母，临走的那天早上，妈妈早早起床为我准备早餐。出门前，妈妈微笑着递给我一个银灰色塑钢保温杯，说泡的是菊花茶，让我在去机场的路上喝。

我接过来一看，这是个簇新的保温杯，呈圆柱体，大小适中，杯子上的图案也很简单，两只小小的蝴蝶点缀在一条藤蔓上，显得很雅致。打开盖子，还有层可拆卸的不锈钢网，方便隔开菊花或者茶叶，可谓设计精巧贴心。随即问妈妈："你特地买给我的？好漂亮啊！"妈妈却说不是，说这个水杯是她今年的生日礼物，是总公司送给她的。

原来，妈妈所在的集团公司有项福利规定，就是每年都会在退休人员生日那天，特快专递一张有集团总经理亲笔签名的生日卡、一份生日礼物和一个生日蛋糕，以感谢退休人员对集团公司的贡献。怪不得妈妈拿着水杯时笑得那么甜、那么开心，还有几分炫耀的味道呢！

这让我想起不久前出席我校江荣辉校监荣休晚宴上见到的感人一幕。

我们的老校监年届八旬，是有着五十六年历史的菜农子弟学校的创办人之一，也是办校团体菜农合群社的创会人之一，可谓德高望重，劳苦功高。当晚大家齐聚一堂，场面热烈而温馨。老校监在致辞中回忆过往创校之艰辛，谆谆教诲寄望于未来，更谦虚诚恳地感谢同仁多年来对他工作的支持，校监的致辞真切动人，字字珠玑，让人不胜唏嘘，无限感怀！但是，最感人的一幕，却是一班同事在校方赠送纪念品仪式之后，自发地走上台，给校监送上一簇簇鲜花、一份份小礼物，大家热烈地簇拥着校监，笑得那么开心……特别是校监，笑容中有感动，还有满足。

妈妈的生日礼物水杯随着我万水千山走过，我准备以后天天都带着它，因为这个杯子不但实用而且美观，饱含妈妈给我的关爱，更体现着一个优秀企业对退休人员的尊重和重视。

人人都会老，每人都会有退休的一天，一个企业，一间学校，能够做到不忘退休老人，在当今社会老龄化趋势下，显得越发重要和珍贵。老人需要的，并不是多么昂贵的礼物，他们期望的只是一份尊重，一份关爱。

外婆的粽子

过端午节，粽子是必不可少的，可是，我还不会包粽子呢，更别说包粽子的材料不寻常，工序也很复杂。幸好，收到一张老字号饼店的粽子礼券。兴致勃勃地去换领了回来，裹蒸粽、红豆粽、咸肉粽，大的小的，长的，方的，加起来八九只，一下子就把冰箱塞满了，这下子，可以像模像样地过端午节了吧？

没承想，儿子却说一点都不想吃这些粽子，说这些粽子不好吃。我说这些粽子里面有咸蛋、扇贝肉等很多食材呢，儿子说，只想吃外婆包的粽子，翠绿的叶子包裹着小小的粽子，虽然只有糯米，没有其他材料，但是清香无比，小巧玲珑，蘸着蜂蜜或者少许的砂糖，入口是淡淡的清香，些微的甜，糯糯的糍，因为小巧，三两口就是一只，多好吃啊，这些粽子，这么大个，跟外婆包的，没法比……

当然没法比了，外婆包的粽子，粽叶采用山上岩缝、沟壑里生长的野生毛竹叶，翠绿而修长，陕南人称之为蓼叶，有天然的清香，除了包粽子，还用作铺箬笠，就是张志和《渔歌子》里"青箬笠，绿蓑衣"里的箬笠，糯米则是至今还在乡下务农的年近七十的老舅爷亲自耕种的糯米，浸泡糯米的水采用山泉水，包扎糯米的绳子是棕树叶子编织而成的棕绳，可以说，外婆包的粽子是纯粹的天然食品，每一个步骤都经人工手做，每一种材料都来自美丽陕南的青山秀水。

儿子口中的外婆，当然就是我的妈妈。妈妈包的粽子是陕南人家到了端午节家家都要包的粽子，只有孩童的拳头那么大一点，小巧可爱，三五个串成一串，好像一串晶莹剔透的翡翠，粽子里没有添加任何其他的馅儿，简简单单，不腻不油，只有糯米和蓼叶的清香，透着一股子清澈见底的单纯，如同巧笑嫣然的豆蔻少女，身着浅绿的衣裙，清爽怡人。甚至可以吃凉的粽子，放进山泉水里冰凉了之后风味更佳。

　　这样对比之下，妈妈包的粽子，跟冰箱里这一堆从粽叶外面就泛着一层油腻的肥肥胖胖的大粽子还真是有很多不同之处呢，妈妈出品，必属佳品，没有试过的人，是无法理解的。

　　这大概也是家乡端午节悠久传承的一个原因吧，必要家家户户的妈妈亲手包了粽子，才算是过了端午节了！

等

心情忐忑不安。电梯口等了快一小时了，儿子还没下来。

不知道他情况如何，最要命刚才他进去前我和他都比较慌张，想不到领事馆接待处根本不要我陪他进去，还要求我离开，不能在领事馆内等待。儿子匆匆进去了，过安检时甚至差点忘了拿文件包。等他的身影消失在那个看起来全是外国人工作的签证部，我只好下电梯来到大堂。

做什么好呢？呆呆地站在这里等吗？逛逛小店，缓解一下我紧张的心情吧。买东西付账时才想起，刚才匆忙间忘了给儿子钱，但是他签证需付港币一千二百元左右！于是，懊恼自己英文差没能好好跟接待处人员沟通，懊恼自己遇事不冷静。

现在怎么办？还是在电梯口等吧，等儿子办完事下来。看陌生人来来往往，进进出出，每一次电梯门打开，都希望儿子出现，但是，不是，没有。

电梯门打开，关上，关上，打开，时间一分一秒过去，眼看已经过去一个多小时了，我很担心，开始恐慌。终于忍不住给儿子短信询问，他回复说还在上面，还没办好。我问他需要送钱上去吗？他说他带的有。一刹那间，我的心情放松了。

也许是我太紧张了吧？儿子已经长大了，有他的世界和他必须独立去面对的世界，我不可能永远陪着他同行，或者要求他像小时候那样凡事按照我的要求去做，现在我所要做的，我能做的，就只有放手，祝福。

十二点二十五分，电梯门再次打开，儿子出现了，我赶紧微笑着迎上去，问，办好了？儿子沮丧地说，还没有，遇到点问题。儿子说着，递上一份表格要我签名，说不过签证官很友善，尽量在帮他，说话间我签了名，儿子再次进入电梯，又上去了。

刚刚轻松一点的心情，再次悬了起来。正如朋友说，西方是法治社会，凡事讲规定，办事按规则，毫无"具体事情具体对待"一说，还差四个月才满十八周岁的儿子，即将远赴重洋去外国读书，签证手续却不是我们想象般容易办理。

怎么办？唯有等待，耐心等待。

又是半小时过去了，从十点半到现在，我在这里站了两个多小时，间或绕电梯大堂走一圈，还无聊地买了两件衣服，不敢走远，担心儿子下来找不到我。也好在没走远，要不刚才儿子下来找我签名就要费时间。

站了这么久，腰有点酸，脚后跟也开始隐隐作痛，这栋大厦的空调太猛，虽身着中袖衣服，双臂仍然发冷，手心却因为紧张而汗淋淋的。儿子的签证能成功吗？

想到了小学生被罚站，罚站是温和的不舒服的惩罚，而我在这里自愿地被罚站。哪怕站成一座雕塑，我也要等。我相信，儿子会成功的。

调整了一下站姿，微笑着，继续等。

你那里现在几点钟

你已经离家几天了，这几天里，每每想到你，首先抬腕看看手表，计算：你那里现在几点？确定了你的当地时间，接着猜想：你是在睡觉呢还是在做别的？远隔重洋，六小时时差，就这样分隔了我们，改变了我的思维模式。

离别那天，入闸口的时间已经过了五分钟，你必须进去了，送行的大家忽地安静了下来，一阵短暂的沉默之后，你走过来，给了我一个拥抱："妈咪，我走了！"我拍拍你的肩膀："好的，进去吧，进去吧！"你转身，向大家挥挥手，然后，拿出船票，拖着行李箱，向验票口走去。

看着你进去了，大家向你挥手，有人说："保重啊！明年暑假再见！"也有人喊："电联呀！"你转身回望大家，微笑着："走吧，你们都回去吧！放心吧！我进去了！"转瞬间，你的身影融入那大玻璃门后面隐隐约约的人群中去了。

送行的人群互相告别，准备散去。我微笑着跟大家告别，准备回家。走了几步，我突然停下来，转身又回到闸口，找寻你，想再看看你，再跟你说一句话，但是已经连你的影子也看不见。下意识地拿出手机打给你，看手机屏幕显示电话已经通了，却又赶忙挂断，因为，我觉得我的眼泪已经涌出来了，不想你听到我哽咽的声音，我们说好了送别时不哭，不承想，等你真的上了船，真的消失在我的视线之外，眼泪却还是忍不住……天色完全暗下来了，登上回家的巴士，城市灯光璀璨。

想着你的船正行驶在伶仃洋上，离澳门越来越远，一种孤独和苍凉感一下子涌上心头，眼泪再也忍不住，汹涌而出……我泪流满面的模样引来邻座妇人频频侧目，我连忙扭头看车窗外，窗外的建筑、车流和人影迷离在夜色中，你的模样却无比清晰地浮现在我的面前，离别了，此一别千万里，此一别至少三百多个日夜，此一别你凡事都要独自面对了！

回忆离别情景的此刻，我下意识又看了看表，哦，快中午十二点了，也就是说，亲爱的儿子，你那里现在是近早上六点，那么，你是还在睡梦中的了，我想象得到你熟睡的模样……

儿行千里母担忧，亲爱的儿子，无论你走到哪里，无论现在你那里几点钟，你都是妈妈无时无刻的牵挂和惦念！

挚爱等于智碍

白露那天的一场雨让南国立马也有了秋的味道，早上出门，虽然太阳依旧明晃晃地刺眼睛，但是已经有了凉爽的风拂面；晚上夜深也有了夜凉如水的感觉，无须一定要开着空调才能入睡。

不知道是因为我出生在秋天还是别的，总之我极爱秋天，爱秋天里的一切，爱秋风，秋雨，秋水，秋叶，当然也爱秋天收获的丰富的果子。女儿的喜好妈妈最知晓，这不，妈妈电话来，说给我寄了个包裹，让我抽空去邮局领取。心想，这次又是啥好东西呢？

妈妈没告诉寄的是啥东西，这也是我们母女尽管远隔千里，也时不时互相逗乐一下的表现。下午一下班就赶去邮局，在邮局关门前拿到包裹，等不及拿回家，就在邮局门前高大的木棉树下拆开来，一看，原来是一包花生，用两个透明的塑料袋小心仔细地包裹着。花生的个头小小的，很匀称，每一颗都差不多大小，色泽呈新鲜的米白色，抓一把放在手心，好像是一颗颗汉白玉的工艺品。剥开来，把小而饱满的红色花生米放进嘴里，嗯，花生似乎已经干透了，很有嚼头，只几下，一股清香在唇齿间流转，甜丝丝的。

提着花生站在木棉树下，打电话给妈妈，说包裹收到了，谢谢妈妈！我是喜欢吃花生，不过，花生这边也买得到呀，下次还是不要寄了，多麻烦！妈妈说，知道你那边啥都能买到，但是这是当季的本地新花生，那天早上我和你爸爸去买菜，看到市场上本地农民在卖，个头漂亮又干净，你爸爸说这就是你们那边超市里卖得很贵的所谓有机食物嘛，你从小喜欢吃生花生，就给你买一点过来让你尝尝……

听着电话里妈妈絮絮叨叨的话语，我"嗯，嗯"地答应着，眼睛却有些湿润了，好像看到初秋的晨风里，老家那条熟悉的街道上，爸爸妈妈在买菜，看到一堆很新鲜个头小小的本地花生，于是停下脚步，买回一大包晾晒在阳台上，细心地把不太好的选出来，剩下粒粒饱满、个头均匀的给我寄来……

从包裹通知单上看到，邮寄花生所用的邮费几乎可以再买一包花生了。从经济的角度出发，非常不划算。但是，爸爸妈妈爱女儿，凡事为女儿考虑，思念女儿的心意，岂可用金钱的得失去计算呢？

有时候，挚爱，就等于智力障碍呢，不是吗？

比如，妈妈给她的外孙准备上大学的日用品，她不太了解她孙子就读的大学所在的地球另一边那个城市，但是，她自信而固执地认为，她孙子睡觉时从小盖习惯了她给准备的纯棉被子，无论路途有多遥远，无论是否"外国的月亮比中国的圆"，她的孙子一定需要她给准备的棉被，于是，被子两床，一床三斤半，一床四斤。我不解，为何两床的重量相差这么小？妈妈答：上网搜过，人家那的夏天不热，冬天却很冷，夏天盖薄的，冬天两床都盖上。不得不佩服她老人家的智慧，好吧，两床就两床。没想到收到棉被包裹时，吓我一跳：不是说被子两床吗？怎么成了四床？妈妈她老人家曰：上次听你说你的好朋友也很喜欢我们的棉被，就给她做了一床，既然你儿子和你的朋友都有了，也就顺便给你也做了床新的，新疆的长绒棉哟，很舒服的哦……

比如，先生飞机来回三天，两天在路上舟车劳顿，只为我生日那天陪着我。

比如，妹妹的脚不小心受伤了，还是忍着痛，亲自开车，烈日下陪全家去游玩，到了景点，她无法走路，只能坐在那里等我们，一等好几个小时……

与家人间此类不合经济原则的故事，还有很多很多，一时一刻多到说不完呢，旁人听来，可能会怀疑，这些人是否有智力障碍？想到这些，我微笑着，抓起一把花生，慢慢地剥，慢慢地吃，让花生的清香和营养全部注入我的心田。

我想，只要挚爱，就难免做出似乎智碍的事情。我的挚爱呀，即便你有一天真的智碍了，你依然是我的挚爱。当然，我也是你的挚爱和智碍。

静

冬天的太阳落山早，下午四点多已经没了耀眼的威力，像个大大的咸蛋黄，静止在西天。近处的房子，树梢，远处的高楼，仿佛被太阳的余晖镀上了一层朦朦胧胧的雾气。我伫立窗边，看着外面的天空由亮白渐渐变浅灰，再渐渐暗下来，对面楼上亮起了灯光，一盏，两盏……

还没到六点，天已经全黑了。静，满屋子的静。我打开灯，屋子顿时亮堂起来。我从儿子房间走到客厅，从客厅走到自己的卧室，再从自己的卧室走到客厅，我在找什么吗？没啥要找的。儿子学校今天旅行，今晚不回家。儿子不在家，我索性连晚饭也懒得做了。

少了儿子在家里，原来这么安静啊，是少了儿子的声响吧？我坐在沙发上，随手打开电视，立刻，家里有了声音了。我整个身子蜷起来，窝在沙发上，看起电视来。电视里的世界演绎着七情上面的人生，制造着丰富的声响。但是，我越发地觉得家里静悄悄的了……

听，楼下社区花园里有人说话；听，有汽车驶过；听，一楼那只小猫咪在喵喵喵地叫呢；听，楼下人家在炒菜，锅铲翻炒，嚓，嚓，嚓……

静不是完全没有声音，静只是一个环境里，没有你想要的声音，别的声音的存在，更加衬托了你的环境的静。这样的感悟，并不是我的发现。读王维《鸟鸣涧》："人闲桂花落，夜静春山空。月出惊山鸟，时鸣春涧中。"桂花落，鸟鸣声，动态的声音，更加衬托了春山的幽静。

静是一个优美的词。读《诗经》的《静女》："静女其姝，俟我于城隅……静女其娈，贻我彤管……"娴静的姑娘漂亮，娇艳，而且聪慧过人，知道要考验爱人，还很调皮，提前来到他们的约会地点，躲起来"爱而不见"，欣赏爱人"搔首踟蹰"的样子。诗中用"静"字，刻画了一个美丽的女子。

静是一种舒缓和慢节奏的状态：安静，宁静，寂静，幽静，静悄悄……禅房的墙壁上写着这个字，学校里，医院里也见到这个提示。静下来，才能听到自己的呼吸，才能听到更多声音；静下来，才能慢下来，才能有时间思考，有机会恢复。

绝对的静有没有呢？森林看似是幽静的，其实森林里有风吹过树梢的声音，有鸟叫声，还有野兽的脚步声……我的家此刻是安静的，我同时也听到了很多窗外的声音，我平日里不会注意到的声音……

"结庐在人境，而无车马喧。问君何能尔，心远地自偏"。身居闹市，也可以静。

静，其实很美。山村的美，美在宁静。城市该追求宁静。人，更要适时让自己静一静。

我随手关掉电视。

屋子更静了。

自然醒

"嘀哩……嘀哩哩……"电话铃持续地响着，把我从睡梦中惊醒。迷迷糊糊伸手去拿床边的手机，又立刻反应过来是外面客厅的座机电话在响，因为习惯，睡前已经关了手机。清醒了一些了，感觉到了屋子里的光线，努力睁开眼，扫了一眼闹钟，刚过六点呢！唉，我的自然醒美梦又破裂了！

收到过这样一则手机短信——"睡觉睡到自然醒，数钱数到手抽筋。"幽默的祝福。有数不完的钱，一般人很难拥有，或者做一名银行前台工作人员，倒是可以，但那是数别人的钱。那么，不可能一夜暴富平凡如我的，有机会就追求一下睡觉睡到自然醒吧。

自然醒。身心放松，一夜好梦。没有人打断你的睡眠，没有人早早叫你起床，不必赶着上班，不必给家人赶着做早餐，总之，你想睡到几点，就是几点。从睡梦中醒来，缓缓睁开双眼，四处很宁静，只听到外面花园几声鸟鸣，偶尔的人声，车声。全身每一处都很舒坦，眼睛是清新的，头脑是清醒的，身体是舒展的，感觉自己就像是一株吸足了营养带着露珠的玫瑰，醒在朝阳里。也许已经日上三竿了吧？阳光透过窗帘照进来，屋子光线柔和透亮。从床上坐起来，起居室有轻微的响动，那是早起的家人在外面屋子里。正准备下床，卧室门推开了，探进一张笑脸："起来了？真能睡啊！来吃早餐吧？"

或者，醒来时，窗外雨潺潺，雨滴在窗檐上，也打在宽大的凤凰木叶子上，滴答作响，凤凰木的叶子是竖琴，风和雨把她轻柔弹奏，滴答，滴答，滴滴答答……这样的雨是清新动人的。

但不要是狂风暴雨。狂风暴雨总让人莫名的恐惧。

自然醒，醒来之前没人打扰和打断，是很重要。关键，还要看睡觉前的心情。心里有事情操心，临睡前焦虑而紧张，是不可能有好的睡眠的。比如我，是个典型的"日有所思夜有所梦"型，白天有心事，晚上就睡不好，甚至临睡前遇到不愉快的事情，这一晚上更不用指望能安眠了！连续忙碌了一阵子工作后，好不容易放三天假，不是公众假期的假日，更是难得的清闲吧？盘算着要天天睡到自然醒，让紧绷了多日的神经和身体好好松弛一下，休息休息。结果，放假前就得知八十二岁高龄的老奶奶不小心摔断了股骨，股骨硬生生骨折了！大家庭人多意见多，遭此变故，某些亲人不是积极解决问题，出钱的出钱，出力的出力，齐心协力给老人治病，而是互相推诿，推卸责任。身为大哥大嫂的父亲母亲，唯有一力承当，病房药房，跑前跑后，白天黑夜守护在医院病床前。父亲母亲也是六十多岁的老人了，父亲的头发已经全部花白，母亲高血压高血脂，他们的身体怎能经受得了五六天的不眠不休啊？更别说接下来还有长时间的手术后看护照顾任务。我心疼，我心痛！但是千里之外的我什么也做不了！如此，我还怎能睡到自然醒呢？一夜焦虑中入睡。

早上六点多，大妹妹的电话叫醒我。她的女儿已经病了二十来天，妹夫出差陕北，工作家庭她一肩挑，她已经疲惫不堪，她想放下工作请假回家照顾奶奶，帮助父母，但是生病的女儿又怎么办？她也睡不着，就只有一大早给我电话商量怎么办。我坐在床上，思索片刻，给家乡老同学老朋友电话，请她们帮忙，尽快找一位夜间看护给奶奶，也让连续五天在医院陪护的老父亲能好好休息一下，真担心再这样下去，父母亲也会累倒。九点多钟，老同学就回电话，看护找好了，是一位善良勤劳的大姐，晚上就能上岗，请我放心。那一刻，我看不到电话那端老同学呵呵笑着宽慰我的容颜，但是我的内心的感动和感激，真希望她能知道。也许，她并不在意我的感激，她只是觉得我的事情，就是她自己的事情。

老同学介绍的看护大姐果然是负责有爱心的好看护。第二天，奶奶的手术顺利进行。父母亲白天看护老人，买菜做饭，给奶奶送饭，还给孙儿辅导功课，依然忙得一塌糊涂。至少，乱糟糟的局面平定了下来。

我也该好好睡一觉了吧？明天是最后一天假期，能不能睡到自然醒？

临睡已经十一点。一个陌生的电话打了进来。犹豫片刻，还是拿起了手机。低沉略带沙哑的声音熟悉而陌生，原来是位老朋友打来，大家同处小城，但是工作都忙，她也在进修读书，有大半年都没见面了。电话里她说前天住进了医院，四年前的乳腺癌现如今扩散成了肺癌。听着她时而被咳嗽打断的断断续续的诉说，我的手不禁微微发抖，泪珠一颗颗滑落……我不知道该说什么才好，我想到了她说前天开始化疗，但是到今天已经全部脱落的一头秀发，想到了她上初三的女儿……晚上我就开始做噩梦，梦到自己的头发全部脱落……

早上很早就醒来了。南国早起的夏日还没来得及爬上我的玻璃窗。屋子里的光线朦朦胧胧的，只有轻微的空调声。看看时间，才六点钟！突然，我一跃而起，拉开大衣柜的门，开了灯，看镜子里的我，哦，一头浓密的秀发还在！

回转身，再躺在床上，想再睡一个回笼觉。却是再也睡不着。

　　我的睡觉睡到自然醒啊，就这样排在了"数钱数到手抽筋"一起，变得如此遥不可及。

　　也许，生活就是这样？如果没有问题发生，就不叫生活。如果每天都睡到自然醒，自然醒也就不用成为一种向往了。

要装浴缸吗

　　地板渗水是从半年前就开始了的。先是某一天发现某一块地板变形了，拱起了一个小包，接着，小包在这块地板上拱起一个，那块地板上拱起一个，原本平滑的地板显得凹凸不平起来。

　　过了一段时间，一处原本已经凸出的地板的表皮居然脱落了，露出了深褐色的内里，所谓复合木地板，外表看起来木纹清晰而漂亮，内里却是纤维板组成的。这块突出的深褐色好像是浅白色地板上的一堆牛粪，煞是难看，时间长了，这"牛粪"还渗出水来，一不小心踩上去，"嗤"的一声水珠四溅！儿子幽默地说，干脆，播放肖邦的钢琴曲作为背景音乐，请朋友来我们家客厅欣赏这亚洲最小的室内音乐喷泉吧？虽然我们家没有最大的音乐喷泉，至少保证有最小的室内音乐喷泉！

　　幽默归幽默，地板渗水问题拖了大半年了，该维修维修了！朋友帮忙找了她做装修的朋友来维修。师傅不敢肯定到底是厨房还是浴室漏水，说是要一步步检查。首先，客厅已经起包的地板不能要了，地板一天就被全部撬走了，早上出门时家里还是老样子，下午回家，地板就变成了泥地！师傅检查了一番，却肯定了不是厨房水管漏水。那么，只能再拆掉浴室检查。

　　又一天的黄昏，打开家门就吓了一跳：客厅中间横着浴缸，马桶、洗面盆乱七八糟地堆在一起，沙发等家具一早被堆进了另一间卧室，家里乱得无处落脚。小心地走到浴室，浴室里已经空空如也，啥都没有了！

感觉生活真会跟人开玩笑，越是喜欢整洁，甚至略有洁癖的人，越要考验你，维修房子，更是让人头痛的事情。师傅找到漏水原因了，准备动工把洗手间恢复原样。这时，家人和朋友问我：这次漏水就是浴缸下面的下水管道出问题了，还要装浴缸吗？你平时经常用浴缸泡澡吗？

我答，不经常，一年可能就泡个十几二十次吧。

倾向于改浴缸为玻璃淋浴房的家人说，一年只用浴缸泡澡一二十次，还要冒着再次漏水的可能而装一个浴缸，代价是否太大了一些？有无必要呢？

大家都建议我放弃浴缸，直接做成玻璃淋浴房，简单，实用。我犹豫了，我是习惯早上洗头发的人，如果没有浴缸，就只能站在淋浴房里洗头发，那样的话，难免会被溅起的水花弄湿腿和脚，在赶着出门上班的早上是很不方便的；浴缸还可以当大盆子用，洗洗鞋子或者其他东西，孩子小的时候有浴缸更是比较方便一些，总之，浴缸和淋浴房，各有各的优劣。

到底要不要坚持安装多年来已经用习惯了的浴缸呢？有浴缸，可能泡澡的日子是屈指可数的，但是，如果没有浴缸，却是想泡一个澡的时候，半次也泡不上啊！

这好比，牛郎织女鹊桥会，一年虽然只见一次面，他们却不可以因此干脆不要漫长的等待了。也好比，浴缸是生活中的盐，不可能泡在盐罐子里，没有盐，却不行。

英语是浸出来的

11 月上旬一个周日上午，在澳门理工学院礼堂观看了"第十届全澳英语演讲大赛"高中组总决赛，感慨颇多，几个星期过去了，每每想起，仍然无法释怀。

高中组共有十一位选手进行总决赛，他们是从全澳的中学生中选拔出来，再通过初赛，复赛，过五关，斩六将，最后才站在当天的决赛现场的。这十一位决赛选手来自澳门七所中学，其中四位来自两所中文学校，恰巧都是中国人；七位来自英文学校和葡文学校，其中六位是外国人，只有一位中国人，荣幸地，他是我的儿子。

从获得决赛资格的学生所就读的学校和他们的人种来看，关于英文教育，某些所谓名校的确相对更具实力，其二，外国孩子更具语言优势，有人说外国孩子并不全是母语英文的学生，但是，实际情况是，外国孩子在澳门生活，他们使用最多的就是英语，第二才是他们的母语，当然，既然他们能把母语之外的英语学得这么好，中国孩子也应该可以。

比赛非常精彩和激烈。选手演讲完毕后，首先要回答主持人两个问题，再要回答十一位评判中其中两位的提问。回答问题环节相对于演讲的可提前准备，多了不可预知性，每位选手预先并不知道主持人和评判会问什么问题，因此，是最能考验选手的英语水平、应变能力和知识面的，也是最精彩的环节。其中，来自于中文学校的选手大多数都要提问者重复问题，来自英文学校和葡文学校的选手都没有请求提问者重复问题，这说明外文学校选手英文听力水平是比较过硬的。

选手们的着装也给大家留下了深刻印象，由于大会规定不用穿校服，大多数选手都正装出席，女孩子白色或者蓝色衬衣配西服裙，外加三寸高跟鞋，亭亭玉立；男孩子衬衣西裤皮鞋，俨然职场精英，让人眼前一亮，生发出"他们已经是大人了呀！"的感慨。倒是最后获得一等奖，来自葡文学校的一位土生葡人女孩穿着随意，牛仔裤配休闲毛衣；而获得三等奖，来自圣公会中学的那位男生居然风衣配牛仔裤，甚至有不修边幅之感。看来，整齐的正装固然是对比赛的尊重，但不是获奖的必须因素，选手的英文实力和综合水平才是重点。

比赛结果和获奖名次，也值得思考。高中组设一二三等奖各一名，另设中文学校特别表现奖一名。最终由三个外国孩子分别获得冠亚季军，中文学校特别表现奖当然从四个来自中文学校的中国孩子中选拔而出。一位评判透露，其实外文学校组别里的个别选手总分远在中文学校特别表现奖获得者之上。我的儿子戏言，设立这个中文学校特别表现奖，看来是鼓励中文学校学英文，另一方面，也是歧视，因为这个奖本身已经说明中文学校的英文是比较弱的，是需要照顾才能拿奖的，儿子的戏言有对他没拿到奖项的自嘲，仔细想想，也是不无道理的。

为什么最终获得三个奖的都是外国孩子？可否这样考虑：虽然他们的母语不是英文，但是他们就读的学校基本全英文教学，特别地，他们的学校好像一个小小联合国，学生来自不同国家，学生日常交流更多的是用英文。套用比赛现场观众席上几位家长的议论："英文是浸出来的！他们天天讲，经常用，当然英语非常好！"

英语是浸出来的——这真是简单的真理。

任何一种成果和成就，不都是这样吗？不仅仅是知识和技能，还有亲情、爱情和感情。只要你浸泡进去，多花时间和精力，直至让它成为你的习惯和一部分，你就会得到。

因为姆明

上个周六下午，儿子告诉我说明天要陪两位外国朋友游览澳门时，我愣了一下，问哪两位？他说毕业旅行到上海时，认识的两位外国学生。

这让我想起来，儿子一月份跟学校到上海旅行回来，告诉我在城隍庙里认识了两位外国女生，一位来自芬兰，一位来自德国。当时他们一帮同学在城隍庙里逛，遇到了这两位女生，交谈起来，知道她们是就读于中国深圳一所中学的国际交换生，高三了，也是跟学校来上海旅行的。得知其中一位来自芬兰，儿子说："哦，芬兰，姆明的故乡啊！我读过《姆明谷的奇妙夏天》，现在我的旅行袋里就有一本中文版的《姆明》呢！"儿子从随身小包里把书拿出来，芬兰女生很惊讶，很高兴，说来中国半年了，第一次遇到像儿子这样的人，知道姆明是芬兰作家朵贝·杨笙创作的，还喜欢姆明，连旅行也带着这本书。聊了几句后，大家回到自己的团队。就在儿子学校的旅游大巴离开城隍庙前，两位女生追上来，从车窗外递给儿子一张小纸条，上面写着她们的联络方式，当时儿子的带队老师还开儿子玩笑说真厉害呀，这么一会儿的工夫，就让女孩子追上来了。

对于儿子在上海城隍庙里跟两位外国学生的相识对话，我并没放在心上，儿子喜欢阅读，阅读量和阅读面相对来说多且广一些，加上他良好的英文功底，能跟外国人聊几句，很正常，人生旅途有很多偶遇，何况是在旅行之中呢，这也是旅行的魅力呢。

可是现在儿子说明天要给这两位外国女孩子当导游。儿子说这段时间大家有在网上聊天，聊喜欢看的书，聊喜欢听的音乐，聊自己的国家……加深了相互了解，两位女生说想来澳门看看，儿子觉得自己身为澳门人，应该陪她们走走，看看澳门。我却有点疑虑：儿子平时学业很紧张，前几天又发烧感冒过，周日应该好好休息休息，还有就是对陌生人的抗拒，总觉得用一整天时间去陪两位陌生人，既浪费时间又有点让人不放心。

我不动声色地问儿子：那你准备怎样做好导游呢？儿子微笑着说："妈妈，借你的巴士卡一用，我带她们游特色澳门，要用最少的钱，带她们看最多的澳门风情。"看着儿子信心满满的样子，想到儿子总是要长大，总要面对他自己的世界，总有一天会结交我所不熟悉的朋友，我笑了："行啊，倒要看看你的本事了！"

周日这天是平常的潮湿春日，儿子早上八点就出了门。中午下起了绵绵细雨，庆幸早上儿子出门前提醒他穿了风衣。短信问他跟外国友人见面情况，他回答说请妈妈不用担心，他们现在松山灯塔。

晚上八点多，儿子回来了，告知我他的一天行程：先带她们去大三巴牌坊和大炮台，顺便在牌坊附近品尝特色葡挞；去婆仔屋艺术区；去中央图书馆看中文版的《姆明》书；接着去他学校附近的老字号西湾安记吃猪扒包；上松山，看松山灯塔；下山，去南湾湖，上主教山，岗顶教堂；再去号称有古旧澳门风情的茶餐厅"南屏雅聚"享用了一份特色三文治；去妈阁庙；接着去下环街街市楼上领略澳门井市大排档风情，倒是风情十足，可惜味道一般；然后去凼仔龙环葡韵；去官也街吃特色大菜糕，已经是下午六点多了，还想去黑沙海滩，时间已经来不及，因为她们要赶七点四十五分最后一班船从澳门港澳码头回深圳，于是，匆匆从凼仔乘搭酒店免费车去到港澳码头，在开船前五分钟，儿子送她们上了船。

听了儿子的"澳门一日游"行程，我笑着称赞了他，说他这个澳门导游小义工做得好。心里也很高兴，暗地欣慰，儿子跟两位外国学生能够全程英文沟通，说明儿子的英语水平确实不错；他带她们去的澳门这些景点，也基本体现了澳门的文化和人文特色。

儿子说两位外国友人很喜欢澳门，觉得澳门魅力十足，在澳门，她们看到了跟中国深圳有很大不同的一些东方古老传统，比如庙宇文化，比如中国传统建筑；还有融合了东南亚特色的饮食；倒是关于赌城澳门的一面，她们没有兴趣，因为她们还没满十八岁，不可以进赌场，这是澳门的法律也是很多西方国家的法律规定，当然，她们本来就对赌博不感兴趣。她们在澳门看到了自己熟悉的教堂，行车靠左，西式咖啡厅和茶餐厅……好像回到了欧洲，非常有亲切感。儿子还说了一件趣事：到了下环街市楼上的小吃摊，儿子请她们尝尝咖喱牛杂，给她们解释说这是用特制卤汁煮熟牛杂，再抹上特制咖喱酱汁，咖喱是印度特色调味品，咖喱牛杂是澳门自创的特色小吃……说了一大堆，两位姑娘还是心存恐惧，不敢尝试，儿子坚持让她们试一小块，最后，她们说看在儿子做义务导游的分上，勉强叉起一块，放进嘴里，连嚼都不嚼，好像吞食毒药般痛苦地直接吞了下去，看着两位姑娘的痛苦表情，儿子和她们自己都哈哈大笑起来。她们说喜欢中国，更喜欢澳门，就是不太习惯在中国吃饭时，看到的整条鱼的鱼头，还有鸡爪子等食物。她们半年后就要回到自己的国家了，但是，她们争取读大学时再申请来中国做交换生，因为中国很大，美丽的风景很多，她们希望能多去一些地方，多看一些风景。

儿子说相信他的两位新朋友一定会实现看世界的愿望。她们两个很独立，跟儿子差不多大的年纪，已经离开自己的祖国，来到遥远的中国，体验不同的学习生活和文化；她们跟儿子逛澳门的过程中，需要消费时，坚持用 AA 制的形式各付各账，除了借用了我的巴士卡外，儿子没为新朋友花一分钱，友谊的深浅真不是用金钱的多少来衡量的。

看来世界已经是个地球村的说法一点都不夸张。20 世纪90 年代的孩子眼界开阔，接受新事物快，世界和未来是属于他们的，这是肯定的；同时，让人欣慰的是，三个年轻人相识的最初原因，却是芬兰童话人物姆明——这个外表酷似河马，聪明活泼的童话小精灵。

可以说，这次的澳门一日游，文学是起因，是媒介。半个世纪前，创作了姆明形象的著名芬兰作家朵贝·杨笙也许当时已经知道，《姆明》系列故事和漫画一定会让全世界的孩子喜爱，但是他未必料到，因为姆明，三个来自不同国家的年轻人会相聚在中西文化交汇地澳门。

也有搞创作的朋友听说了儿子做义务导游的事，说这简直是一个曲折有趣的故事，可以作为澳门旅游局形象片最好的题材和素材，一位普通的澳门中学生，愿意用一整天的时间，带领他的客人游览美丽的澳门。

编织

我简直有编织狂。我这里说的编织，是织毛线活儿。每年
夏末，时序还没到秋分，天气稍稍转凉一点，我就手痒痒地，
想织毛线。这不，这个周末，我又抱回了好几种毛线，在发廊
坐着护理头发的同时，双手也不闲着，低着头，开始编织起
来。准备织一条黑白相间的、长长的柔柔软软的围巾。给谁的
呢？还没想到。

那么，我编织的手艺是不是很高超啊？哈，错了，我的手
艺非常的一般，来来去去就只会那么几种最简单的花色，大件
的毛衣也能像模像样地糊弄起来，但是因为大件毛衣费工夫费
时间，多数都半途而废，要让精于此道的好朋友给我收尾；最
喜欢织的是围巾，一来简单，快捷，二来，深受爱情文艺片的
影响，男女主角总是围着一条长长的围巾，好像长长的思念和
浓浓的爱意；比较喜欢织婴儿小毛衣，因为很快就能完成，小
小的，好像儿时洋娃娃的外套，自己看着就满心欢喜，织过
好几件送给好朋友的宝贝，获得很高赞誉，着实让我有成就
感呢！

前天晚上，半夜三点多乍醒，再也睡不着，干脆坐起来，
开了床头小灯，拿起刚开了头，才织了两三寸长的围巾，眼睛
盯着手上的针线，双手机械地织起来，直到眼睛酸涩，睡意
重袭。

会织毛线活儿，在很长一段时间里，是女人勤劳聪慧的

象征。小时候，穿着妈妈一针一线织成的纯毛袜子，再冷的冬天，脚都是暖暖的，从来都没长过冻疮，对比满脚冻疮的小伙伴，自豪自己有这样一位会织毛袜子的特别爱我的好妈妈；邻居一位漂亮的阿姨是家庭主妇，一闲下来，她手上就有毛线活儿，她看电视时织，跟人聊天时织，眼睛根本不用扫一眼手上的针线，会很多种花色样式，简直是织毛线的高手，她给我织过好几件毛衣，每次穿出来，别人都夸我身上的毛衣很漂亮。小时候很佩服她，读高中时一个元旦前，放学后就跑去邻居阿姨家，像是跟屁虫一样地缠着她，请她教我起头，织简单的花式，想织一条围巾送给同学作为新年礼物。在她的指导帮助下，围巾终于完成了，浅浅的灰色，有长长的软软的毛绒，摸着很舒服——却没交给那位同桌的他，因为第二天上学，他已经围上了一条也是灰色的，手工比我的精致很多的，还长很多的围巾，相比之下，我的这条，就像是笨拙的丑小鸭。

发现编织有很多的好处。首先，能消磨时间，比如悠闲的邻居阿姨，比如我那失眠的夜晚。什么也不想，就这样，机械地，一针，一线，时间就从手指尖溜走了。其次，编织是爱的寄托，给心爱的人织点什么，一件背心，一件毛衣，哪怕是一条长长围巾，或者小时候妈妈织给我的毛袜子，温暖爱人一个冬天。

编织需要技巧，编织可以说是技术活儿，书店里生活类实用书，除了室内装修，厨艺美食等，还有洋洋洒洒的编织花样大全。编织需要耐性，一团团的毛线要变成一双袜子，一双手套，一条围巾，一件衣服，不假以时日，不一针一线，一分一秒的双手不停地灵活翻动，是不会完成的。

编织还是个等待和期待的过程，因为编织者独特的构思，高超的技术，足够的耐性，最终等来了成品成型，手握自己的作品，心情是愉悦的，有成功的喜悦，哪怕是作为商品的编织品，也不例外。

编织有时候也可能是一厢情愿的过程。比如妈妈精心给儿女编织了一件毛衣，孩子却嫌其样式老旧，颜色土气，毛线质量档次低，每每不愿意穿，就是穿了，也要再穿件外套遮住，生怕别人看到了笑话他。又有痴情的女子给心仪的对象织好了一条围巾，结果人家脖子上已经有了一条更美的。这样的儿女委屈了母亲的一片爱心，这位女子呢？唉，一声叹息吧！

编织还可能是自欺欺人的结果。一位女友，工作很忙，牺牲可贵的休息时间给仰慕的对象织了一条温暖漂亮的长围巾，人家倒是欢喜地接受了，却笑着告诉她，得说是参观工厂时别人赠送的样品，他才能有机会围上，要不，他的家人会不高兴。为这位女友心痛啊，心高气傲的可人儿，竟然等同于一位毫不相关的纺织女工？还有一位网友，在网上的腾讯空间营造出一派春光明媚的景象，世界大同，兄弟姐妹是一家，好生让人向往，佩服！可惜，现实中她的生活虽不至于千疮百孔，至少也不是空间里编织出来的那么单纯，那么诗情画意。自欺欺人能带给人短暂的快乐，好像是迷魂药，明明知道当药劲儿一过，一切都会打回原形，但是还是有人沉迷其中，不能自拔。

不仅仅是女人善编织，有些心灵手巧的男人，也会织毛线活儿呢，据说老上海的居家好男人，很多都会织毛线活儿，而且手艺一点都不比女人差。不过，我感觉须眉五尺男儿，如果闲来边看电视边织毛线活儿，总还是有点怪，显得女里女气的。

动物界公认的编织高手，该属蚕，认认真真地吃桑叶，辛辛苦苦地吐丝，编织成一个精细的茧子，把自己包裹在里面，本想睡个好觉，却没想到最后被剥茧缫丝，为他人做了嫁衣。蜘蛛就看似"高明"一点，选一个最佳位置，精心地编织成一张大网，然后冷森森地待在一角，守株待兔，等猎物自投罗网。

看来，这编织里面的学问，还真是大着的呢！

我手中的这条构思漂亮的围巾，到底该织给谁呢？

当然该织给最爱我的人。

缝补

　　下了几天的雨了，时下时停地。这个午后时分，雨停了。太阳立刻扯开乌云，探出脑袋，在蓝蓝的天幕上明晃晃地耀眼，但是威力一下子就没有前几天那么强了。南国的九月相对还是很炎热的，不过，一场秋雨一层凉，这初秋的雨啊，还是带来了几分秋意，几分清凉。

　　太阳晃了几晃，很快就斜去了西天，灿烂了一片红彤彤的晚霞。屋子里的光线和着墙上的照片，照片上的人物有了水墨画般写意的朦胧晕染。窗外的凤凰木巨大的叶子绿得发亮，草地上还是湿漉漉的，我深深地呼吸一下，空气格外清新，哦，这是初秋的味道呢！

　　连续两周没休息过一天了，虽然今天是周日，也是下午五点才结束连续九天的夜间进修上课，白天照常工作的日子。在这般美丽的黄昏，我的时光越发地显得珍贵，闲适。

　　初秋时分，天已经黑得早一些了，收拾停当已经快七点了，整洁温馨的屋子里，流淌着舒缓的音乐，如水的灯光。安静地在灯下坐下来，拿出书架底层的针线盒，准备给儿子缝补书包。正在这时，老友打来电话，问我在干啥？我说，给儿子缝书包，儿子的书包烂了，又不愿意买新的。他哈哈大笑，不是吧？终于可以休息休息了，你居然在缝书包，你会缝吗？现在还有人缝缝补补吗？你还需要给儿子缝书包哇？我笑着答，是的，我真的在给儿子缝书包，他正坐在我的身边，看着我给他缝呢！

明白老友一连串的诧异，一来，想不到作为现代职业女性的我，居然还会拿起针线，做点针线活，哪怕是简单的缝缝补补；二来，一个书包用不了多少钱，不如干脆买一个新的。

儿子的这个书包是个大大的双肩背包，灰色，分为两层，是一个比较出名的牌子的，还算是比较结实，用了三年了。一年前，肩带开过一次线，也是新学期开学前，我一针一线地帮他缝好了，因为肩带太厚实，缝的时候，把针扎进去，抽出来都不容易，还把我的手指戳出血了呢。这次，书包"受伤"面积较多，书包底部磨了好几个小洞，去年缝好的地方又裂开了，还拖着几条线丝。儿子是高中生了，课本都是厚厚的大部头，书包很重，天天地背出背进，打球的时候，书包还会被小主人随意扔在球场边的水泥地上，难怪这书包这么脏兮兮的呢！我看他的书包又脏又破了，就给了他三百块，让他自己去买一个新的。两天过去了，开学在即，他却答复我不用买了，请妈妈给补补，接着用，因为他看中的，超过了妈妈给的预算三百块，觉得太贵了，看看旧的也不是很烂，于是，就决定不买了，把旧的洗干净，补补再用。

难得儿子还有这样的节俭意识，我当然支持。于是，明亮的灯光下，我找好了跟书包颜色相近的丝线，穿好针，一针一线地开始缝补书包上的小洞，横着几针，竖着几针，我用经纬交织的方法，把破洞补了起来。儿子坐在旁边看着，有点惊讶，问，妈妈是啥时候学会补东西的？我说，妈妈的手艺很差的，不能说是会，你太婆，也就是妈妈的外婆，那才叫做会做针线活儿呢！她绣的虎头鞋栩栩如生，你刚出世时，她还给你做过两双呢！她还会做衣服，妈妈三姐妹的、你小时候的棉衣棉裤，都是太婆做的呀！记得太婆六十多岁的时候，视力下降，眼睛不太好，我们都劝她不要再做针线活了，伤眼睛，何况现在日子也越来越好了，没有啥衣服要缝缝补补的。外婆嘴上诺诺应允，说好好好，但是一转眼，她又开始绣花，绣鞋垫子，我看见了，责怪她不听话，她说"好久没绣花，手都生了，我要练练手哇"。儿子听到这里，笑了。这时，因为书包的肩带太厚实了，我把针扎进去了，却拉不出来，儿子说他来试试，于是，儿子学着把针用力拉出来，一针一线，一会儿工夫，书包就补好了，肩带结实，小小的破洞也不显眼，因为书包破洞所在的位置本来就有一层网眼状的布。儿子拿过书包左看右看，说，太厉害了呀，差不多是天衣无缝啊！我很开心，我的这个缝补，成了温馨的亲子活动。

　　这让我想起小时候，坐在外婆身边做功课，看书的情景。外婆闲不住，总是忙里忙外的，好不容易坐下来休息休息了，又随手拿起了鞋垫子之类的东西绣起来，多数时候，外婆总是在缝缝补补，我们磨了个小洞的裤子啊，扯破了口袋的上衣啊，经过外婆的巧手，总是完整如新。看得多了，有时候我们也会拿起针线，胡乱地缝上几针。我第一次缝东西就是给妹妹补裤子。那是在我八九岁的时候，一个夏天的黄昏，我跟妹妹出去玩，跟小朋友们在小树林子里捉迷藏，不小心妹妹的裤子被树枝刮破了，烂了个洞，当时妹妹就吓哭了，担心回家会被妈妈责骂，我也很担心，因为这件事我也脱不了干系，妈妈每次都用的是"连坐法"，姐妹两个其中一个犯了错，要同时受罚。怎么办呢？我想了个主意，回家拿针线，给妹妹补裤子，补好了再回家。于是，带着妹妹回到家附近，妹妹在外面等我，我悄悄地溜回家，只见妈妈正背对着门口，坐在窗子底下认真地批改作业，于是，我轻手轻脚地翻开抽屉拿了针线，故作镇定地小步跑出家门，找到妹妹，在一个角落里给妹妹缝补起来。眼看天都快黑了，又担心妈妈出来找我们，我只好硬着头皮，飞针走线，手忙脚乱地缝了起来，好几次，妹妹都说，哎哟，姐姐你戳到我的肉了呀，我赶紧说对不起对不起，不过，姐姐戳到你的肉，好过等一阵子妈妈打烂我们两个的屁股呀！好不容易把那片就快掉了的破布缝起来，我们高兴极了，装着没事人一样地溜进家门，妈妈还在批改作业，我们长舒了一口气，以为没事了。妈妈头也不抬地，问我们去了哪儿玩，我们说去了学校操场边的树林子玩，妈妈说，为啥刚才老大一个人先回来了？在抽屉里翻了啥？我们面面相觑，不知道怎么回答。这时，妈妈转过身子，一双眼睛不失温和但又很严肃地看着我们，妹妹先忍不住了，哭着说妈妈我的裤子破了，不过姐姐给我补好了！妈妈蹲下身子一看，扑哧一声笑了出来，妈妈说，你这是补的啥呀？针脚一针比一针长，歪歪扭扭的，像是一条弯曲的蚯蚓，补丁也是歪的呀。这次妈妈后来有没有打我们，我已经忘了，跟妹妹很紧张地补裤子的情景，倒是记忆犹新。

　　小时候我们爱玩的游戏之一就是扔沙包，几块布缝成一个正方形，里面装上沙子，有的也装玉米粒，或者米粒，就成了一个沙包了。那时我们几乎人手一个，玩的时候，一般需要三个人，一个站中间，两个在两边，两边的小伙伴把沙包扔来扔去，中间的尽量躲避，被沙包打中了，谓之输。或者，干脆两个人玩，你把沙包扔给我，我再扔给你，把沙包接住就谓之赢。下课了，跟同学在操场上扔沙包，是很开心的事情，多数是女孩子一起玩，有时候调皮的男生也加入这个游戏，玉米粒的打在身上最痛，男生就故意使劲扔，希望打到女孩子哇哇直叫。沙包最早是外婆给做的，后来，学着自己做，问外婆讨来一些碎布，在外婆的指导下，剪成大小相等的六块，再一针一线地缝起来，留一边不缝，装进材料后，再缝好，这最后的缝合是很考功夫的，沙包漂不漂亮，就全靠这个步骤了……现在想想，还很有趣呢，从中还能直观地学习到正方体的边，线，面等立体几何知识。

"新三年旧三年，缝缝补补又三年"的时代，物质过于贫乏，当时的缝缝补补，大多出于无奈，那时候人们最希望的就是有一天想穿新的，就穿新的，想用新的，就用新的，再也不要左缝右补。现在，随着人们生活水平的不断提高，新的都用不完呢，还有谁有耐性或者还认为有必要去缝缝补补呢？沙包之类的手工玩具，更是已经渐渐绝迹。

那么，缝缝补补真的已经是完全多余的事情了吗？经常在媒体报端看到关于留学生的报导，说他们当中部分人在异国他乡不太适应，被人家贬为"高分低能儿"，痛心担心之余，我想，也怪不得人家要这样贬低我们的孩子啊，别的不说，最简单的，这些孩子的衣服上的纽扣若是掉了，他们会自己动手缝好吗？如果他们的裤子开了一条线，他们是不是只会拿去裁缝店去处理，或者干脆买一条新的，而不会自己来一针一线地缝好如初呢？

缝补，这个词其实一直都很重要，没有过时，也不会过时。你缝补的，一定是你手中一件旧物，你的体温熨帖过它，你的手指抚摸过它，它陪伴过你一段不短的日子，为你做过很多的贡献。现在，它有了一点破损，我们怎么能一下子就把它扔进垃圾堆呢？从环保的角度考虑更是不应该的。

当然，我们所选择的物品，要是自己真心喜欢的，还要爱惜它，只有自己真心喜欢的，质量过硬的物品，有一天破损了，我们才不舍得轻易扔掉，愿意去缝补。

比如感情，一段值得珍惜的感情，有了误会，委屈和误解，不要轻易说放弃，诚恳地道歉，拿出实际的行动，用耐性，用技巧，用心地缝补起来吧！

比如过去的点点滴滴，有欢笑，有沉思，有失败，有成功，不要任风吹过，选一个安静的时刻，把笔作为针，把文字作为线，细细密密地，缝补时光的碎片吧！

很难得的，港澳的大部分学校，小学设有手工课，其中，四年级学生学习钉纽扣；部分中学设有家政课，教学生们织毛衣，整理家务，礼仪，仪态。

完全没有破洞的，不会磨损的，不可能存在。缝补，很必要，很重要，很优美。

友人有味
————

浅析澳门女作家林中英散文特点

2013年夏秋之际，为完成本科毕业论文，我选择了澳门女作家林中英女士的散文作为研究方向。选择澳门作家林中英的散文来研究，一来自己生活在澳门，二来自己业余喜爱散文创作，三来因为参加《澳门文学选》丛书首发式活动，曾经见过林中英女士。初秋，我与林中英女士相约，专程前往她工作的《澳门日报》社，当面和她探讨我的论文写作，并提出了事前列出的问题请她回答，她爽快地一一做了答复，收获不浅，令我感动。

林女士个头不高，皮肤白皙，穿着得体，温文尔雅，她给我详细介绍了她的创作基本脉络。

林中英，原名汤梅笑，澳门女作家，原籍广东新会，1949年生于澳门，暨南大学文艺学硕士。现任《澳门日报》副刊主任，澳门笔会副理事长，中国作家协会会员，澳门特区政府文化咨询委员会委员，中华文化交流协会常务理事。多年坚持业余创作，以澳门生活为题材，著作丰硕，著有小说集《云和月》，儿童故事集《爱心树》，文学评论集《澳门叙事——二十世纪八十年代以来澳门小说的文化品格与叙事范式》；散文集《人生大笑能几回》《眼色朦胧》《自己的屋子》《相思子》《女声独唱》等多部著作。主编澳门文学丛书《澳门散文选》。林中英以散文创作为主，是一位学者型、记者型散文家，她善于以报业人、编辑记者的身份关注社会，用女性的敏感、细腻体味人生，将澳门小城万象用散文的形式作文学性的呈现，追求对人生，对历史，对社会的理解和剖析。其散文无论从内容上还是形式上，无论从语言风格，还是思想情感上，都是独具魅力的。因其独特魅力的创作成果，成为澳门作家的代表人物。

一、林中英散文的思想情感

1. 散文创作的历史背景

1.1 作品时间跨度大。林中英第一本散文集《人生大笑能几回》出版于1994年1月，收录其1988年以来的部分作品，该书一经面世，就得到澳门文学界的广泛好评。澳门著名作家、《澳门日报》社社长李鹏翥先生为本书作序《脉脉含情妙手传》，他说，"这五六年，应该是林中英文艺创作中摆脱了规行矩步的不自由到从心所欲的自由阶段。""好的散文应该有思想的光辉，收入本集的作品，基本上达到这样令人赞叹的水平"。林中英最近一本散文集《女声独唱》出版于2011年10月，她在《后记》中谦虚地写到"本书收录了本人从二零零零年至二零一一年十二载里的小文章。我别无所长，唯爱写一些文字而已，我以一篇篇文稿作为个体生命的一个个记号。日子亦由玫瑰色渐渐变成金黄。"

光阴荏苒，秀木成林，林中英上世纪70年代开始创作，从第一本散文集《人生大笑能几回》到《女声独唱》，其散文创作时间横跨澳门回归前后近三十年，内容涵盖澳门社会方方面面，从中可管窥澳门近三十年的社会变更，可谓澳门社会近三十年的档案和百科全书。

一个城市如果没有自己有个性的作家、艺术家，这座城市是没有文化内涵的，林中英应该是澳门的个性作家，她的作品丰富了澳门的历史和文化内涵，成为澳门的一个文学标志。

1.2 "业余"中的专业，"专业"中的业余。无论从数量上还是从质量上看，林中英都可谓散文大家，在澳门尤为如此，这是大家公认的。然而，一般人大概不知道，林中英的文学创作经历却是伴随着她的工作经历的。也就是说，她的创作时间之长让人们想到她是一个专业作家，像内地那样的专职作家，其实不然。她中学毕业即进入《澳门日报》社工作，从校对做起，到"儿童园地"编辑，继而成为"新园地"副刊编辑，直至副刊编辑主任至今，已有四十多个寒暑。作为一家日报的副刊主任，林中英要管整个报社三十多种副刊专栏中的十几种，组稿、审稿、安排版面、对外活动等等一大堆工作，因此，她的创作全部都在工作之余进行。她说每天晚上一两点钟后，下班回到家中，她才能开始写作。她的文章几乎都是在结束了一天的工作之后，在万籁俱寂的深夜写就。由此可知，她不是能自由支配自己所有时间的作家，从这一点看，似乎林中英并不是专业作家。

这就是体制外的成功个例，是一种在繁忙工作后实现个人梦想的典型成功个案。因此，尽管谋生的工作繁重，创作的理想追求却一时一刻也没有放松。林中英早期的小说创作成就之高就充分说明了这点。其小说主要写澳门的社会问题，主题集中，笔触细腻，短篇小说《重生》入选《港澳台文学选》，成为大学汉语言文学专业的教材。因为小说的谋篇布局、材料搜集等比散文更费时费力，林中英在繁重的工作之余，还是两位孩子的母亲，她还坚持读书进修，时间于她有多珍贵可想而知，慢慢地，她从小说创作走向了散文随笔。凭着对文学的热爱和日渐成熟的文字驾驭能力，林中英笔耕不辍，一写就是几十年，其散文集《女声独唱》被称之为"人类之思与女性之声"，

"林中英和她的散文集《女声独唱》是个奇迹，澳门和澳门文学的奇迹。"随着澳门回归祖国，更多人关注澳门，关注澳门的林中英，喜欢上了她的散文。从这一点看，林中英这位职业女性又绝对是一位专业的作家，她用她的作品赢得了大家对她是专业作家的认可与尊敬。

林中英以专业报业人的身份，用业余的时间写出了专业的作品，成为了专业作家，她是专业的，也是业余的，她是业余的，更是专业的。

1.3 个人经历对创作的影响。如果要编纂林中英的履历，是很节省笔墨的事，她的个人经历相对来说是很简单的，如中国传统女性般对工作和家庭都从一而终，坚持而坚韧。她从中学毕业即进入《澳门日报》社工作，从校对到编辑到副刊主任，她最美好的青春年华都交给了报纸，交给了《澳门日报》副刊这一方文学天地。她说她的理想职业就是进报社工作，高中毕业在妹妹引荐下如愿进入报社工作，心愿达成当然是幸运的，幸福的。她中学阶段就喜爱文学，作文常常拿高分，深得中文老师赞许。进入报社后，她从校对做起，很快，她的文学特长被发掘，她成为了编辑。写作的缘由是她对文学的热爱，也因为当时副刊设有专栏，稿件告急时，她干脆自己捉笔上阵，写就文章以免报纸开天窗。

林中英职业女性的身份带来的繁忙迫使她不得不放弃写小说，转而写"相对容易上手，用时较短"的散文。她善于小说，她既是报业人，就有新闻人敏锐的触角，澳门社会发生的大事要事，报业人总是比普通市民先一步获悉，于是，她的散文犹如广角镜，多聚焦社会时事，多了对小人物的关注，多了人文情怀，多了知性和理性的反思。比如《午夜瓶声》，写菲律宾在澳门打工族；《戴罪之月》宏观地思考人类思想与科学理性的关系;《你，有什么感觉？》记录1990年澳葡政府为无证者登记事件;《灯塔的童话》写东望洋灯塔完成了历史使命，成了古老的记忆。

2. 女性的审美，审美的女性。

"林中英的散文创作具有浓郁的女人味。尽管她有时故意要以一种含有男性豪气的笔调来创作，却还是掩不住潇洒文字底下的女人气质。"——与林中英同时期的澳门女作家廖子馨如是说。林中英是否"有时故意要以一种含有男性豪气的笔调来创作"，这一点有待商榷和考证，但是，"林中英的散文创作具有浓郁的女人味"，这一点是肯定的。《眼色朦胧》一书简介中也写到"本书向读者展示出一个具有'女人味'的文学世界"。林中英散文浓郁的女人味儿从何而来，我认为来自于她女性的审美，她亦是审美的女性。

林中英用她独特的女性审美，写就她的女性文学世界。何为女性文学？女性文学是指通过女性的眼光，心灵体会到的，从而带上女性特有的感觉和体验。另一方面，女性文学可以是指女性创作的文学世界，也可能是男女作家笔下具有女性意识的作品。林中英的作品当然是女性文学。那么，是否具有女人味儿的女性文学就一定要是抒情而感性的？饶凡子，著名文艺理论家，暨南大学校长，著名教授，亦是林中英的导师，她在林中英1996年出版的《眼色朦胧》一书序言中写道"林中英这个集子里的散文，很少是抒情的吟咏，也没有泼墨式的激越和载不动的愁情，多数是从世事，家事，友谊和自己日常接触到的各种人物，生发出对人生的思索情怀。"她认为林中英的女人味儿来自于"她善于把生活的话题演化为文学的话题，从中提炼出精到的见解，发他人笔下之所无。"原来，女人味的关键是"生活的话题演化为文学的话题"，这是很有道理的。

林中英当然也是审美的女性。对美的感悟和追求来自于她是那个年代刻苦勤奋读书的女性，她人到中年还不断进修，从学士到硕士，她是知识女性不断进修不断完善自己的最佳楷模。她的文化和文学素养决定了她对美的高度敏锐力和超凡的捕捉力。林中英读李渔《闲情偶记》，写出《红裙知己审美女人》，从女子发饰、妆容、皮肤、气味等多方面探讨女性美，最终得出最美女人"态"，即"气质"；林中英童年时对外祖母的记忆定格于"外祖母有几件细腻的用品，在清淡，粗粝的生活中添了几分雅致"，这雅致来自于外婆的"蝴蝶柠檬霜"和"洗面架旁的一块蜂花檀香皂"；《一切从头发开始》《长发艺术家的革命》《长发的节目》都是因三千烦恼丝而起的优美篇章，把女性追求个人形象的完美之心态表达得淋漓尽致。爱美之女子，鲜有不爱花花草草的，《花事芳菲》《兰友》《当忍冬爱上鸡矢藤》等篇章就是林中英爱花，惜花，种花，赏花之写照，甚至，她把岭南常见植物俗名鸡屎藤写进文章时，采用了专用名词"鸡矢藤"而不是"鸡屎藤"，我想一方面她是从专业和准确方面去考虑，二来也体现了她对美的追求：自小喜欢吃的具清热去湿功效的美味食物，怎可以用不雅的字眼呢？就连她家窗户近邻的一窝雀鸟在深夜四点的鸣叫声，于她也是美的享受，她这个总是三更半夜才下班回家，回家还要继续创作的人，深夜四点该是刚入睡未及熟睡之际，这时的鸟鸣，换做旁人，轻则诅咒，重则棒打鸟巢，可是，极具审美人文情怀的林中英不但用"柔和清脆""和谐安详的乐音"来形容这鸟鸣，还"恨不能如古代的公冶长，听懂他们在絮叨些什么"，由此可见，林中英是善于审美的女性，其散文的思想情感充满了女性的审美。

　　3. 思想犀利，极富哲理。

　　林中英说："我以一篇篇文稿作为个体生命的一个个记号"，

这句看似简单的话却表明了她文学创作的基本思想。她强调了"个体生命"，遵循了艺术的"这一个"，而不是其他共性的、人云亦云的东西。而"记号"非常具有时代特色，暗示了她的创作总是与澳门时代的进步而变化。好的散文要求"形散神聚"，好的散文还要立意好，文章思想正确，深刻，新颖。正如陕西散文家胡树勇所说："最好一篇文章整篇完美无缺（这样的作品极难觅得），其次一篇文章有部分精彩（这是努力可以做到的），再次一篇文章有一个段落很好（这样还有人看），最后一篇文章有一句几句闪光的语言（至少这篇文章还不是一文不值）"，林中英的散文妙就妙在是"神聚"的文章，也许不是每一篇章全部完美无缺，至少，是立意好的文章。《微步丹霞山》，一般人登山看日出未果的话，失望是一定的了，但林中英"看不看到日出已不重要，最重要是把畏怯丢在天梯脚下"；《自己的屋子》探讨了知识女性和女性作者该如何面对现实和理想，是关于女性独立、自尊的思考；《穷光蛋买画记》《艺术——钱》探讨了艺术与金钱的关系。

林中英散文立意好，而且文章结果往往出人意料。比如《台风夜》，失眠夜，台风来袭，固然让失眠人更难入睡，但是文章结尾处，林中英调皮顽皮如天真孩童，幻想了一大堆人类"治理"和收服台风的妙法，她越想越兴奋，越想越清醒，"想着，我高兴得更不想睡了。"让人忍俊不止。《长发的节目》开篇即先声夺人："长头发是女性的一个既可娱己复可娱人的节目。"结尾更妙："如今潮流时兴性感，老在布片上弄手脚，谁知性感流溢于发端。"《花事》由"晚风出来一阵阵浓香，分辨得出是花香"起笔，写她阳台上盛放的花儿们，爱花，惜花，该好好打理花儿们才是常理，文章结尾处，作者本应为她花盆中已显拥挤的竹子分盆，可是她"看着这盆仙物，使我忆起了以前兄弟姐妹挤在一起的狭小的生活空间，热热的一屋子人，然而那种亲密在各自成家后再也无法体验得到了。于是为它们分盆的打算便搁下来，以后再说吧。"浓浓亲情居然可以这样来表现和升华呀！《穷光蛋买画记》中，林中英与友人去陕西民间工艺展销会买年画，与卖画的陕西汉子讨价还价，陕西汉子说："人家老外不讲价钱，穷光蛋才讨价还价。"一般人面对如此令人难堪的奚落，会立马掉头而去，或者逞一时之勇，林中英却答曰："就是啊，穷光蛋爱艺术，是多么的痛苦啊。"林中英的回答一方面表现了她是涵养好、性情温和的人，另一方面，出人意料，有趣而令人深思。

4. 中西文化的视角，促成题材的多样化。

澳门小城由于历史的缘故，历经四百多年西风东雨的吹袭浸淫，造就了中西文化交汇的独特魅力。林中英生于新中国成立那一年的澳门，欧陆风情历史城区里有林中英的家，林中英生于斯，长于斯，培育了她中西文化的独特视角。

周作人谈及散文的取材范围时说"无意不可入，无事不可言。"是说散文取材可以非常广泛，多样。林中英散文就完全做到了这一点，题材广泛而多样。她写了澳门的城市变迁，写了澳门的宗教信仰，写了澳门回归的期待心情，写了澳门人生活的方方面面。她的散文有来自社会现实问题的响应，比如反映不断上涨的楼价的《在山居》《山头，房子》《田园幻梦》，高科技带给人的影响之《戴罪之月》《投笔从机》《大哥不大》；反映居住在澳门号称"小曼谷"荷兰园一带从事特殊行业的《泰女》《妓性》。她的旅游小品别具一格，不落俗套，比如《人生大笑能几回》一书中写在瑞士参加妹妹婚礼时的所见所闻所感系列文章《瑞士乡间婚礼》《瑞士玩新郎习俗》等，不是简单地描述异域风景，更多地着墨于异国社会与华人社会不一样的风土人情。《威尼斯，这一件古董》不仅写出了威尼斯独特的古典美，更道出上世纪90年代初欧洲金融危机下的威尼斯那令人哀叹的一面。林中英笔下的祖国山水更是别有一番情趣，引人入胜：写丽江的悠闲，用《泸沽湖畔的节奏》《在丽江找自己的一杯茶》；去《重庆的坡》找《重庆的味道》，在凤凰古城不写沈从文，倒是对《凤凰的声色味》恋恋不舍；在上海《迷于迷仓》，在杭州《得些意思游杭州》……她写人物，亲情的篇章很多，无论旧时邻居街坊、同事、还是文友，甚至生病时照顾她的小护士，无论儿女、家人，她都信手拈来，有感而发，道尽人间真情。

中西社会，华洋共处，林中英的散文像是广角镜，折射出澳门社会方方面面，又如澳门的艺术大事年表，真实记录澳门社会的变迁。从《友谊纪念品》中可看到，澳门是中西交汇地，中西文化的交融有相互主动，也有被迫。《街道，在回忆中》《土地神，土地诞》《风筝》等篇章给了我们属于中国人的澳门的印记。《期待的龙》《你，有什么感觉》记录澳门历史大事件，读来让人触目惊心！《书台》《投笔从机》等真实反映了报社发展。

5. 关注时代进步，切合时代人物。

由于网络科技的发展，当今可谓全民写作时代，女性写作者众，似乎知识女性只要爱好文学，具一定的文化素养，不愁吃不愁穿，有闲情，有闲时，就可以敲击键盘，成为写作者。当中有不少女性写作者善于写抒情散文，沉迷于个人的小情小调，或者翻检魏晋风骨、唐诗宋词，找寻风花雪月的共鸣，化作笔端旖旎风情。这类文章不能说就是不美、不好的，但是多是与社会和时代脱节的无病呻吟，无法更广泛地引起强烈共鸣，更无从谈起社会责任感。

林中英散文固然也写亲情，爱情和友情，但是，她更关注时代的脉搏和进步，关注新时期下职业女性角色与传统女性之不同，写出了别人所见未想、所思未写、所写不深的高妙境地。《女人四十》《做个中性人》《人生大笑能几回》《愿母亲平凡下去》《妈不太像妈》《妇女节戏笔》《故事新编——梁祝婚后史》等，都是对当代女性，特别是知识女性角色定位的思考，通过对自己身兼多个角色现状的描述，有困惑，也有焦虑，最后带出新时代知识女性该如何面对生活、工作挑战的理性思考，闪耀着时代的光辉。她关注环保，《环保，你能做多少？》写澳门垃圾处理问题，《拒绝开发的米埔》写就连最商业化的香港也会保护地球珍贵的遗产而不破坏，予澳门以启示；她对时装、时尚有自己独到的见解，《男人待解放》看似在谈服饰，其实也在探讨时尚与环境的关系，流行服饰与商业的利益；就连明星轶事也会入她眼，带给大家不一样的启示，《叶胸》《你的眼神》《永远的萧芳芳》等就是这样的篇章。

现代法国诗人评论家瓦莱里（Paul Valery）强调："'仅仅对一个人有价值的东西是没有价值的。'这是文学的铁的规律。"所以，只有关注时代，合拍时代步伐的作品，才能得到更广发的共鸣，林中英的散文做到了这一点。

二、林中英散文的艺术特征

1. 注重结构，篇幅精短。

林中英的散文大部分是报刊文艺副刊上的专栏散文，大都在一千字左右，篇幅精短，这是因为报纸专栏文章受版面限制，不得不如此。这种有字数限制的散文要想写好，非常考验写作者谋篇布局的功力，需要作者注重结构的铺排，段落层次要少。我做了一番统计，林中英散文大都只有六、七个段落，鲜见十个段落或以上者。她善于用精简的笔墨，生发感慨，阐述哲理，显现了她炉火纯青的专栏作家功夫。

2. 构思精巧，谋篇布局有小说化的风格。

林中英早期以写小说扬名澳门文坛，她有时把小说的谋篇布局置于散文创作之中，读来别具一格。她说，"某些散文篇章就是一篇小说的间架结构，某一天有了一个小说的框架，但是苦于没有时间展开创作，只好先用散文的形式记录下来……""散文发展到今天，已经不拘泥于只是抒情写景，散文与小说的距离已经缩短了……"

林中英散文塑造了很多小说那样的人物典型形象，令人印象深刻，比如《小杏子》《泰女》《表妹》《泡乞丐》里那两位有人情味的乞丐老婆婆；比如《庵的故事》《街道，在回忆中》中对旧时街道故事的白描，奇思妙想蒙太奇般的《梁祝婚后史》《一个女子的故事》《小岗村里的悄悄话》等都可看做是小小说式的散文。

3. 注重语句段落的变化，多短句，少长句。

林中英散文篇幅短小，注重语句、段落的起伏，多短句，少长句，构成了她散文语言的一大特色。这也符合都市人讲求"快"的阅读习惯。

4. 炼句风格，文白雅致。

林中英散文非常注重炼句，比如"晨窗外鸟鸣啾啾"（《感念十年》）"城市的皱褶么，在上海是它的弄堂，在北京是它的胡同，在澳门，便是上上落落弯弯曲曲的横街窄巷了。"（《走在城市的皱褶》），语句精炼，唯美。林中英善于运用文白相间的词语，时有"皆""忽闻""则""虽曰""及至""若然""便知”等古汉语常用字出现，甚是雅致。

5. **巧妙将西式幽默应用于作品之中。**

林中英用豁达、温和的性情，巧妙将幽默应用于作品中，既有语言犀利、思维敏锐而又不乏讽刺的西式幽默，比如《新世说新语》；又有温和调侃式的中式幽默，比如《男人待解放》中“我常感觉制造这股夏装潮流的人暗里有几分作弄女性的不怀好意。”《贫嘴·名嘴》满篇皆轻松的幽默，《上坟》的幽默却让人笑过之后顿觉心酸不已；《妓性》由洗手间的肥皂幽默联想到妓女的“妓性”，《一个做饼的愿望》《无病也求药》《女人四十》《年龄的秘密》《吃》等篇章，都闪耀着幽默的火花，读来让人忍俊不禁。

6. **粤方言词汇夹杂其间。**

林中英身处澳门，粤方言是这里的官方语言，粤语还保留了古文古韵，林中英散文中粤方言词汇夹杂其间，成其散文语言一大亮色，读来不仅不别扭，还丰富了汉语的遣词造句。比如，“年末”唤作“年尾”“小街小巷”是“横街窄巷”“刷墙”是“松”“扫灰水”“高跟鞋”是“高踭鞋”“连身裙”是“连衣裙”“上上下下”是“上上落落”“追女孩”叫“沟女”“煲粉葛汤懂得落果皮的家佣”中的“落”意为“放”。

三、林中英散文的审美风格

1. 情趣高雅，扬弃功利，圆融和谐。

林中英在《沧海月明珠有泪》中说：“谋得一份养家活口的差事，那么才可安下心来执起一管笔。将稿费视为闲钱时，便可以忠实于自己的擅长，自己的主义；同时才有胸怀，有气度地去只问耕耘，不问收获。”她一针见血地指出了当今文学与现实的关系：一是爱好文学需要一定的经济基础和稳定的生活去支持，二是若想写出满意作品，就不要对文学有功利心。这也是符合康德无功利审美定律的。林中英散文扬弃了文学的功利之心，情趣高雅，儒、道、佛思想共同构成其散文的和谐，她将"自然"作为与人的生命密切相关并构成人的生命内容的重要组成部分，确立了合乎人性的存在形式，表现出鲜明的现代人文主义思想，于是有了《和敬清寂一碗茶》《习静》等。

2. 宁静舒缓，优雅温婉，豁达平和。

林中英散文如夜光下的小夜曲，又如古树参天的森林中潺潺吟唱的溪流，舒缓，宁静，少有高潮迭起的惊涛骇浪，给人优雅温婉之感。我欣赏那个《明月在竹湾》海边沙滩上散步自省的林中英，她说："月明之夜，我含笑回望自己年少时的身影，日子不但使人容貌改，性情也在变。变得随和，明朗，变在不需要执着的地方不执着，是较适合时宜了吧。"一个温婉、豁达的她跃然纸上。

文如其人，林中英是《澳门日报》社副刊主任，没见过她的人可能会以为，她该是不怒自威，不拘言笑，高高在上的女魔头类型的女强人。其实不然。几次在不同场合见到她，无论公开的文学活动，还是书店，还是她工作的地方，她都是亲切、谦和而随和的，毫无大作家或者管理者的架子，更别说她打扮得体，时尚优雅。她是粤剧爱好者，兴之所至，她还会登台一展歌喉，为大家助兴。她的《做个中性人》曾引起很多关注和争议，我认为她其实就是说了一个非常简单的道理：女人，应该外柔内刚，豁达平和。

林中英作为当代知识女性典范，既是传统的，又是现代的；作为澳门女作家的佼佼者，既是专业的，又是业余的；她的散文独具魅力，如一朵清雅的百合花，悄然怒放在镜海之滨，散发着迷人的馨香，给读者以深深的打动，升华了澳门的文学创作，丰富了澳门的艺术内涵。我相信，她会笔耕不辍，不断送给大家文学的惊喜！

文学使人年轻

喜欢文学的人或者文学爱好者有什么特征吗？以前总有朋友问我。我说当然有，首先，喜欢文学的人大抵都有一颗敏感而善感的心，有比较细腻的情感；其次，应该还喜欢看书，喜欢阅读，喜欢观察。

昨天，我又发现，除了这两点，喜欢文学的人还都呈现出年轻态，或者说，文学能使人年轻。哇，真的吗？难道文学有助于保持青春容颜，具美容功效？这也太夸张了吧！

一点都不夸张，参加了一个文学活动之后，更是肯定了文学使人年轻这一点。7月21日，周末，应邀参加《2011澳门文学作品选》系列书籍首发式，首发式在澳门理工学院体育馆内举行，体育馆内正举行书展嘉年华，首发式就在书展浩瀚书海的一隅简单而隆重地举行。说简单，是因为过程没有繁文缛节，主要由几位主编介绍作品选编辑情况；说隆重，是因为各方的重视，澳门文化局局长和基金会行政文员会主席及多间书店负责人都有出席。这个首发式还是澳门文坛的一次盛会，大多数作者都列席了。最让我惊讶和意外的是，读书时修读"港澳台文学"时读过澳门作家林中英的作品，很是喜欢，一直以为她是位五六十岁的老人，这次首发式上见到她本人，居然是位举止优雅，皮肤白皙，妆容得体，落落大方，气度不凡，看起来最多只有四十来岁的女士！

首发式后，编委和作者们移步去到基金会在酒店安排的自助餐会，继续庆祝。我最怕跟陌生人一起用餐，原想参加完首发式就走，不去聚餐的，不承想见到了本澳戏剧界领军人物周树利老师，九年前读一个文凭课程时，他是我的导师，毕业经年，大家同住小城，与老师见面聊天的机会却是不多，在这个场合见到，大家都很高兴，于是坐了下来。

餐会上新老朋友相互介绍认识，举杯共饮，纷纷上台表演才艺，唱粤剧，诗朗诵，热烈而温馨。笔名林中英的汤笑梅女士是这套书的主要编委，她的粤剧清唱清丽脱俗，让人难忘，她对人和善亲切，虽然跟她是第一次见面，她却仔细询问我"哪一篇文章入选了，平时喜欢写什么"等等文学话题，请她签名，合影，她都很乐意，脸上总是带着温雅的笑意。周树利老师呢，更是年轻态呀，眼见文友纷纷被抽中上台表演他却没被抽中，干脆自告奋勇跑上台，表演吹口琴，优美的俄罗斯民歌旋律获得了热烈掌声，表演完毕了，他问主持人："有无礼物啊？"大家哄堂大笑。他拿了纪念品下来，打开一看，其中的《新世纪澳门戏剧作品选》他已经有了，就马上签名转赠于我，他孩童式的率真，算是给我这个学生也挣回了一份很好的礼物呢。

还认识了一位小文友，一位二十多岁的年轻姑娘，平时做文职工作，喜爱文学，喜欢写作。她说文学使人思考，使人幻想，使人快乐，我说文学还使人年轻，不信，看看这满场的文学爱好者，无论是知名大作家，还是文学新秀，无论老幼，都有一颗年轻而单纯的心，呈现出比真实年龄更年轻的年轻态！

萝卜和书

萝卜和书？风马牛不相及的两件东西呀！之前，我所能想到的两者可能产生的联系有两种：有一个人边啃萝卜边看书；或者，好学的他用一担萝卜换回几本书。

却是没想到还有其他可能，比如莫言家园子里的萝卜和莫言的书。

先说萝卜，据新闻报导，自莫言获了诺贝尔文学奖，他老家山东高密农村老房子院子里的萝卜被一批批慕名前去造访的游客拔了个精光，有的甚至拔了萝卜就立刻削了皮，把萝卜吃进了肚子。因为是莫言老家园子里的萝卜，这萝卜成了既普通又不普通的萝卜，虽然这萝卜并不是莫言本人种下的，虽然莫言已经很多年没在这个老房子里居住了。不知道那些萝卜的味道跟平日菜市场上的萝卜一样不？

再说书，莫言的书。在我的认知里，莫言不算是当代最红的作家，但也算是著名作家，那一年随着电影《红高粱》的红火，他也随之红遍了大地。我读高中时就拜读过他的小说《红高粱》，篇幅不是太长，好像是中篇小说。是先看了电影才去读他的小说的还是读了小说之后才看的电影？已经记不清了，只记住了小说的第一人称自叙"我爷爷我奶奶……"语言风格也很特别，似乎特别写实，但是又有些超现实。自此之后没读过他其他的作品，就连讲解当代文学的教授也只是寥寥数语就带过了他。

莫言获奖的消息是远在异国求学的儿子 10 月 11 日深夜一点多发来短信告知的，第二天一早打开电脑，各大网络媒体头条均是莫言获奖的报导，虽然各种态度各种声音都有，但是，至少获奖了是件好事，是文学的好事。当天下午去珠海一家大书店，进门显眼处已经设有莫言作品专柜，醒目的"诺贝尔文学奖获得者莫言著作展"牌子下，莫言的书却没几本，问店员，书呢？答曰"上午已被抢购一空，现在接受预订。"倒是让人惊喜：原来这个城市还有这么多人爱读书呀！选了莫言散文随笔集《说吧莫言：北京秋天下午的我》，店员说："其他人都是抢着买《丰乳肥臀》或者《蛙》，据说这两本才是获奖作品，这个散文集倒是很少人买，看来你是个真爱读书的人呀！"我笑笑说："也不算是，我喜欢散文。"

第二天去澳门一家大书店，却没看到任何关于莫言获奖书籍专柜或者宣传，中国文学作品类书架上扫视了一番，一本莫言的书也没有呢。

于是想：如果莫言的老家在澳门的话，园子里的萝卜该不会被人拔光吧？这里好像大多数人并不知道莫言的获奖，或者，知道了也不甚在乎。

只希望那些拔了莫言老家园子里的萝卜的人，还能专程去书店找本莫言的书买回家读读，哪怕只是冲着《丰乳肥臀》这书名。

收到第一套毛边书

从邮局出来，撑着伞，站在木棉树下，抬头看看天空：南国难得的秋雨飘飘的天气，街道两边高大的木棉树叶子湿漉漉的，泛着点点金黄，在雨幕和路灯里斑驳着，闪烁着，多么美妙的秋雨秋叶呀！这条路比较僻静，又逢下午下班高峰期，恐怕很难等到车了。不如走回家吧，也就是半小时路程，还能细细欣赏秋雨呢。

雨点夹着风急促地飘洒下来，伞好像小了，遮不住整个身子，不一会儿，鞋子和裤腿已经淋湿了，这样走回家，还不得裤管全湿透呀！但是此刻好像只有走路才符合我喜悦的心情。刚从邮局领取了两个包裹，一个是妈妈寄来的，另一个是西安的王新民老师寄来的，不用说，妈妈寄的是家乡土特产，好吃的，属于物质食粮；王老师寄的是我盼望已久的一套毛边书，属于精神食粮。妈妈总是会时不时给我寄些好吃的，我是她的宝贝女儿嘛。与王老师只是一面之交，单凭一次网上文章阅读后的"老师，我也想要毛边的《倪匡散文集》（一套四册），可否帮我买一套啊？拜托，拜托！"的留言，王老师就真的帮我买到了这套书，还多次询问该如何将书送达我手上，王老师既是作家，也是新闻出版社管理人员，但是对文友如此热心真诚，真是让人感动。

背着这两袋子重量不轻的"食粮"，轻快地走在雨中，尽量把伞往装有包裹的袋子那边倾斜，担心雨水把我心爱的"食粮"淋湿了。如果不是下雨天，我早都拆开王老师寄来的包裹，一边走一边看书了，现在只好克制这种念头。

下雨天黑得早，才五点半，路灯就亮了起来，雨一直不紧不慢地下着，街上移动的"蘑菇"相对比较少，也是啊，下雨天，如无必要，大家都懒得出门吧？汽车唰唰唰安静地滑过，四周围显得很静谧，南国的秋雨较之北方的秋雨绵绵多了几分珍贵，少了北方秋雨的拖沓缠绵，之前的很多天都是晴空万里阳光灿烂的好天气，让人错觉以为夏天还没完，秋雨让秋天终于有了秋的况味，空气一下子特别清爽和清凉，一片片黄叶飘落在大树下湿漉漉的草地上，有的舒展，有的蜷曲，好像秋姑娘甜睡在柔软的毯子上，睡吧，睡吧，睡个好觉吧，明年再挂上枝头发出新芽。

空气中弥漫着蒙蒙的水雾，房子，大树，街灯因此显得有些模模糊糊朦朦胧胧的，平日熟悉的街道，在雨中漫步时却呈现出另一种美来。一路走，一路东张西望，想东想西，撑着雨伞背着两个包，却一点也不觉得累，不知不觉就到家了。

秋雨的黄昏，沿着高大的木棉树一直慢慢走，纪念了我的第一套毛边书的到来。

这之后，我还会在这南国悠长秋季的周末暖阳下，坐在客厅地毯上，身边一杯浓香咖啡，一把小小的裁纸刀，一本毛边书，看一页，裁一页，裁一页，看一页。间或起身，去看看炉子上的陕南冬菇炖鸡好了没。

这真是神仙也羡慕的光景呀！

文学的魅力

——评胡树勇《博写》

喜欢一本书，第一眼的吸引是封面，这正如初相见的人是否合眼缘，是否一见钟情。陕西散文家胡树勇的新书《博写》封面，素雅的米白色底色，正中竖写"博写"两字却用了纯正的大红色，封面的最下方用黑色小字从左至右依次标出"大众文艺出版社胡树勇博写"，右下角用红色印章形式标出"华夏作家文库"，色彩简单，对比强烈鲜明，简洁明了，冲击着人的视觉，吸引着人的眼球；书名的旁边还配有一幅由电脑和地球宇宙图案构成的小图，跟书名内涵一致，寓意深刻，整个封面设计让人过目难忘，使人不由自主就要拿起书来，翻阅，品读。

"博写"由上至下读是"博写"，由下至上读的话，就成了"写博"，这也是封面设计的另一巧妙之处？胡树勇在书的后记中写道："这部散文集收录了近两年我在博客上发表的作品……我以实名博客参加了国内最大的实名制博客网站'博联社'，几年来在博客上写了不少博文，这些博文发出后，又承蒙澳门《华侨报》副刊主任编辑谭庆明先生的厚爱，在《华侨报》多种副刊上刊载了许多篇，收获了另一种心情。"——现今，文人写博客很常见，博文能大多在报纸副刊刊发的却比较少，再汇集出版成有正式书号的书，就更不容易了，这需要文章本身有很强的可读性和文学性。

《博写》的成书过程，让我想到这正如辛勤耕种的老农，先是默默耕耘，再是开花结果，最后是喜悦丰收。丰收是喜悦的，是激动人心的，金秋时节去到丰收的农家，好客的主人会好酒好菜招待你，与你分享他丰收的喜悦。品读《博写》，也是作者给予读者的一场精神盛宴，他用文字告诉你，文学的魅力是什么。

文学的魅力到底是什么呢？《博写》开篇是澳门《华侨报》副刊主任编辑谭庆明先生的序文《冲一杯好茶，看一本好书》，他用看似平淡的笔触娓娓引导我们在生活紧张的现今社会，"是时候该放慢脚步了。每星期，最好每天找一段时间让自己放空，脱离外间的束缚，冲一杯好茶，靠在椅子或者床上，看一会儿好书，让自己真正平静地休息一下，沉淀一下，寻找生活的意义，让自己的生活质量向上提升。胡树勇老师的这本新作正好可以带领大家从生活出发，享受一趟文学之旅。"谭编辑肯定和指出了《博写》的文学魅力。

俄国批判现实主义大师托尔斯泰在他的《艺术论》里说："艺术就是一种有意识地把自己体验过的情感传达给别人，而别人为这些感情所感染，也体验到这些感情的人类活动。"可以说，胡树勇的散文承载了他丰富的内心情感世界，当品味到他某些作品和篇章时，引起强烈的共鸣，从而生发"海内存知己""心有灵犀"的会心微笑。比如开篇美文《跃》，作者用优美的词句、细腻的笔触写了"自己"与一只性灵的小动物"鸽子"之间远远观望，眼神对视，彼此信任，和谐相处的画面，让人在获得美感和感动之余，不禁深思：人与动物之间尚且可以如此和谐，人与人之间是不是更应该互相信任，互相欣赏，友好相处呢？文章中的"我"也许就是作者本人，"鸽子"是真善美的化身，或者，是维纳斯的化身，爱和美的化身。当读到另一些作品表现的是自己不太熟悉的生活经历或者情感体验时，一种新奇的"这样也可以？""原来是这样！"的慨叹油然而生，比如《端午乘车》《大学生村官》《幸福池》《吊罐》《一个人的山》等文章，或者对国内火车客运现状的忧思，或者描绘新农村下的新气象，或者是对正在消失的传统乡村生活的追忆，甚至，可以对一位古之先哲修行生活的想象……这些篇章，对于大多数生活在现代都市里的读者来说，都是陌生的生活方式和生活环境，通过阅读，得到了新奇的生活体验，从而从另一个角度来思考现今的社会和生活。

曹丕在《典论·论文》中说"文以气为主"，强调的是作家创作个性的重要性。《博写》是胡树勇的第四本纯文学散文集，十年来，从《江汉清音》到《鸟倦知还》，从《守一不惑》到《博写》，四本散文集虽然在语言风格，思想内容，表现形式，写作手法上各有不同，但是，他坚持纯文学创作的方向始终如一，没有改变，这是他的散文最基本的特点，在此基础上，也逐步形成了他的散文的独特个性，可以说，他的文章思想内涵的构建，遣词造句的语言风格，选材角度等方面的特色都是在坚持纯文学的指导思想上建立起来的。他在《做纯文学的追随者》中说："文学创作是不以你的身份贵贱、生活地处边远来衡量作品的价值的。生活在小地方的作者同样可以和生活在大城市的作者一样出优秀的作品，尤其在这个网络信息超发达的时代……一位亲友说，康德一生从未离开过他所生活的小镇，但是他为世人留下了宝贵的精神财富。我们虽然不必和这样的名人相比，但是我们可以学习这样的行为和精神。既然爱纯文学，就永远做它的追随者吧！"胡树勇这样说，他也是这样做的，他可谓纯文学的追随者中的佼佼者，他的作品字里行间散发着清气、正气和雅气，带给人美的享受和启迪，我想，即源于此。

《博写》除了描写风景刻画人物的唯美散文二十八篇、随笔三十篇之外，还有言论二十六篇，这些言论体裁上属于杂文，大多是对时事的思考和评论，思想犀利，逻辑性强，一针见血但言辞温和幽默，既有杂文的时事抨击性，又有文学的审美意蕴，颇有鲁迅的杂文风范，体现出作者作为一名正直的新闻工作者高度的思想修养和散文家的艺术修养，是《博写》的华彩篇章，也是较之胡树勇前三本散文集之大不同之处，或者说，这是胡树勇在散文创作上的新突破，带给读者新的惊喜。"文学对于我们来说，它能帮助我们寻找、建设一个精神的家园，它能把很多人的秘密告诉你，它把很多深层次的精神上的喜怒哀乐或者一种很难表达的东西表达给你，它使你增进了你对周围的人的了解……"作家王蒙在《文学与我们》的报告中如是说。《博写》中的"言论"正是这样。比如《政协委员敢说话也要悠着点》，他从央视主持人朱军在"两会"接受访问时说大学生从事淘粪工作的意义恰体现在"可能会改变中国的淘粪现状"相关言论入手，提出"请强烈注意，明星不是万能、万事知的。看来，政协委员敢说话也得悠着点，得思考一番再说不迟吧；不然，就把自己忽悠进去了。"对于"郑民生砍刀挥向南平实验小学校十三名小学生，造成八死五伤"的触目惊心的惨案，胡树勇为此写了《普通人需要精神支柱》："精神支柱就是对未来的希望以及相应的自我约束。有了精神支柱，我们不会天天为钱挣的多少而苦恼；不会为妻子、丈夫因为钱背信弃义、跟他人走了而痛不欲生；不会为其他种种烦恼而铤而走险、做出那些极端的事情……甚至，即使一无所有，我们也要坚强地活下去。从孩子做起，让他们从小树立精神支柱。"还有满怀悲悯之情正义之气的《不要渴望这样的待遇》，对中国房地产热房地产商的忧愤之作《道德的血液》，饱含爱国情怀的《日本又一次给了中国老百姓明史醒今的机会》《J20：国之利器舒缓示人》，催人发奋励志自强的《站直会看得更远》……如果说胡树勇的游记和随笔充分体现了纯散文的艺术审美意蕴的话，那么，这二十六篇的"言论"杂文则充分体现了他的文章思想的深刻，其至还有他作为一位政府思想理论工作者高度的政治敏锐感和判断力，对社会的责任感和正义感，是极富哲理和思想的，当然，这些杂文的成就，跟他的散文创作观也是分不开的。

胡树勇在他上一本散文集《守一不惑》里已经提到，"真正的散文作家显得孤傲不驯，不喜同流，更不用说合污，他们在自觉或不自觉地努力保持自己的个性及本色。"他还说"散文的题材应该关注当代的人和事，透视当代人的心态，从中揭示当代人生命的价值和意义，写出我们这个时代不同于其他时代的佳作。"我想，这就是他这组"言论"创作的主导思想。"当代的人和事"，当代大多数人是不是只忙于追逐于金钱名利得失的呢？作为一个文人，是不是要写一些华而不实的文章献媚于大众，沾沾自喜于自己娴熟的文字功底，游戏文字呢？或者，自视清高自命不凡，写一些文人雅聚之趣事，爆一爆个人隐私，以为这样是在馈赠大众，满足大众审美呢？胡树勇笔下的"当代的人和事"不是这些看似风雅，实则庸俗俗气的人和事，他关注的是普通大众的民生，比如《就业》；担忧的是国家减持美国国债对国人的影响，比如《这块石头好厉害》；哪怕只是《只言词组》，生活点滴，也决不矫情做作，这些"言论"好比在闷热无比的夏天，忽然有清风自海上来，让人耳目一新，周身舒泰。

胡树勇极力追求散文选材的多样性和散文写作技巧的创新。在《守一不惑》中他已经说过"我们可以把散文选材和写法舒张得更为辽阔一些"，他的散文选材比较广泛，视觉总是很独到，这是得到大家的公认的，而在《博写》中体现的就更为明显，也可以说，《博写》成功实现了他的散文创作创新说。前文说过，他的一系列"言论"，针砭时弊，直抒胸臆，视觉独特，兼具思想性和文学性，即便是他的游记类散文，也是如此的与众不同，充分体现了他独具一格的散文创作手法和独特的观察视觉。例如，写小桥流水人家的江南小镇如何如何优美、如何如何雅致的游记类文章，简直是多如牛毛，在《周庄的猪蹄》中，胡树勇却跳出常规，视角锁定古镇街边摊档贩卖的卤猪蹄，由这一看似很俗、俗到连他都说无法接受一边走一边啃的"周庄猪蹄"切入，带出对这个江南古镇过度开发旅游、过度商业化现状的担忧。再看《总统府拾桂》，写南京总统府，他不细致描写建筑风格，不做历史资料的堆积和说教，对伟人的缅怀和理解却落脚在总统府"浓得化不开"的丹桂香气里，看似不经意飘来的香气，却告诉了读者，经过历史和时间的沉淀，什么是精神，什么才是真正的永恒。还有《晨钟》，真的只是写姑苏城外寒山寺的钟声这么简单吗？不是的，他从导游对"江枫渔火对愁眠"的实诚解说散发开去，讨论了文学评论需要把握全面，分析了寒山寺的文化底蕴。

胡树勇总是在思考关于文学创作的创新和文学应该坚持的发展方向。在《博写》中，讨论文学创作的篇章占了不少，在《真心真意待情人》中，他欣赏原汁原味、原生态的民歌；在《文学在静悄悄中向前》中，他直言："第一，不要把爱好文学当作升官的拍砖，假如那样，会害死你的。道理不用细讲，自己慢慢去体会吧。第二，也不要寄希望文学会改变你的命运。文学在某些年代某种环境可能影响一个人的命运，但总体来说不会改变大多数人的命运。第三，文学是一项持久的动脑筋的细活，没有持之以恒的精神享受不到其中的韵味。文学是梦，但却是用脚走出来的。我喜欢文学在静悄悄中向前。"——这些一二三言论的背后，是对文学的尊重和坚持，是胡树勇对文学爱好者的诤言。

在《文学不仅仅是爱情纠葛》中，他真诚地与年轻文学爱好者分享："我的创作经历告诉我，爱情只是创作的一部分，很多时候是很小的一部分。而且，真正写爱情成功的作家几乎都是成人作家。年轻人要写的题材其实也多，为什么不写大学生活呢？为什么不写社会实践呢？为什么不写就业难呢？用自己肤浅的爱情经历去写爱情，结果大多同样也会肤浅。最关键的是，文学不仅仅是写爱情，除此之外，要写的太多太多。把我们的眼光放得更开阔些吧。"——多么中肯而恳切的意见，肺腑之言，字字珠玑，为纯文学呐喊，挥臂疾呼。

还有《沈从文创作之外的功夫》《坚守自我》《远离大众》《"鲁选"新感》《纪实的低视觉》等篇章，都是作者对写作技法的探讨、作品思想的构建等文学创作原理原则的思考，读后使人获益良多，也从中找到了《博写》大部分文章能公开发表刊登及获奖的原因。

文学的魅力还体现在作品的审美意蕴。胡树勇散文具文学魅力的另一大特点是他的语言清新优雅，幽默不做作。他曾经在一篇文章中说过他最喜欢的几位散文家是黄裳、沈从文和汪曾祺，当然，唐诗是他"朝思暮想仍念君"的情人，《鲁迅选集》是他一读再读的最爱。从他偏爱的作家和作品可以看出，他欣赏的也是他使用的和坚持的。他的文笔是优美的，用词准确，无刻意精雕细琢之痕，善于联想比喻但不做作，不用夸张浮夸字词，无华丽辞藻，乍一看似乎平平淡淡，细品之下，却是"此中有真意，欲辩已忘言"，如同上好的日本清酒，入口清淡，绝不让人觉得呛口而难以入喉于是要立马囫囵吞枣强咽下去，相反，因为清淡而愿意让酒在嘴里多停留一会儿，细品之后，徐徐咽下，顿觉甘香柔美，回味绵长……胡树勇的散文也是这样，是可以细品而知真味的。

虽然胡树勇散文的遣词造句从不刻意哗众取宠，更不使用低俗媚俗的语言和联想，但是他的文字仍然透着一股子幽默，每每让人忍俊不禁，莞尔一笑。比如《小城的李达》里说到那个特殊的年代人们因为政治热情而改名字，"我的一位老师改为李左，更为革命化，但全国这样同名的人就多如牛毛，好在那个时候没有身份证，否则要让警察头疼死。"写李达下放陕南山城的历史原因："上世纪反'右'时，他立即就被投入右派网中，从关中一网撒到秦岭以南的山中小镇。'雪拥蓝关马不前'，倏然改变的命运让他的多半人生而且是人生最美好的年华，一股脑儿洒在寂静的山林。"李达形象跃然纸上，让人顿感悲怆凄凉，为文章后边描写在如斯条件下仍然坚持爱好文学创作的李达，仍然满腔热情坚守本职工作的李达，性格耿直直爽的李达做了很好的铺垫，这里的幽默泛着多少无言的苦涩和悲悯呀。再比如《政协委员敢说话也要悠着点》，单看题目，已经让人会心一笑。还有《鳞片集》之六《创作的乐趣》中，"博客记录了我的思想，创作成为我生活的一种习惯，仿佛火车的惯性，即使刹车，没有动力它也会行驶较远。"比喻新颖生动，还透着幽默感，仿佛在说，文学创作于他，已经成了不由自主的事情了。《暗香浮动》开篇对秋雨绵绵雨声滴答不间断是这样描写的："陕南的秋雨很有韧劲，不是疾风暴雨，而是一直淅淅沥沥下个不停，雨棚因此会滴滴答答连日作响，颇像一个站桩功的习武者，一下一下左右出拳，慢而有节奏有暗力。"秋雨绵绵本该让人厌烦，却又因为像个习武的老者在慢吞吞左右出拳而让人觉得这慢条斯理来得情有可原，还有几分滑稽可笑的无可奈何。

文如其人，胡树勇对人真诚，温文尔雅，颇具君子风度。远远见到了，还没打招呼，他先微笑起来；文友聚餐，无论菜品还是座次的安排，他总是细心兼顾到与会的每一个人；他从不劝酒，不逼人喝酒，但是如果别人敬酒给他，无论是德高望重的前辈还是年轻人，他都不推辞，总是爽快地站起来，端起酒杯一饮为尽，也许他颇有酒量，或者是他的和善让他不忍心拒绝别人的美意。他总是微笑着面对生活，乐观，积极向上，无论工作岗位和职务如何变化，他总是踏踏实实地做好本职工作，利用休息时间创作。正因为他的自律和勤奋，才有他今天的丰硕成果。他的四本散文专著每一本都是厚厚实实、实实在在的，四本散文集总收录文章三百八十六篇，总页码约一千三百零三页，只计算这些作品的话，十年来他几乎每九天就完成了一篇文章，每两天完成一页纸，即便是这个计算忽略了他第一本散文集的具体创作时间，这也是让人吃惊的数字，因为除了四本散文集，他还有《图说汉水文化》《丹青石泉园林美》《风流石泉》等摄影集、新闻集出版，近年来还主编了石泉作家协会的会刊《石泉作家》（季刊）等刊物，这样的创作量，简直让人无法想象他的勤奋。如果用树来比喻他和他的文章的话，他让我想起银杏树，在故乡的中坝峡谷尽头有"桃花源"之称的一个小村庄里耸立着的那株千年银杏树，千百年来经岁月磨砺仍然枝叶繁茂，默默开花，悄然结果，树叶造型别致优美，果实气味独特而霸道，养眼而有益身心，让人难忘。

物以类聚，人以群分，古今使然。文学的魅力还在于以文会友，发现彼此精神气质一致，情趣相投，高山流水，惺惺相惜。四年前，因为投稿胡树勇主办的《石泉作家网》而相互认识之后，无论是文学交流还是文友聚会，他总显得谦虚而温文尔雅，他从不以大作家自居，也从不摆官架子，无论是比他年长的，还是比他资历年龄浅很多的，他都一视同仁，真心帮助，热情扶持，大家视他为良师益友，在文友的心目中，他从来都不是一个板着面孔的政府官员。而《博写》的结集出版更可谓一段文坛佳话。最初，通过我的引线搭桥，胡树勇跟澳门《华侨报》副刊编辑主任谭庆明先生有了通信来往，自此，胡树勇的大多数文章在《华侨报》副刊有了固定的一席之地，受到澳门文学爱好者的关注和喜爱，通过胡树勇的文章，澳门的文学爱好者了解到了祖国内地陕南独特的风土人情、人文景观以及内地的时事利弊，比如我有位朋友就特别欣赏胡树勇那篇关于2010上海世博会的随笔《读博》，说此文写出了他自己去世博会时的体验和体会，感同身受，经由作家的笔写出来，却是如此的传神。让人吃惊的是，谭庆明和胡树勇，一个主编，一个作家，他们二人至今没见过一回面，喝过一次茶。一个主编单凭审视作者的文章而决定是否采用发稿，这是主编慧眼识英才，欣赏作者的作品；一个作者从没跟主编见过面，没有更深的私人交情，但是他的作品两年间发表了七十多篇，这是他用文章的魅力打动了编辑。这样的编辑是正直的，是文学的守护者；这样的作家也是正直的，是自信而坦荡的，他们二人为文学的魅力做了最好的注释和说明。作为他们最初的信使，他们现今都是我的良师益友，虽然大家一年也见不了一次面，但是通过阅读作品，通过电邮，关于文学的讨论和交流时有发生，这真是托了文学魅力的福，才有这样幸福的交流。

　　文学的魅力之重要，就像是一个人需要精神支柱一样，拥有文学魅力的作品和作家本身是极具魅力的。能领会作品文学魅力的读者，则一定是一个快乐的人，幸福的人。诚然，一千个人心目中就有一千个哈姆雷特，文学的魅力也在于作者的领悟，文学的魅力是灿烂夺目的，哪怕你领略到其中的一丝光芒，也是幸运和幸福的。《博写》就是这样一本极具文学魅力的散文集，他一定能带给你新的感悟和幸福的阅读感受。

一位作家有坚定的创作方向和理念，有不断创新的创作主动，还有笔耕不辍的勤奋和毅力，走向大气和成熟，那是必然的。我们期待胡树勇的下一部作品！

出走的爱情

——评飞力奇《疍家女阿珍》的主题意蕴

爱情是人类最美好的情感之一，每个人都渴望拥有一份真挚情深地久天长的爱情。古今中外，无数的文学家艺术家用各种形式来描述爱情，讴歌爱情，留下了很多关于爱情的华美篇章。

飞力奇，1923年生于澳门，是澳门土生葡人名门望族后裔，澳门土生的葡萄牙著名作家，律师。他的小说以写"澳门的情爱故事"为主，多以澳门华洋共处的社会为背景，以土生葡人和华人之间的感情纠葛为线索，讲述一个个或荡气回肠、或伤心难过的爱情故事，抒发对澳门正在消失或者已经消逝的风情的怀想。《疍家女阿珍》是他的作品集《南湾》中的第一篇，创作于1950年，时年，年轻的飞力奇在葡萄牙科英布拉大学读书。《南湾》（葡文版）第一版于1976年在澳门出版，1996年再版，2003年被译成中文并发行中文版本。

《疍家女阿珍》讲述的是二次大战期间，奉命调到澳门服役的葡萄牙海员曼努埃尔跟澳门本地疍家女阿珍相爱，诞下一个中葡混血儿之后，曼努埃尔离开了阿珍，只带着女儿返回故国葡萄牙的故事。疍家女是什么人呢？众所周知澳门由几百年前的小渔村发展成一个著名海港城市，故事发生时的澳门，有很多大船停泊在内港，但是越靠近岸边的地方海水就越浅，大船无法完全靠岸，需要用类似于舢板船的小艇接驳往来于大船与码头之间，这些撑着小艇往来穿梭运人载货的人，就叫疍家人，撑艇的如果是女性，就叫疍家女。《疍家女阿珍》里的阿珍，就是这样一位女性。

读完《疍家女阿珍》，我想起了一首几年前在神州大地非常流行的歌曲《小芳》，歌曲唱道："村里有个姑娘叫小芳，长得好看又善良，一双美丽的大眼睛，辫子粗又长。在回城之前的那个晚上……谢谢你给我的爱，今生今世我不忘怀，谢谢你给我的温柔，伴我度过那个年代……"上个世纪70年代，大批的知识青年响应号召上山下乡，从城里来到农村生活，其间部分城里来的男孩跟本地农村女孩相恋了，最后城里的知识青年抛弃了村姑"小芳"，因为城里人最终要回到城里去，爱情在现实的面前，总是那么的苍白，更多人选择了现实。也许飞力奇先生不知道"小芳"，他笔下的疍家女阿珍的故事，却就是无数个"小芳"的故事的澳门版本呢！

飞力奇笔下的阿珍，"一点儿也不漂亮，甚至有点儿丑。风吹日晒使她面色黝黑，而且总是带着一副逆来顺受的神情。两只眼睛眯缝着，像两条细细的斜线。鼻梁扁平，鼻头宽大。"阿珍的命运很悲惨，出生在珠江三角洲的乡村，因为家境贫穷被父母卖掉，几经易手，最后被一位澳门老疍家女低价买回来，半是用人，半是徒弟，老疍家女经常虐待她，使她"浑身被打得遍体鳞伤"，老疍家女在海上罹难，阿珍仍"按照她的遗愿将其厚葬"，"请来了和尚为她超度，雇来了哭丧妇为她送葬"，把她从老疍家女那里继承的财产，"大部分花在葬礼上"，可以说阿珍最值得赞扬的就是她人品的善良和坚毅。那么，走南闯北见多识广的葡萄牙海员曼努埃尔爱上了这样一个其貌不扬的阿珍，这样的爱情，又隐喻着怎样的思想内涵呢？传统的解读，着重于曼努埃尔对阿珍性格上的欣赏和认同："每次幽会都会使阿珍受宠若惊，她对他没有什么苛求，毕竟这是她一生中第一个男人，她从来没有体会过这种如痴如醉被爱的感觉。她百般温存，柔情万千地委身于他，就像她心甘情愿让老疍家女用鞭子抽得她浑身青紫那样。她也知道不应该就这样投入一个男人的怀抱，但她情不自禁，不能控制自己。"认为曼努埃尔对阿珍性格的认同，对阿珍的感情，代表着类似于曼努埃尔这样的澳门土生葡人对澳门这片土地的依恋和热爱之情。诚然，如果站在曼努埃尔这样的澳门土生葡人的立场上看，的确是这样，澳门给予和包容了他们很多的东西，无论物质还是情感。但是，作为我，一个中国人，特别是跟阿珍一样，同为女性，对此，我有不同看法。

首先，曼努埃尔爱阿珍吗？他们之间的感情，能称之为爱情吗？我认为他没爱过她，他们之间的感情，更不是爱情。他对她第一次动情："水兵的心中萌发了想从这个肤色黝黑、地位平凡的疍家女身上得到安慰的念头。不管怎么说，她也是个女人啊"——如果说这是"爱"，不如说是一瞬间荷尔蒙作怪导致的生理冲动。就这样，"海员不声不响地闯进了她的生活。……肯定，他们是不会白头偕老的。然而尽管如此，一个海员同一个疍家女混在一起也真够俗气的了。""毫无疑问，他一定还有其他相好的女人。""在他的眼中，她只不过是一个在他满足肉欲后可以扬长而去的玩偶。"爱情，首先是灵魂的相互吸引，彼此的欣赏和赞赏，脱离了这种精神层次的因素，这样的爱情，必定是脆弱的，经不起任何的考验。果然，我们看到，小说中曼努埃尔在阿珍这里找到了很多次慰藉之后，致使阿珍怀孕了，可他却从没察觉，也没考虑过这件事情。在他因为枪伤去路环岛疗养期间，他没有对阿珍有过思念和怀念之情。与此同时，阿珍辛苦地诞下他们的女儿。后来，曼努埃尔临要回国前，突然有一天想起了阿珍，又来海边找到阿珍的小船，才知道他已经做了父亲。于是，曼努埃尔安排阿珍和女儿到陆地上生活，在下环找到一所房子，开始了"他们之间最美好的一段日子"。就是这样的美好日子，也是跟爱情相距甚远的："在此之前，阿珍只不过是那个水兵诸多情人中的一个，现在却成了他女儿的母亲。他们之间的话题仍不多，两个人生活在两个截然不同的世界之中。"连他自己的内心独白都是："他早就知道，他不可能永远得在她身边，大海才是他的归宿。他知道自己并没有真正爱过她。真正的爱只有在两个人的灵魂融为一体时才产生。"由此可见，曼努埃尔并没有爱过疍家女阿珍。

而故事的结局，更是凄凉而可悲，曼努埃尔带着他们的女儿独自登上回葡萄牙的船，与阿珍永远分别了。请注意虽然分别前他也有过良心的谴责，有过痛苦，但是他并没有带阿珍一起走的念头，也没把女儿美丽留在母亲身边的想法。也许你会说，正如小说中叙述的那样，如果美丽留下来，等待着她的命运会更悲惨，或者继承母业，像阿珍一样做一名苦命的疍家女，或者沦落青楼。真正的爱情，是以对方的快乐为自己的快乐、视对方的幸福为自己的幸福。曼努埃尔有没有想过，当他带走了女儿，留给孩子母亲的将是什么？是永世的骨肉分隔，无尽的思念和痛苦！曼努埃尔是何等的自私、冷酷和残酷啊！所以，他对阿珍的爱，绝对不能算是爱情。

那么，疍家女阿珍爱曼努埃尔吗？我认为她是爱他的。至少，飞力奇希望阿珍爱曼努埃尔。问题是，为什么飞力奇笔下的疍家女阿珍就一定要是这样子的性格，一定要吃苦耐劳，柔韧坚韧，逆来顺受，愚昧无知？为什么这样的阿珍，就又一定要死心塌地一往情深地爱着曼努埃尔？无条件地接受曼努埃尔为她安排的一切？哪怕是一件长衫，一把廉价的梳子，一件菲薄的礼品，就能让她满心的欢喜？从无数个曼努埃尔的角度出发，澳门就是这样，就如同阿珍，要无条件地接受他们的一切，而且是满心欢喜地接受！因此，我对阿珍除了深切的同情，更多的是质疑，哀其不幸，怒其不争，为什么阿珍就一定要是这样的一个外表丑陋、性格过于温顺顺从的阿珍呢？

前面说过，阿珍的故事，跟内地的"小芳"的故事有很多相似之处，从康德的审美无功利出发，"小芳"的形象比阿珍美多了！小芳"长得好看又善良，一双美丽的大眼睛，辫子粗又长"，是极具审美意蕴的东方村姑；小芳跟城里知青的爱情也是美的，因为"谢谢你给我的爱，今生今世我不忘怀，谢谢你给我的温柔，伴我度过那个年代"。反观曼努埃尔，他却是从没爱过对方，更是始乱终弃。等他回到葡萄牙，把女儿交给姐姐抚养，当他面对一天天长大的女儿，会不会想起可怜而温顺的阿珍，会不会有丝毫的羞愧和忏悔之情呢？

如果曼努埃尔和阿珍之间的爱要称之为爱情的话，只能称之为"出走的爱情"，偏离爱情本身的爱情，必然是出走的结局。如果硬要把曼努埃尔和阿珍之间的情理解成土生葡人对澳门的依恋之情的话，这样的依恋未免来得过于霸道而不平等。诚然，小说也描绘了澳门独特的异域风情：主教山的晚霞，湾仔岛的落日，出海远航的渔船满载而归，东望洋山上的阵阵松涛，白鸽巢花园中的树木郁郁葱葱……这些的确很美，从飞力奇笔下到今天，这些依然是澳门独特的风情。问题是，飞力奇是如何看待中国和中国人的呢？文章一开头，飞力奇这样描述阿珍的故乡，珠江三角洲某个乡村景色："水牛在酱色的泥田中慢条斯理地回嚼着反刍的美食，一群人，也是她的亲友，在贫瘠的土地上辛勤劳作；半山腰处有一座庙宇，秃发僧人在阴森森的寺院里打坐修行。"由此可见，飞力奇心目中的中国，中国人，到底有多美呢？我们可想而知。他唯一赞赏的，就是所谓中国人独有的温顺、逆来顺受和坚韧。其实，跟阿珍同一时代的中国内地，既有萧红、关露、丁玲这样的革命文学女青年，也有潘玉良、阮玲玉、冰心、林徽因这样的才华出众的艺术家和知识女性，还有宋庆龄宋美龄何香凝这样的划时代的卓越非凡的女性……这些美丽的中国女子，飞力奇笔下的土生葡人，也许无缘面见她们吧？而我们的珠江三角洲乃至神州大地，更是亘古不变地山清水秀，风景如画呀！

从上面我们可以清晰看到，所谓澳门葡人和华人之间男女交往甚至生儿育女的现象，不能想当然就把它称之为爱情。拿疍家女阿珍和曼努埃尔之间的纠葛来说，更准确的说法，我以为倒是他对阿珍的一种侵占，一种诱惑，一种寻欢。而作为阿珍来说，她的内心深处也自以为这很突然，尽管知道不可能长期在一起生活，但还是百般依顺，甚至还有几分惊喜，没有一点点对于真正爱情的要求。

这就让我联想到中西文化的交融问题。葡人和华人一起，有爱情的生活一定有文化交融；没有爱情的生活同样有文化交融，只是这样的交融显得不平等一些，显得被迫一些，甚至显得强迫一些。

由此我们也可以看出，殖民地下普通人的生活是复杂的，多种多样的，我们不能拿一种模式去套任何东西，生活是丰富多彩的，对于殖民地里的人民更是这样。

这可能就是澳门思想多元化的一些缘由。

无论如何，澳门就是澳门，澳门已经是澳门。曼努埃尔，阿珍，还有他们的女儿美丽，已经分别在一个雾蒙蒙的冬日夜晚，临别前疍家女阿珍的那一声"你要保重，多保重啊！……"回荡在海面上，他们天各一方。曼努埃尔带着女儿选择了出走，曼努埃尔离开了澳门，孩子离开了母亲。他们的所谓爱情，必然是偏离爱情本身的爱情，出走，也是他们的必然。

若干年后，美丽会回来澳门，寻找她的出生地澳门，寻找她的生母，疍家女阿珍吗？

翰墨书正气　肝胆照精神

——评书法家郭世堂散文集《柳溪秋韵》

　　陕西石泉县书法家郭世堂老先生的散文集《柳溪秋韵》，手不释卷看了三天，前前后后看了两遍，读后心情久久不能平静，十三万字，一百四十多页的一本书，也许不能称之为鸿篇巨制，字里行间却好像有一股魔力牵引着我，让我为之着迷为之深思，因其悲而伤心流泪，为其喜而欣慰雀跃……毫无疑问，这是一本极具文学感染力和独具魅力的好书，值得一读再读。

　　郭老先生有着传奇的一生，我是把《柳溪秋韵》当做小说或者传奇故事来读的。散文贵在"真"，《柳溪秋韵》就是真实而真诚的文字。开篇的《苦乐年华》，作者运用自述的形式，用质朴的语言，讲述自己的大半生经历。读着读着，你感觉这犹如一位饱经沧桑的睿智老人在诉说那过去的故事，不由自主地为主人公曲折起伏的命运而吸引，而惊诧，其散文内容的传奇性、曲折性堪比最精彩的小说和传奇，这是个人命运的回忆和总结，也是一个时代的缩影。

　　那么，你相信命运吗？冥冥之中，怎样的一只命运之手在把我们的人生操纵？当一个人的命运跌入低谷时，他该如何面对？是自怨自艾自暴自弃，还是忍辱负重坚强面对？《苦乐年华》中的《黄连岁月》《挪动住所》是会让人读出眼泪来的，让人心酸的篇章。在那个特殊的时代，我们现今的年轻人无法理解的时代，人的命运无法完全掌握在自己手中，甚至，人的命运常常发生怪诞的波折。郭老先生当时风华正茂，学有所成，本该有大好的前程，却"因歌颂彭德怀，反对'大跃进'而被错误处理"，一下子从一个税务所的公务员变成一个"评的是政治工分，干部十二分，普通社员十分，妇女八分，而我近一米八的小伙子却只有六分，一年辛苦下来，我分得的粮食才是别人的一半，根本不够吃……"他一夜间变成了一个连温饱都解决不了的最"低等"的农民！他"白日参加繁重的农业劳动，晚间生产队开批斗会，还得去接受教育，常常是罚站陪考，夜深了，只听一声'滚出去！'这才敢拖着极度疲乏的身子，摸黑翻梁淌沟，一步步回到那间天穿地漏，曾做过牛圈的破烂屋里"，他总是做最脏、苦、重的农活，甚至，"那劳动的艰苦程度，前所未有……而我穿着一双烂解放鞋，每日里脚都是湿的，双脚透骨之寒，却丝毫没有办法。二十多天过去了，心想这下可完了，不死也会落个终身残废。"读到这些，禁不住悲愤地责问：这是为什么？命运之神啊，为何要这样去折磨一位有志有才青年？深深为那个时代摧残人性颠倒黑白而悲哀而不可思议，更为主人公当时那痛苦的现实生活感到心痛和心酸……

　　是金子总会闪光的，当太阳驱散了乌云，郭老先生开始了《新的生活》，事业上《枯柳逢春》，艺术创作上《渐入佳境》，获得了很多海内外书法创作奖项，还获得了一个个政治上的名誉和头衔，他历任县政协委员、县工商联副会长、市人大代表。自此，我们可以说，命运之手会把人捉弄，命运之神也会眷顾那勤奋、善良而正直的人，也就是俗语所说的"好人必有好报""机会给有准备的人"这些简单的道理。

郭老先生是个真诚而懂得感恩的人。他在封闭落后的农村一待就是十五年之久，饱受命运戏弄和折磨，他在困顿中精神几近崩溃，甚至萌生了轻生的念头，幸好，即便是在那个几近疯狂的年代，人间还是有爱、有真情和正义，有"那么几个不怕落嫌疑、惹是非的人，在我绝望的时候给了我关怀与怜悯。"对于那些在困难中给予他帮助的人，他一直铭记在心念念不忘，随后都有特地前去谢恩。他还遭遇了动人的《爱情火花》，虽然这火花因为他的理智和残酷的现实很快就熄灭了，却如划过漆黑夜空的星辰，让他思念至今，也让我们看到了人性至真至善之美。

　　散文之美，还美在语言特色，如果"真"是散文的灵魂，那么独具特色的语言就是散文的形式。郭老先生的文字干净，不张扬，没有华丽的辞藻和多余的字词，多口语化，方言化，善于运用比喻和描写。读他的散文，很多时候读着读着，我不由自主地就把普通话默读变成了陕南石泉方言默读。他的语言形象生动，极具地域特色。如形容自己忙碌的生活，"这么多年以来，我就像给四眠蚕子赶桑叶一样"；把床上用品称作"铺笼帐"，还有"不戳黑""打着精巴子""大品碗""树扒""背时""沙棒子"等形象生动的地方方言，读来倍感亲切有趣。

　　他的遣词造句颇有古汉语的韵味。郭老先生是有名的书法家，有深厚的古诗词功底，他在那艰苦的岁月里，一边用树枝在黄土地上练字，一边"去和古代的伤心词人对话，借以获得精神上的安慰"，把《宋词三百首》背了个滚瓜烂熟。因此，他的散文中常见对偶，排比，时有"皆""忽闻""则""虽曰""及至""便是""便知"等古汉语常用字出现，为他的文字增添了雅韵，读起来文学韵味十足。如果让我来用方言夹杂古文写作，我会觉得不可思议，不敢轻易尝试，但是郭老先生就这样写了，而且他把两种风格融合得非常自然，如他文章所描述的柳溪般清澈，秀丽而幽美，使他的散文既有地域性，又不失文学性。

郭老先生的散文是第一手的地方史志数据，详实的地方风情录。家乡情结是每个人特别是文人最重要的情愫，郭老先生也不例外，他写故乡后柳和研究后柳古镇文化的文章是本书的华彩篇章。《马头墙与防火安全的故事》《后柳古镇走笔》《后柳古石佛寺的变迁》溯古求源，古今对照，尽书后柳古镇人文历史和民风民俗；《柳溪与柳树》给我们展示了一幅浓郁的乡村田园图画，特别是文中描述的在河里摸鱼、放簸式捉鱼、爬上柳树钩蝉蜕等细节，绘声绘色，妙趣横生，引人入胜，使人好生羡慕那时候的他们能在还没受到严重污染的大自然里人与自然和谐相处，同时，那时候的孩子打小已经懂得为父母、为生计分忧，如郭老先生所言，因劳动有所收获而"喜悦之情，难以言表"，"对我自幼树立热爱劳动观念，产生着巨大的影响与强烈的启迪作用。"从这个意义上来说，郭老先生这一辈人的童年是辛苦的，也是幸运的，比现在自小远离自然、生长在钢筋水泥的城市森林中的孩子幸运幸福很多！

郭老先生不仅是知名书法家，还是石泉县鬼谷子文化研究会原会长、名誉会长，这本散文集收录《鬼谷子文化研究》相关论文八篇，全面诠释了陕西石泉就是鬼谷子故里这一史实。为了研究鬼谷子文化，他五上云雾山登鬼谷岭找寻历史碎片，翻阅大量史籍得到详实的资料，写出不少鬼谷子文化的研究文章，得到国内相关专家的认可。一位地方官员深情地称赞郭老先生是"石泉旅游开发的功臣"，看了郭老先生的散文，我也由衷生发相同慨叹，您看看，熨斗燕翔洞、左溪天池寺、中坝大峡谷、长阳乡、曾溪溶洞……郭老先生以年过六旬之躯，不辞劳苦，踏遍石泉的山山水水，实地勘探，写出一篇篇总结建议，为石泉的旅游发展建言献策，很多建议得到了决策者和专家的认可，石泉旅游发展到今天，郭老先生功不可没！

本书还收录《建言献策》十七篇，是郭老先生在任安康市人大代表、石泉县政协委员期间所写的七十余件建议、提案的一部分，提案有长有短，有的长篇大论，有的短短几行，句句净言，真知灼见。有的关系民生，如《重视加强蔬菜产地、基地建设》《假货充真坑害群众》《改革丧葬习俗避免浪费》；有的关乎人文和旅游业发展，如《为打造旅游名城展示石泉悠久历史昭彰鬼谷子名人品牌应立即竖立鬼谷子石像》，诚如郭老先生所言，他"始终本着'肝胆相照荣辱与共参政议政民主监督'的大方向大原则认真履职。提案丝毫不提个人私事，也不限于某些小团体利益圈子，而是站在全局大局的高度提案。"因此，郭老先生是正直而正义的，不负人民的重托，值得人们尊重和敬佩！

郭老先生是高大的，亦是朴实普通的，这样一位饱经磨难的老人，面对过去不公平的待遇，他没有怨天尤人，他的脸上少有哀愁，相反，多的是爽朗乐观的笑容，虽现已年届七旬，却精神矍铄，声音洪亮，步履轻盈，他一生大部分从事与书法有关的工作，与书法艺术结下不解情缘，书法是他的血脉，书法亦是他谋生的手段，在他身上，艺术和生活有机地结合了起来，艺术来源于生活，生活的磨砺又升华了他的书法艺术，虽然我对书法艺术知之甚少，但是，当看到郭老先生的书法作品时，总会感到一股透彻纸背的生命力度和清正之气。这与他的散文风格也是一致的，文如其人，字如其人，是也！

诚然，凡事皆有两面，某个显著的特点，也许恰好也是某种缺憾，《柳溪秋韵》在语言上很有特点，某些篇章采用了很多陕南方言口语，但是文章附录相关方言的注释却比较少或不足，这给不懂陕南方言的读者带来一定的困扰，造成了一定的局限性，这是比较可惜的。虽如此，瑕不掩瑜，《柳溪秋韵》比较全面地反映了郭老先生的为人，为文，借此书籍更可管窥陕南石泉的史实现状、民生旅游等方方面面，是一本值得品读和收藏的好书。

近闻郭老先生又有新动作，他携他的公子郭学翰走遍石泉山水，找寻到了可以雕凿成砚台的石材，成功开发出相关产品并已推出市场，这让人欣喜更让人钦佩，可谓用心良苦，一来砚台之于书法家，无疑等同于宝剑之于英雄；二来这种源自陕南大山奇石的砚台，无疑是推动陕南石泉旅游文化产业的最佳文化产品之一。

郭老先生说："我认为人一辈子是应该要有一点儿精神的。"我们可以说，郭老先生就是一个活得很有精神的人！也正如散文家、石泉作家协会主席胡树勇先生在给《柳溪秋韵》序言结尾说："做人，做文，做事业，于他得到了美好的体现。这是幸福的。"

祝郭老先生幸福永远，愿我们都如他般，一步步接近幸福，成就幸福！

春天的木棉树和爱情们

大年初二已经立春，那么，现在已经是春天了呢，春天的木棉树在我眼里着实有点奇怪，照说，春天的树，不是开花，就是发芽，像金灿灿的迎春，娇艳的桃花，或者"开口"的杨柳。可是，这木棉树偏偏披挂着满身的黄叶子，老气横秋地站在这里。春天的脸，孩儿的面，气温变化大，昨天太阳还灿烂地晒到人发热，今天却冷飕飕地，阴着天，映衬着黄叶的木棉树，不由得让我有点恍惚，是不是北方的仲秋时节啊？

随手捡起一片黄叶，抬头看看木棉树，想起了舒婷的《致橡树》，诗人将自己比作木棉树，开着灿烂硕红的花朵，坚定地站在爱人橡树的身边，肩并肩，根和叶紧紧相连……诗人的木棉树是多么自信，多么坚定啊！无疑，诗人舒婷是喜爱木棉树的。只是，很多人一定想象不到，木棉树是永远不可能跟橡树肩并肩站在一起，彼此长成参天大树的，因为木棉是南方的树，可橡树却生在在朔雪之乡，如果硬要他们站在一起，一定有其中的一位无法蓬勃生长。关于这一点，我也是读了舒婷的散文集《真水无香》里的一篇文章，《都是木棉惹的祸》才知道的，读完，好一阵子的遗憾，好像这么多年上当受骗了一般，虽然也明白诗人只是采用了木棉和橡树这两种意向来表达情感和意境。

木棉树的叶子现在完全是金黄色的，茂盛地挂在枝头，多数都没有飘落。但是我知道，用不了多久，也许就在这十来天，木棉树会一夜间落光叶子，冒出一个一个，一簇一簇黑色的花骨朵，再在一个雾霭沉沉阴冷的早上，突然就绽放出红得耀眼，美得惊人的花朵，吹响春天的号角，唱响生命的灿烂，一行行的木棉树，会把这一条街都灿烂成夏日的火烧云！

那样怒放的木棉树，倒真是像无畏无惧不管不顾的爱情！那一行行的木棉树，倒真是像是爱情们！爱情的复数形式，《爱情们》，绝对是陕西青年女作家春春的首创，绝对的创意，版权所有。

《爱情们》就在我的手中，等了漫长的二三十天，刚刚从邮局取到，就在这个暮色苍苍的黄昏，就在这条两边都满是木棉树的大街上。

高大的木棉树下的人行道，黄叶满枝的木棉树下的这条路，春天里你跟我一起走过。我在这里，拿着《爱情们》，我知道，身旁的木棉树，就快开花了，我准备沿着木棉树一直走下去，走回家。

我的月亮石

我的右手无名指上戴着一枚月亮石戒指。"好别致的戒指，是什么宝石？"友人看到我这枚戒指时问。我说这不算是什么名贵的宝石，是月亮石，为什么叫月亮石呢？因为这种石头跟月亮有关系啊，我随即晃动手指，果然，随着我的晃动，戒指上小小的石头闪现亮白的晕彩，柔和如月光。

没有女孩子不喜欢首饰，正如没有女孩子不喜欢鲜花，特别是收到所爱的人送的首饰和鲜花。我的月亮石戒指却不是别人送的，是我自己送给自己的礼物。

一年前初秋的一个下午，天朗气清，我的心情也跟秋日晴空一样灿烂而明朗，那天第一次去《华侨报》报社取了稿费，很开心。虽然是第一次，现在却忘了具体的数字，好像是近五百块？约了跟儿子晚餐，去了那家有名的上海菜馆，品着茉莉花茶，吃着醉鸡，灌汤小笼包，以此分享稿费带来的喜悦。儿子说虽然现今社会凭稿费吃饭已经很难，不像是鲁迅时代可以用稿费养家，但是妈妈你可以用稿费给自己买一点特别的东西。我说儿子你可真能比啊，妈妈怎能跟大文豪鲁迅比呢？何况文学于我，只是爱好，只是学习的一部分，也是心灵的慰藉，因此稿费的多少并不是最重要的，当然，因为文章的刊登而又有稿费，我们因此吃到了这么精美的食物，也算是文学的物质收获，我尽量多写，而且多投《华侨报》，好过某家权威杂志只用妈妈的文章和版权，但是不给稿费，呵呵，我争取稿费能够咱家买青菜吧!

　　稿费却没用来买青菜。吃过上海菜,我们就去了一家水晶专卖店,在众多的饰物中我一眼看中了这枚月亮石戒指。戒指很精致,一颗半球状的白色石头镶嵌在 k 白金的指环上,细看这枚石头,像是雾蒙蒙的玻璃一样,散发着柔和的光芒,又好像是一轮皓月,指环的左右两端还各有两颗小小的星星衬托着这轮满月,显得造型别致,色调柔和,整体简洁高雅,我拿起来试戴,居然跟我的右手无名指很契合,不松也不紧,大小刚刚合适,好像专为我打造一样。专卖店老板说这颗石头叫月亮石,有镇定安神的作用,最适合女性。我想起我的英文名字,确切说是葡文名字"lua"的中文译音就是月亮女神,儿子也说这枚月亮石戒指非常适合我,于是,毫不犹豫地买下了这枚月亮石戒指,而且马上戴上了它。

　　从此右手无名指的位置就给了这枚月亮石戒指了。一年多过去了,这枚月亮石戒指丝毫没有残旧的迹象,光泽依旧柔和,依然美丽精致。经过时间的磨合,指环跟我的手指已经有了某种默契,如果哪一天我忘了戴它,就总是感觉右手无名指好像少了什么东西一样。

　　我的月亮石没有钻石的璀璨耀眼,也没有黄金的金灿灿,算不上是名贵的首饰。但是,相比首饰箱里那枚仅仅代表昂贵的钻石戒指,我更喜欢这颗月亮石,我喜欢她关于月光的寓意,喜欢她剔透而柔和的光芒,特别地,她纪念着那一天我的欣喜和快乐。

　　文学也许不能是生活中的太阳,灿烂如钻石,但是可以是月光,皎洁宁静,就像是我的月亮石,美丽在指间。

每天见面最多的人

早上出门晚了，匆匆忙忙赶到办公室，同事们大多数已经到齐了，看看打卡钟，还好，没迟到。

快步到自己位子坐下来，长舒一口气，看到办公桌上放了两三包东西呢，有纸袋装，有塑料袋装，谁给买的，没托人买东西呀？前面座位的好朋友扭过头来说："早啊，今天怎么这么迟才来？见你比平时晚了很多，第一节又有课，就帮你买了早餐：花生包、热奶茶，是你喜欢的吧？"这可真是雪中送炭呀，还以为只能饿着肚子去上课了呢。连连道谢，打开纸袋就开吃，幸福的感觉也随着"多奶少糖"热乎乎的奶茶流淌进心田……

一边吃，一边说，这两包又是啥，谁给我的？后面好朋友走上前来，说："前几天大家不是说到海南鸡饭的做法吗，昨天去超市，顺便帮你买了我常用的这种酱料盒，新加坡出的，做起来很简单呀，看，盒子上有 ABCDEFG 步骤，你只要照着这些步骤，一步一步，就可以做出香喷喷的海南鸡饭了，很简单的，我试过好几次，都成功了。"哈哈，看来我也可以试一试自己做特色海南鸡饭了，做出来真的能跟泰国餐厅的一样好。

这一瓶，又是啥？哦，是日式芝麻酱呀。座位左边数过去，隔了两行另一位好同事站起来对我说："前几天你不是说想做蔬菜色拉吗？这个日式芝麻酱味道比普通色拉酱健康，清淡很多，昨天买的时候，想起来就顺便帮你买了一瓶。"哦，真是太感动了，这个早上我差点迟到了，不过，这是个特别美妙的早上！

开心而匆忙吃完早餐，上课的钟声响了，时间刚刚好。一边向教室走去，一边想：哈，同事才是我每天见面最多的人，给了我很多关心和帮助的人呀。推开教室的门，给学生们一个灿烂的笑容："各位同学，早上好。在早读开始前，老师问大家一个问题：谁是你每天见面最多的人？"小脑袋们偏着头思考了一小会儿，有人举手了："妈妈！""不对，是同学！""老师！"孩子们真是太聪明了。老师继续问："那，该怎样对待你每天见面最多的人呢？"孩子们七嘴八舌开始作答……

谁是你每天见面最多的人，你想过这个问题没有？你该怎样对待见面最多的人？

三人行，必有我师，天天见面，必有感怀。生活着的确是快乐的！

看了场电影

以为秋天已经来了嘛，午后四五点应该没那么热了，何况早上还是阴天。五点过五分，急急忙忙出了门，和家人赶着去看电影，新上映的《白鹿原》。影院离家不远，走路过去十几分钟，希望能赶上五点半那场。

出小区大门走在太阳下，才几分钟，已经热得浑身是汗，急忙走到榕树的树荫下。"嗨，南方这天气呀，就快八月十五了，还这么热，这么晒！"我后悔没带伞。俗语有云："出门不带伞，你好大的胆。"家人笑答。

离开场还有十分钟就到了影院，买票入场。偌大的影院，少说也可以容纳二三百人，居然只有零星二三十人坐在里面，可能很少人看这个"前不着村后不着店"的时间点的电影？手捧大桶爆米花从容坐定，电影刚好开始，好像为我们而设的专场。

《白鹿原》是著名作家陈忠实的成名作，代表作，洋洋洒洒五十万字，是陈忠实历时六年艰辛创作完成的。十几年前翻看过这本厚厚的小说，当时看得很不仔细，一到有性爱描写场景的，就立马跳过去，担心别人看到我在看这本当时很红也很有争议的书，所以，对于故事梗概只是粗略了解，小说以陕西关中平原上素有"仁义村"之称的白鹿村为背景，细腻地反映出白姓和鹿姓两大家族祖孙三代的恩怨纷争。

这么多年过去了，再也没用心读过这本小说。既然现在有了电影版，电影相比原著，毕竟比较直观吧？这也是我来看这部电影的原因。

电影一开始还是很吸引人的，关中平原一望无际，远远一个牌坊，原野上风吹麦浪，场景很震撼很美！故事就从麦子，关中人的口粮开始了。可是看着看着，很快就发现电影里少了很多个原著里原本很重要、不可或缺的人物，而电影中的一号女主角田小娥恰恰并不是原著中最重要的一个角色，电影改成了以田小娥为主线、主角，故事情节也改动很大很多呀？可是，已经没了可是，电影在轰隆一声日寇的飞机轰炸声中结束，影院的灯光亮起，我才愕然明白，电影已经结束了?!

夜色中回家，跟家人一边走，一边激烈讨论：原著在当代文学史有显著位置，全书被称之为"浓缩着深沉的民族历史内涵，有令人震撼的真实感和厚重的史诗风格。"但是这个电影版本，却好像更多的是田小娥自传，即便是编导可能想把复杂的人物线索凝聚在田小娥和黑娃两个人身上，但也实在删除改动得太大了，让没看过原著的人在有些故事情节的衔接上根本看不懂。原著表现的是厚重的历史，而这个电影好像更偏重于田小娥与三四个男人之间的感情纠葛，似乎在印证"女人是祸水，红颜祸水"，似乎在说人的命运不可抗拒。

总之，这电影看得人很失望。于是想到，对于文学中的华彩篇章，我们想学习和了解的话，还得认真用心地看原著；想走快捷方式，看看经由改编的电影就以为可以了解原著的想法，就好比走进快餐店想吃满汉全席，结果只能吃到千篇一律的快餐。

返炒更入味

难得在家休息，一早就去市场买菜，准备好好煲汤做饭，儿子高三了正在毕业考，着实辛苦，做母亲的考试帮不了他什么忙，平时工作忙也疏于照顾他，放假休息，当然要好好给他补充一下营养。

这种补偿心理下，菜就做多了，既焖了鸡，又蒸了鱼，也炒了虾，还有蔬菜。吃饭时，儿子说："那我们这顿多吃鱼虾和蔬菜，把鸡留下来吧，因为冬菇焖鸡到了第二顿还能吃呢！"我说："何止能吃，第二顿更香呢，这就叫返炒更入味呀！"

返炒更入味的菜式，一般都是味浓厚重的红焖肉类，经得起反复焖煮，比如梅菜扣肉，焖排骨。蔬菜这种稍微一炒即熟、再炒即黄的小家碧玉菜式是断不可返炒的，清蒸鱼要的就是那股子鲜味儿，也不宜返炒。

由返炒菜联想到近来全球热播的 3D 电影《铁达尼号》，那也是一道返炒的电影菜式。

1912 年 4 月 14 日晚，在北大西洋发生了一起特大海难，一艘英国豪华巨轮撞上了冰山，继而沉没，有一千五百多人随之葬身海底，那就是著名的铁达尼号海难事故。1997 年，根据这一真实海难改编的电影《铁达尼号》一经推出，就风靡全球，打动了千千万万观众的心。今年是铁达尼号海难一百周年，大导演卡梅隆在 4 月 7 日推出《铁达尼号》3D 修复版，他说："已经有整整一代人没有在电影院中观看过《铁达尼号》了，经过数码修复以及工程浩大的 3D 转制，电影将呈现出前所未见的风貌，在保持了原有的感情之外，画面将更具有震撼力。"

结果正如他所料，3D 版的《铁达尼号》再一次征服了全世界影迷的心。十几年前第一次看此影片时，感动之处，泪水湿透了两包纸巾，这次重看，心想自己已经知道剧情，该用不着那么多纸巾了吧？结果，仍然哭了个稀里哗啦出来……

能返炒的文学艺术作品，跟返炒的菜式一样，都是经得起时间的考验，越炒越入味的经典。

听说澳大利亚富商要请中国的造船厂重新打造"内心"，构造现代的"铁达尼号"游轮，不知道这样的返炒可是一道"好菜"？

琴魂

——李云迪《百年琴魂》钢琴独奏会有感

观众席座无虚席，鸦雀无声。空旷的大厅，回响着肖邦的"降 b 小调第二钢琴奏鸣曲"的动人旋律……

我屏住呼吸，身体前倾，目不转睛地盯着舞台正中正在演奏的他，他身着黑色燕尾礼服，身材高挑瘦削，头发是优美自然的大卷，比男士普通的发型稍微长一些，像是书本上见到的17、18 世纪欧洲贵族的发型。他的双眼时而看着钢琴前面的某一个点，时而微闭着，他没看观众席上的任何人；钢琴上没有琴谱，他的双手灵活地在键盘上跳跃，弹到节奏舒缓处，他的肩膀随着音乐的节奏轻轻地晃动，他用右脚踩钢琴的踏板，弹到乐曲惊心动魄之处，不仅他的肩膀晃动的幅度加大了，连他的左脚也随之大幅度地向外拐了一下，以释放他强烈的感情带出的力度，到了一个强音处，他居然整个人从琴凳上弹跳起来——只是那么一瞬，非常短暂的一瞬，很快地，他又坐了下去，继续他的乐章……

那组著名的和弦响起来了，犹如丧钟齐鸣，我恍惚看到了送葬的人群，我的眼前浮现出刚刚过去的八月底的一天，香港机场迎接在菲律宾丧生的八位港人的画面，我还想起了我那去世的爷爷，还有我的恩师……我的眼泪忍不住无声地滑落……我觉得我们所有观众都是多余的，整个世界只有舞台正中那台钢琴，那个人，那个叫李云迪的人，哦，不，他是李云迪吗？这里是 2010 年的澳门吗？他好像是一百多年前，在巴黎某个沙龙上，欧式的大厅里，也是这样旁若无人倾情弹奏钢琴的那个叫肖邦的伟大音乐家……

这是 10 月 4 日晚，澳门文化中心综合剧院，"百年琴魂李云迪 2010 肖邦年独奏音乐会"上的一幕。听这场李云迪的钢琴独奏会，是两个月前的计划和安排，托了好朋友帮忙订票，好朋友让我感动，居然给我和儿子订到了贵宾票。

我们的座位居中靠前，不远，也不太靠近舞台，是欣赏演出的最佳位置。舞台很简洁，简洁到近乎简单的地步，棕色的背景是舞台原色的背景墙，没有一个文字，没有一点图案，舞台的外沿摆放着一行马蹄莲和球形绿色植物，好像给舞台围了一条花边，算是舞台唯一的修饰和点缀。舞台正中放着一台三角钢琴，这台钢琴是舞台唯一的对象，而钢琴今晚的主人，就是有"钢琴王子"之称的李云迪。如此近距离地聆听李云迪的现场演奏，我和儿子还是第一次。上一次欣赏郎朗钢琴独奏会的位置比这次稍微差一些，是左边偏后的座位。

我的座位前排就座的，有本澳文化名流、议员，还有达官显贵。其中，有两位是音乐界知名人士，他们一边听着李云迪的演奏，一边用笔快速地在本子上书写着什么，我猜想是在记录他们此刻的感受，或者是写音乐评论之类的文章吧？我虽然喜欢音乐，学过几天钢琴，但是音乐知识很肤浅，算不上专业的钢琴发烧友，只能算是一位非常普通的音乐爱好者，我仍然被肖邦钢琴曲的魅力打动了，被李云迪出神入化的演绎折服了：听到欢欣处，让人欢乐飞扬；伤悲处，泪水忍不住滑落；烦躁诙谐处，坐立不安；舒缓悠扬的夜曲让人如同沐浴在银色的月光下，轻风拂过树梢，清辉透过树梢印在小路上，看到月光下熟睡的婴儿，散步的情侣……

　　我感觉李云迪最大的特点就是安静，内敛，不张扬，高贵，典雅，甚至带着淡淡的忧郁气质。他不搞现场气氛，不搞观众互动，也没有演出后的签名会，现场只有李云迪亲笔签名的金碟发售，以慰他的"粉丝"，但是他很有礼貌，很尊重观众，一曲终了，他总是站起来，微笑着向观众深深鞠躬。一个半小时的独奏会，他只说过三次话，一次一句。第一次是有位姑娘给他献花——也是简洁的淡黄色马蹄莲（或许李云迪喜欢马蹄莲？），他接过鲜花，说了声"谢谢"；第二次是当曲目单上的最后一支曲子的最后一个音结束后，全场静默着，良久，观众才如梦初醒，旋即，掌声雷动，大家久久不愿离去，一再鼓掌，鼓掌，李云迪微笑着再次鞠躬，深鞠躬，观众的掌声还是继续持续，于是，他坐下来，用普通话说了四个字"彩云追月"，给大家弹奏了如行云流水般的广东民乐《彩云追月》，与他的上一曲降a大调波兰舞曲《英雄》的风格形成了鲜明的对比，曲毕，他站起来，微笑着鞠躬，全场再一次响起了比之前更加热烈的掌声，于是他微笑着再次鞠躬，然后疾步走进了后台，观众持续地鼓掌……我想，李云迪不会走出来了吧？非常惊喜地，李云迪微笑着再次走了出来，给大家深深地鞠了一躬，又坐在了琴凳上，用英语说了曲目名，弹了当晚的最后一首曲子。他当然是不用说过多的语言的，无论汉语，还是英语。因为他的演奏就是他最丰富，最优美，最动人的语言，他的琴声就是最伟大的无国界的语言。

　　李云迪的琴声是有生命力的。李云迪这场独奏会最让我佩服和欣赏的，就是他对音乐对钢琴，特别是对肖邦的钢琴曲的深刻理解，全情投入转换自如的深情演绎。整场演奏会李云迪演奏了五组既定曲目，其中有柔和抒情的夜曲，沉稳的行板与辉煌的大波兰舞曲，还有催人泪下的葬礼进行曲，极富变化的诙谐曲，这些曲目都是肖邦的代表作，集中体现了肖邦的钢琴曲风格，演奏难度非常大，后来应观众的热情要求，又演奏了两首相对比较短的曲子，其中一首是中国民乐。作为一位钢琴家，钢琴演奏技巧要求很高自然是必要条件，作为一位大师级的钢琴艺术家，让全世界折服，让"钢琴诗人"肖邦的祖国波兰折服，授予他"波兰荣誉艺术文化勋章"。我想李云迪能如此成功的原因，不仅仅是因为他钢琴的弹奏技巧高超非凡，最重要的，是他对肖邦的深刻理解，对肖邦曲目的深刻理解，才让他能在一个半小时里，浓缩演绎出肖邦一生的情感和心血，自如地行走在各种风格不同情感的曲目之间。短短一曲《彩云追月》，轻快优美抒情，诠释出李云迪对中国民乐的理解和喜爱，体现出他的中国民族音乐功底的深厚，也体现出他的钢琴造诣已经是汇古今，通中外的。

当今，钢琴走进了大众家庭，很多青少年都在学钢琴，有的是自愿的，甚至孩子或者家长都做着长大后要成为钢琴家的美梦，其中也不乏佼佼者，有天分者；还有的就比较惨，在家长逼迫下辛苦学琴。无论怎样，学钢琴总比一味上网玩游戏有益身心得多。如果一场李云迪钢琴独奏会能满足大家对音乐的喜爱和热爱，如同爱吃的人享受了一次珍馐佳肴；能让大家聆听一次世界上高雅而美妙的钢琴曲，唤起大家的记忆，记得世界的曾经，哪怕是一两百年前，哪怕是遥远的中欧波兰，曾经有这样一位伟大的钢琴家肖邦，这就是李云迪的功劳，是澳门国际音乐节继续存在的理由。

当然，我们更要感谢李云迪。他是音乐的天才，中国人的自豪，中国的瑰宝。

行走有趣

———

又飞了

不是煮熟的鸭子又飞了，而是我又飞了，乘搭飞机飞回陕南老家，飞回爸爸妈妈的身边。

两千多公里的路程呢，坐火车太慢了，哐当哐当当二十小时才能到，归心似箭，最好能如一支长了羽毛的神箭，神射手拉弓放箭，我便拼足了全身的力气直射出去，嗖的一声钉在妈妈家木门上，让闻声打开门张望的爸爸妈妈惊讶不已：女儿就那样端端儿站在他们面前了！却是不能。只好乖乖地一大早起床，直奔机场，等长了翅膀的大铁鸟把我带回家。

每个人对家的深深眷恋之情啊，只有离家千里之外时才会有更深刻的体会。忙碌工作告一段落，终于有了假期，可以回家了，"漫卷诗书喜欲狂"，这是临行前收拾行李，"轻舟已过万重山"，这是快到家的欣喜，大诗人尚且如此，何况普通如你我呢，我们总是迫不及待想早一些，再早一些回到家。

钟点工球姨是个勤劳、忠厚的好女人，广西人，常年在城市里讨生活，辛苦劳作，她每年只回家两次，夏收回家帮忙，春节回家过年；她已经帮了我家四年了，手脚麻利，做事很认真，几乎没啥让我不满意的地方，除了总是会比她预定回家日期提前走这一点外。她临回家前三四周里，总是一边做事情一边跟我念叨自己快回家了，给儿女买了啥啥礼物，喜悦期待之情让她神采焕发，做事情都比平时更快了一些。有一天她告诉我她决定下周一走了，回家两星期，不过周日还会来帮我搞卫生的。可是到了周五，她打电话给我说对不起她要坐当晚的夜班车走，因为她想早一些回家。于是，她提前走了，把一摊子的家务活儿撂给我，恰逢我工作最忙的时候，搞得我措手不及，转而一想，她一年在外这么辛苦，一定很想早一天回到家早一些见到她的儿女。这样的情况发生了几次后，我和家人已经习惯了她的提前回家，每到七月末，妹妹电话问我："什么时候回来呢？"我说还有一周才放假，妹妹又问："你家钟点工呢？你最近那么忙。"我说钟点工又提前回老家了，妹妹就笑着说："给你们领导说说啊，连钟点工都回家休假了，你们怎么还不放假啊！"

终于坐在回家的飞机上，看窗外蓝色天幕下，一团团白云堆积成连绵的山脉，阳光从云层透过来，给云层镶了条闪闪发光的金边，我却无心看风景，只希望飞机准点到达，或者能提前到达就更好了，突然想起每次迫不及待提前回家的钟点工阿姨，她坐在回家的夜班车上，看着窗外暗夜里人家的星星点点灯光，她会想些什么呢？

我想她的心情必定跟我此刻一样吧！

不管千山万水，无论相隔多久，恋家的心情是中国人的情结，但愿这样的感情天长地久。

虚惊一场的飞机延误

没想到以往在媒体新闻上看到的因突发事件导致飞机起飞延误的事件有一天会真的被自己遇到。

12月20日上午十一点二十分的航班飞咸阳，十点五十分登机，安顿好行李坐下来，看看表，十一点十分，机舱广播里温柔的声音在反复提醒旅客们"飞机即将起飞，请旅客们收起小桌板，系好安全带……"我调整了一下坐姿，舒服地闭上眼睛，想：好，正点起飞，正点到达，两个半小时后抵达西安，很快，我就可以回家了！

正在这时，广播里又说："因本次航班遇到突发事件，现无法起飞，请各位旅客不要惊慌，请带齐所有随身行李下机，到候机厅等候下一步通知……"顿时，机舱内一片哗然，有人紧张地站了起来，相互询问："怎么回事？""该不是有炸弹吧？""啊？不可能吧？""怎么搞的呀？这两年民航飞机怎么总是出这样的事情？""怎么办呀？"大家议论纷纷。我呆坐在座位上，不知所措，见邻座掏出手机开机，我也急忙拿出原本已经关机的手机，再次开机，通知亲友："喂？我的航班起飞延误了，现在被要求下飞机，重新登机，什么时候起飞？不知道！"说话间，空姐走过，安慰大家无须惊慌，催促大家带齐行李立刻下机。

只好又提着行李随着人流下机，回到登机口所在候机厅。已经有不少旅客围在登机口柜台四周，着急地询问当值工作人员。我站在旁边，也听出了个大概：有两位男旅客在飞机准备关舱门前几分钟突然从机舱中冲出来，说不走了，因为肚子痛！不等空姐和地面工作人员询问仔细，这二人急匆匆向外冲去，一转眼就冲过登机通道，冲过登机口，消失在候机厅。紧随其后又有两名男性旅客强行下机，追了出来，说刚才跑了的那两位男士是他们的经济合作人，他们携带巨额钱财一同逃跑了，他们要去追他们，所以，他们也走不了了！还希望机场方面立刻帮助他们拦截刚才跑了的两位！这样一来，此次航班上四位旅客都突然不走了，所以客机需要再次清理检查，确定无安全隐患之后才能起飞。

"该不会有炸弹吧？"有旅客嬉笑着问。"请不要胡乱猜测，这样的话是不能随便说的！请大家耐心等待，应该很快就有结果了！"工作人员回答。

怎么办呢？还能怎么办，只有耐心等待。找了个座位坐下来，透过大幅玻璃窗，看见停机坪上我们刚才坐的那架飞机下面的货舱已经打开，有工作人员和警察正在找寻什么。有几位外籍旅客和本国旅客拿起摄录机，开始摄录停机坪上的检查过程和登机口的工作人员。等了十几分钟，有旅客又过去登机口柜台，着急而生气地说："还要等多久？那边还有人等着接我，我也有要紧的事情等着我去处理！我们延误的时间怎么办？你们航空公司怎么赔偿我们旅客的损失？"工作人员耷拉着眼皮，不情不愿地说："出现这样的状况不是我们航空公司的错，我们也没办法，这样做是为了确保你们的飞行安全！请您耐心坐下，再等等吧！应该很快就可以登机了！"

半小时后，工作人员高声招呼大家再次登机。登机时，走在长长的登机通道，遇到一男一女两位工作人员站在一侧，正激烈争辩，一位西装革履、脖子上挂着蓝色工作牌的男子挥舞着手臂对对面一位女士生气地说:"这肯定是你们的责任嘛!你们怎么可以就这样随便把他们放出来了呢?"对面一位身穿空姐制服的女士气愤地高声回应:"这怎么是我们的错?这肯定是你们地勤的责任嘛!你们那么多人都拦截不了两名旅客还说我们?人家旅客说肚子痛要求下飞机,如果他真的是突发疾病的话,人命关天,我们怎么可能限制人家的人身自由?这分明是你们的责任!"

默默地走过他们身边,想:虽然旅客方面无须赔偿损失,看起来这件突发事件对航空公司的工作人员还是有影响,后面的故事可能是我们这些局外人无法了解的。

再次登机时旅客们的行动都很迅速,很快大家就再次安顿好,座位上坐定。广播宣布即将起飞,飞机震动了一下,向跑道前方滑行起来,看了看表:十二点整。

有惊无险,原来突发事件是这样的曲折,一帆风顺的生活真是不能完全由自己把握。两个半小时后,飞机顺利抵达咸阳机场,临下飞机前,透过飞机舷窗,看到外面雨雪交加,2013年西安的第一场雪欢迎了我的回家。

邂逅雪花儿

　　飞机降落咸阳机场是下午两点四十分。透过飞机舷窗看出去，天空洋洋洒洒飘着鹅毛般的大雪，夹着蒙蒙细雨。还没走出机舱，已经让人感到了北国的寒意，却兴奋起来，一扫之前在广州机场飞机临起飞前突发事件导致飞机延误的郁闷，毕竟，我如期安全抵达咸阳，离家越来越近了！何况一下机就看到了雪花儿呢！

　　有多少年没真正见到雪花儿了？上一次在雪地里打滚儿，堆雪人儿，打雪仗，还是在1999年的冬天，距离王菲和那英在春晚唱响《相约一九九八》只有一年，屈指算来，距今居然有十来年了！

　　那一年带着孩子回老家过年，腊月里的一天，大雪下了整整一夜，早上，房子上、院子里积雪足足有一寸厚，院子里那一丛箭竹和两盆冬青穿上了厚厚的白袍子，到处白雪皑皑，煞是好看！于是，带着儿子跟姐妹们欢天喜地冲出家门，先在院子里堆雪人，我和大妹妹团雪球，儿子和小妹把雪球越滚越大，很快就滚成了两个圆滚滚的大雪球，大的做雪人儿的身子，小的做脑袋，邻居家的孩子也出来用小小的黑木炭给雪人儿安上黑亮的眼睛，再用红萝卜给雪人做鼻子，调皮的小妹妹用手给雪人儿掏了个大笑着的大嘴巴，儿子把自己的围巾取下来围在了雪人儿的脖子上，我们的小雪人儿就开开心心地站在那里，对着来来往往的人咧着大嘴笑个不停……

一路回忆着记忆中那场美丽的雪，随着人流下机，取行李，跟接我的朋友电话联系，得知他因为秦岭隧道堵车的缘故还在来机场的路上，于是我拖了行李箱坐到星巴克的咖啡座上等他。咸阳机场 T3 航站大楼去年新落成，很大，显得空落落的，但是整体规划还是很不错的，透过大幅玻璃落地窗看出去，两栋大厦之间是漂亮的园林带，种着竹子和芦苇，远看不辨真假，我希望是真的。芦苇和竹子上已经有了斑驳的积雪，星星点点的灯光，萧瑟的灰蒙蒙的背景，无声飘落的雪花，这一切就好像一幅动态的水墨画。外面似乎很冷，行人弓头缩手行走匆匆。我倒是很想到雪地里走一走，跳一跳，但是我要坐在这里等朋友来接，雪花儿就在玻璃窗之外，可望而不可即。

　　坐上朋友的车，我们穿行在鹅毛般的大雪里向秦岭山脉进发。我的心情也像雪花儿那样轻盈，轻舞飞扬，我把手伸出窗外，接住一朵朵雪花，它们在我的掌心迅速融化成一个个小水点，我说："雪花儿真美呀，是吧？最好一直就这样下到回家去。"朋友却答："不要吧？我担心雪太大的话秦岭冰冻路难走，来的时候三小时路程走了五小时，不知道回去会怎样呀？老人家会操心的。"他的话虽然有点让人扫兴，但是知道他说的是大实话。也许是大雪天的关系，路上车比较少，在漫天飞舞的大雪里我们出了机场高速，很快就上到西汉高速，雪居然停了，一路通畅回到陕南，刚好是华灯初上时分。院子里见到妈妈，对妈妈说西安下大雪了，妈妈说我们这里今天是有太阳的好天气呀，天老爷都保佑我女儿平安归来。

　　"心忧炭贱愿天寒"，我欣赏着多年未见的雪花，妈妈和亲人却只是担心我的一路平安，每个人对于雪花的感受也是这样不同，世事大约就是这样的。

末日之后的末日

12月21日是我回老家的第二天，这天最热的话题当属世界末日。无论网络媒体，还是好友亲朋，都在谈论此话题。

这天下午与朋友散步，告别时朋友说："再走两圈吧？明天也许世界末日。"我哈哈一笑："哈，如果真有世界末日，我也该早早回家陪父母亲！"我们只是在调侃，内心根本就不相信明天会世界末日。

果然，第二天早上醒来已经九点多了，天已经大亮，地球依然在旋转，所谓的末日？简直是地球人自编自导的一场闹剧，无事找事，杞人忧天般无聊。

中午朋友们吃火锅，说是给我接风，其中一位小领导爽约，因为工作临时走不开。我心想大周末的有啥工作非做不可呢？简直没有诚意。于是，电话催他。他说因为他所辖区昨晚半夜有全能神教的人教唆几个民众在所谓的世界末日来临之前自焚，虽然他和同事们通宵未眠，工作到位及时制止了，但是还是引来了省报记者前来采访，他现在正在跟进相关工作。冷不丁听到"全能神教"什么的，我以为朋友在跟我开玩笑，"扑哧"一声笑出声来，说："你是不是金庸梁羽生的武侠小说看多了？还全能神教，有没有光明顶，有没有明教？不来就不来，还找这么破的理由？！"对方电话里很认真地解释说自己没开玩笑，说我肯定最近很少看本省新闻，因为世界末日说，真的有了这么一个邪教组织的存在，藉此骗财或者闹事……

简直不敢相信还真有原本在武侠小说才出现的所谓帮派存在，更不敢相信真有民众相信他们，相信所谓世界末日说。其中一种骗财手段听来非常拙劣：某人对信众说"世界末日就要来了，你把你所有钱财都交给我，我可以保你一家平安"——那位爱家人的信徒也不想想：如果真的世界末日，你要我的钱财何用呢？可是居然这样的骗术还得逞了。

下午跟另一帮朋友晚餐，听到除了有关世界末日种种笑谈外，还有 21 日刚发生的另一则教育新闻：某小学某班主任因一学生欠完成作业，恼怒非常，遂命全班学生前去轮流扇该生一耳光，轻轻扇还不行，还要求用力扇，直到把该生打得鼻青脸肿为止！（后来在电视上看到了这个小男孩那被自己的同学打得乌青的脸。）听了这则新闻，我的心不禁一寒：学生欠完成作业肯定不对，可以让他补做或者运用其他教育手段，这位老师也许出发点是恨铁不成钢，他甚至完全明白教师不可以打学生，于是他自己不动手，却要求其他学生打人，他这样做，比他自己动手打多了卑鄙的味道，更别说对其他学生产生的负面影响了。

所谓的"末日"之后的第二天听到的这两个故事，有些末日之后的末日的味道，恰巧网络媒体在其中都起到了一定的作用：前者因为现今的通讯媒体太发达，才使得所谓世界末日说成为地球人都知道的一件事儿，后者因为媒体才得以曝光。

玛雅人提出的世界末日，我们都平安度过了，生活继续，大家该干吗干吗，该快乐的快乐，不想烦恼的仍然必须面对烦恼。只是，这天的发生，诸如这两个小故事，应该带给我们一些思考和改变，这样，末日之后的末日，才会不存在或者至少迟一些到来。

云端漫步

　　二十年前写过一篇作文，叫《当我第一次坐飞机》，写的是我第一次乘搭飞机的感受，具体怎么写的已经记不太清楚了，不过，我记得文章中把"我感觉自己像小燕子一样轻盈地飞了起来"故意写成了"我像一只雄鹰般展翅飞翔起来"，因为这篇文章是帮人写的，请我写作文的朋友当时夜晚进修读一个文凭，他最头痛写作文，于是找我做"枪手"，既然帮他写作文，我必须从男士的角度来写，特地用了比较"粗犷"的字眼去叙述。好在，听他说他把作文交上去后，老师给的分数还蛮高的。

　　这些年经常坐飞机往返老家和南方，也试过九个多小时的长时间航程，早已对搭飞机习以为常，经常是一上飞机安顿好，就靠在椅背上戴着耳塞听音乐睡觉，偶尔也拿本书翻看一番。窗外的云彩，很少看甚至基本不看。每每归心似箭，只希望早些到家。

　　这次春节假期结束，从西安飞回珠海的航班上，我也是上了飞机就睡觉。睡得正香，被一把温柔的声音唤醒，迷迷糊糊睁开眼，原来是空乘小姐推着小车送餐来了，询问我要吃面条还是米饭。我还没睡醒，随口答曰只要一杯咖啡，但人还靠在椅子上懒得动。邻座的男士很有风度地帮我接过咖啡，放在座位前的小桌板上。既然被叫醒了，继续睡是睡不着了，只好无聊地打开窗子上的遮光板，看看窗外风景。

透过舷窗看出去，窗外的景色吸引了我：外面是非常平坦的一片云海，近乎乳白色，一望无垠。我们的飞机悬浮在云海上空似乎并不太高的地方，似乎只要我愿意，马上就可以走下飞机，在这片云海上奔跑。是云海吗？不，这更像是一片宽阔的草原，草原上空是碧蓝碧蓝的苍穹，没有一朵白云。仔细看，草原上划分出一个个"井"字，阡陌相通，可惜看不到一只牛羊。也许，羊儿有是有，羊儿们都是雪白雪白的小绵羊，牧羊女也穿着白色的衣裳？或者，天正下着大雪，草原上白雪皑皑，我们当然就看不到羊群了。远方，云海和天空交界的地方银光闪闪，给草原镶了一道银光，好像太阳马上就要从那里升起来了！我真想在这草原上奔跑，再打几个滚儿……以往在飞机上只见过一堆堆棉花垛似的白云，或者万马奔腾的云彩，或者山峦般的云朵，今天这般一望无际的平坦的草原似的云海，倒是第一次见到。也许以前都在睡梦中错过了。

看着看着，又觉得这片草原像是一片温柔的静谧的海，我们的飞机像是在大海上航行的船，这样静默，这样平稳，只有机翼传出的"嗡嗡"机器声让我知道我是在飞机上，在至少离地一千公尺的高空飞行。

飞机就这样平稳地在云海上飞呀飞，天色渐渐暗下来了，草原和大海慢慢消失了，飞机开始下降，广播里说飞机还有十几分钟即将降落在珠海机场。先是下面的山川河流清晰起来，再是陆地上出现了万家灯火，不知怎的，随着飞机连续几个盘旋，越飞越低，我突然有点害怕，几次担心飞机会不会突然掉下去，掉进下面的大海里，或者撞到下面的高层建筑上去，我的心紧缩起来，手心开始冒汗，我希望飞机早些降落，不要再低空盘旋了。我担心万一我死了，我的父母亲该怎么办？我的儿子怎么办？正在胡思乱想之际，我看到了好几栋澳门标志性建筑在夜空中熠熠生辉，飞机越飞越低，终于，"轰"的一声跟地面接触了，冲上跑道，平稳滑行起来，飞机平安降落，我也平安到达了。

高空中草原似的云海给人的感觉是那么舒展，那么宁静，云端漫步也因此丝毫没有害怕的感觉。低空中的盘旋俯冲却让人生出无端的恐惧，明明下面就是万家灯火。也许，高处并不一定不胜寒，相反，不高不低时，才会生出不上不下的忐忑不安。

空房子

——潮汕行散记

　　旅游车下了高速路，拐上一条相对比较狭窄简陋的水泥路，两边是大片的农田，一片连着一片，在蓝天白云的衬托下，显得格外的辽阔。

　　却不是南方常见的香蕉地，也不是水稻田，矮矮的灌木丛上挂着一些白色的果实，点缀在绿色丛中，煞是好看，却看不出到底是什么水果。请教导游，原来，那是从台湾引入的番石榴，我们叫番石榴。番石榴是淡绿色的，不是现在看到的白色的呀？导游说，那是果实未成熟之前，果农们用白色的塑料袋细心地把果实包扎起来，用以保护果实，待果实基本成熟采摘下来之后，还要把塑料袋一个一个地拆下来。定睛仔细观察，果然，像梨花一样雪白的美丽的"花儿"只是一个个的塑料袋。唉，无论什么年代，农人都是这么的辛劳呀！这样一个一个的包扎，要花费多少心血和时间啊！原来，我们平日里常吃的水果，种植它们的代价可不小，何况塑料袋还很不环保。心情为之不快，再看这万绿丛中点点白，就有了一些厌恶的情绪。

　　公路两旁零零落落地分散着一栋栋两三层楼的民居，这里是汕头市近郊的某个乡村地方，距市区不远，导游说属于澄海，叫前美村。越向前行驶，公路两边的房子越来越密集，渐渐地连成一片，少了红砖的现代小楼，而是一片连着一片的白墙，灰砖灰瓦，高挑的飞檐，彩塑的廊柱——显然一派明清建筑特色。我们此行的目的地——著名的陈慈黉故居就要到了。

是午后一点多，站在故居前大大的广场上，抬头看天空，太阳明晃晃地晃眼睛，昨晚刚下过一场雨，碧空如洗，天空蓝得透亮，白云悠悠，显得天空特别地高远。也许是近海，几乎没山丘的原因，觉得这一路上看到的潮汕的天空都特别高远特别辽阔。极目四望，广场的左边，正前方，右边都被房子包围着，都是两层的楼房，窗子是岭南传统的木格子推拉窗，俗称樘窗，窗子四周却又有欧洲风格的浮雕，很明显，这些建筑是中西合璧的。

我们从最具特色保存最完整的"善居室"开始参观。疾步走向正门，正门高高的门廊全部由石头雕砌而成，门楣上雕刻着"民康物阜"四个大字。进大门就是一个像北京四合院一样方方正正的大院子，从正厅两边的楼梯上二楼，又是一排排的房间，有大大的阳台和宽阔的走廊。每间房间面积都不小，最小的房间也有二十来平方米，采光良好，明亮宽敞，有的还是一大一小的套房。门框四周用色彩艳丽的瓷砖拼接出不同的美丽图案，再装饰以欧式的浮雕，美轮美奂，让我们叹为观止，据说这些瓷砖都是主人当年从南洋采购，再漂洋过海运回来的原装欧洲货呢！由石头雕刻而成的高高的粗粗的罗马柱，支撑着美丽的回廊，特显出房子的欧陆异域风情；狭长的小巷子，深幽的古井，繁茂的爬墙植物，又让人感觉仿佛来到了江南民居；高高大大的木头格子做成的堂屋樘门，又昭示着这是传统的岭南民居。这几种建筑风格巧妙地结合在一起，形成了这里独特的建筑风格，看来，房子的主人当年的学识，胆识，艺术鉴赏力都不俗，而且财力非常雄厚。

站在二楼的阳台，极目远眺，只见到一大片灰色的瓦顶，雕龙刻凤的马头墙，色彩斑斓的飞檐，屋顶是中式的屋顶呢。广场前面，左侧有一大片的荷塘，适逢盛夏，莲叶田田，荷花盛开，荷塘四周绿树环抱，环境清幽，一阵阵凉风吹来，送来丝丝荷花的清香，使人顿时忘掉了盛夏的酷热，好一处怡人之地啊！右边隐隐约约也是一排楼房，那就是导游说的"小姐楼"吧？据说是专为主人的千金小姐们而建的别墅。

进庭院，上楼，下楼，从一个侧门进入另一个庭院，再上楼，就这样，一栋楼接着一栋楼，一个庭院连着一个庭院。这栋楼房的窗子镶嵌着彩色的玻璃，很像是澳门教堂里常见的那些彩色玻璃，在阳光的照射下，折射着金碧辉煌的光芒，那么，这里就是"寿康里"吧？这里的玻璃还是当年从南洋运回的原装玻璃吗？我到底已经看了多少间房间呢？这里到底有多少间房间呢？我觉得简直没办法数得清楚，数据上说这里共有厅堂五百零六间。据说这房子刚刚建成时，请了一个丫鬟专职开窗户关窗户，她早上一大早开始，一间房间一间房间地走过去，打开每扇窗子，到下午，再一扇一扇地关上，整整一天就过去了！这让我想起曾经在电视上看到的，英国白金汉宫里那位为每间房间里的钟表上发条的师傅，由于白金汉宫里的钟表都是需要手工上发条的传统钟表，那位师傅也是每天一大早，一间房间一间房间地走过去，给每一个钟表上好发条，调准时间，以确保女王、王室人员以及来宾在白金汉宫的任何房间都能看到准确的时间，他的这项工作也要费时一整天。这个专职开关窗户的丫鬟让这座大房子有了等同于皇室的豪华富贵感，这座房子不愧"岭南第一大宅"的称号。

房子的主人爱国华侨陈慈黉，是南洋富商，身居南洋多年，心系家乡，落叶归根是他的夙愿，因此，他花巨资建造了这所占地二点五四万平方米的宅邸，历时近半个世纪。特别是最具代表性的"善居室"，始建于 1922 年，至 1939 年日本攻陷汕头时尚未完工。遗憾的是，他和他的族人没能在这么美丽的房子里住上几天，日本人就打过来了，他们回了南洋，这所房子就成了空房子。因为他是爱国华侨，因为这里一直都空着，没人居住，因为这些建筑材料质量太好太美，还因为当地人淳朴的民风和对主人爱国情怀的敬仰，这座空空如也的大宅子历经半个多世纪的磨难，依旧如新，完好无损。

只是，如此美丽的大大的民宅，五百多间房间，居然没有人居住，里面连家具也没有几件，大多数房间都是空荡荡的，少了人间的烟火气。我不忍心想象，当夜幕降临之后，这里的冷清和寂静。

梅溪牌坊

　　但凡说到珠海，大多数人的脑海立马浮现这样的画面：碧海蓝天，海天一色，绿地，沙滩，高大的木棉树棕榈树，海湾五星级大酒店，绵延数十公里的情侣路⋯⋯很多人到珠海都是为了看海，或者因为珠海跟号称东方拉斯韦加斯的澳门比邻而居，想近距离看看澳门。

　　珠海除了这些，还有看点吗？有的，两年一次的国际航展也吸引了很多人。珠海有深厚文化底蕴的古迹可寻访吗？大多数人会以为没有。珠海是个年轻的城市，是因应改革开放而成立的经济特区，特别是当你游览了圆明新园之后，就更以为珠海是没有多少文化底蕴的，因为圆明新园只是一个占地广阔的仿古建筑群，以娱乐消遣为目的，与文化古迹边都沾不上。

　　听说珠海梅溪牌坊的名字已经好几年了，一直没去看看，因为不太相信珠海会有古迹可寻，也因此少了想去看看的冲动。

　　辛卯年春天的一个周日，惠风和畅。来了一位亲属，最喜欢寻幽访古，于是我们去探访珠海的古迹梅溪牌坊。

　　梅溪牌坊在珠海前山镇梅溪村，热心的司机告诉我们梅溪牌坊距离市区并不遥远，从拱北驱车过去只要二十多分钟就到了。途中，司机建议我们先去普陀寺，说普陀寺和梅溪牌坊在一条在线，离梅溪牌坊不远，我们去了普陀寺再折回来看梅溪牌坊，这样就可以看两个地方，比较划算。听从了司机的建议，我们先去了普陀寺。

普陀寺依山而建，占地颇广，建筑雄伟壮观，不过，一座座建筑都是新建的，有的正在修建中，还没完工。就连寺内的大树也是移栽的，还用木杆支撑着。香客倒是不少，好几个佛堂里都有人跪拜上香，很是虔诚。走近一间佛堂，里面传来洪亮的诵经声，余音绵绵。驻足门口向内探看，原来这里是专供信徒念佛的地方，一个和尚举着一个铜铃模样的法器，后面跟着十来个信徒，男女老幼都有，他们身披褐色袍子，双手合十，双目下垂，一边走一边念经，在佛堂里转着圈子，完全沉浸在他们的世界里。诵经声低沉整齐，给人宁静安详的感觉。

走出大门回望，显眼处看到一个告示牌，招募一百名信徒在寺内进行为期三个月的修行，费用全免。曾几何时，我们毁掉了很多寺庙，甚至千年古刹，现如今又花大工夫重建。眼前的普陀寺只能交给时间，让时间去打磨成一个真正的名寺吧。

看了普陀寺，对梅溪牌坊的期望值降了。难道珠海真没有什么文化古迹？

到梅溪牌坊时，春日的阳光灿烂。一进大门，沿着脚下青砖铺就的大路向前走，左边伫立着一道道石门。原来，这些大多是明清时期珠海民宅大门的门框，随着历史的变迁，在重建或者城市拆迁的过程中，无法整栋房屋保留，只好把门框保留下来，移放于此。这些高高耸立的门框大多用石料雕刻而成，精雕细琢，昭示着主人家昔日非富即贵。有的门前还立着貔貅，有的立着石狮子，只是，昔日堂前燕，飞入百姓家，现如今这些威猛的石兽孤零零地蹲在这里，已经没了主人可守护了。抚摸这一座座只留下门框的空荡荡的大门，历史的沧桑感油然而生，昔日，这一座座石头的门框，该有厚重的木头做成的大门吧？那一扇扇厚重的木门后边，是一个诗书之家还是一个礼乐之家？该有一盏盏温馨的灯火？灯火下又都是怎样的一些人？现如今，他们又都到哪里去了呢？一位大师说残缺也是一种美，但是这样的残缺美，何其让人心痛，让人悲叹！

这排石门框的尽头是一座两层楼高的碉楼，也是用石头和水泥砌成。古人的碉楼多用于军事防御。碉楼旁边不远处，一棵粗壮的榕树撑着巨大的绿油油的树冠，榕树下有几间砖木结构的岭南风格的房子，对面也是一排灰色砖木结构房子，好像很有些年头了。我最喜欢粗壮的榕树，于是加快了脚步，想去看看这排建筑。

昔日的梅溪大庙现如今已经成为中国牌坊精品展的展厅，集中了中国的牌坊精品模型，这些牌坊建筑考究，雕刻精美，风格各异。最早在琼瑶的小说和电视剧《烟锁重楼》里知道牌坊这个中国古代建筑，最为出名的是安徽黄山市歙县的牌坊群，沿村口人行道有七座高大的牌坊一字排开，琼瑶电视剧里的牌坊取景就来自这里，我仔细观看了歙县这个著名牌坊的模型，虽然是模型，但是雕刻精美，立显真迹的气势雄伟。对牌坊是敬畏的，在中国封建社会，牌坊是荣耀的象征，皇帝为了表彰在"忠孝节义"等各方面"功勋显赫"的官员，为朝廷兴旺做出的"杰出贡献"，常常批准在这些人的故里村头，修建"功德牌坊"，藉以号召人们以此为榜样报效朝廷。还有一种牌坊，总给人压抑和沉重感，众说纷纭，就是贞洁牌坊，这些贞洁牌坊的主人到底是自愿为爱情坚守还是无奈而无辜地牺牲自己的幸福和青春？只有她们自己才知道。反观西方社会，国王表彰对国家有卓越贡献的人，一般都是封爵封地，或者授勋章，鲜有修建一座牌坊的。可以说，牌坊是中国封建社会的特色建筑之一。

陈氏大宗祠现如今成了中国牌匾精品展的展厅。这是一个私人收藏的牌匾展，很佩服这个主人，一定花费了很多精力来收罗这些牌匾。这些匾额上的文字充分展示了书法各流派的特点，文字精妙，比如有一副，书"举案含饴"四字，落款注释说是贺某某六十大寿；更多是歌功颂德之词，比如"诗礼之家""荣封三代"等等。

对面的房子依次是：陈芳老宅，陈龙大宅，手工艺作坊，雕花耳房，珠海名人蜡像馆，陈家戏台，陈芳家史展，家丁楼，花厅，部分还在修葺中，没有对外开放。印象最深的是花厅。花厅并不是用来养花种草的，因为建筑精美，多处雕有精美图案而得名花厅，历史上是陈芳宴会宾客的地方。花厅由前后两栋建筑组成，建筑风格中西合璧，四面墙都有四五扇高大的百叶窗，窗子上方雕饰有罗马花纹。房子四周围有回廊，回廊由数根高大的罗马风格石柱支撑。前面那栋房子仅一层，开扬的大大的三间房间是客厅，左右墙壁上悬挂着陈芳的两位夫人的相片。原来，陈芳是清末中国第一任驻夏威夷领事，华侨百万富翁，他其中一位夫人就是夏威夷公主呢！连接前后建筑的是一个小小的花园，中间有回廊石凳，绿树如茵，菠萝蜜树已经挂上了肥大的果实，一派南国风情，给人幽深的感觉。石凳上坐一坐，想着当时可有客人坐在这里乘凉？后面是一栋两层的洋楼，数间精美的客房和小客厅，舒适华美，大大的窗子都是两层的，外面那层是高大的百叶窗，里面的是彩绘玻璃窗，彰显出房子的现代气息，美轮美奂。

最后才来到牌坊前。梅溪牌坊现存三座，中间一座最高大，两边的略微矮小一些，整体气势雄伟，用花岗岩建造而成，雕刻有很多的花纹和图案，顶部飞檐翘壁，底部有小小回廊，造型中西合璧，是光绪皇帝为表彰陈芳及其家属为家乡多做善举而赐建的。

在牌坊前小广场边的石凳上坐下来，随手翻看刚刚买回的《中国书画名家画语图解：徐悲鸿》，春天的微风迎面而来，轻轻拂起我的长发，远处有小鸟低唱，四周显得很空旷，很宁静，高大的牌坊耸立在那里一百多年了，那边那一排灰色的陈芳故居，最年轻的也超过了一百年，还有那边那一座座古老的门框，这一切都书写着珠海独特的历史风情，我想起在牌坊外面看到的广告语"给我两小时还您珠海二百年"。

是的，梅溪牌坊让我转变了对珠海历史文化的看法，它不仅让我们看到了珠海的历史，还寻找到了珠海的文化底蕴！梅溪牌坊，可以说是珠海文化的一张名片呀！

牌坊前一丛紫红的杜鹃花正开得灿烂，我在地上拾起一朵落英，夹在刚刚买回的书里，一并珍藏起这个美丽的春日。

何处水乡

——陕南石泉后柳水乡游散记

从陕南美丽的山城石泉县城出发，驱车顺江而行半小时，就到了秀丽如西子的后柳水乡。

一般概念中，江南才有水乡啊，水乡必有水，有江，有河，有湖；水乡是鱼米之乡，水里有鱼虾畅泳，水边有稻花飘香；水乡一定风光旖旎，有葱郁的树，有绚丽的花和漂亮的房子倒映在水面，有木头的船在碧波上荡漾，在拱桥下穿行。

西北地区居然有水乡？陕西，也有水乡？有，当然有！陕西南部简称陕南，跟湖北，四川接壤，地处秦巴山地，高高的秦岭阻挡了北方的寒流，造就了这里温软湿润的天气；一条清澈的汉江在巍巍青山间穿行，无数条汉江的支流纵横交错在平原山地，人们修堤筑坝，兴修水利工程，一座座水电站散落在这一条条江河之上，形成了大大小小明珠般闪耀、翡翠般碧绿的湖泊，当地居民很多都是湖广移民的后裔，他们在这里修建起了一栋栋白墙灰瓦的江南风格民居，种水稻，栽桑养蚕，养鱼养鸭，陕南，就此多了有模有样的水乡。

秀美的后柳小镇就是这样的水乡之一。后柳坐落在汉江边，古已有之，小镇的历史可追溯到明清时期，那时候，汉江是南北水上交通要道，小小的后柳是其中一个重要的交通枢纽，是很繁华的水码头，沿江一溜子的吊脚楼，南来北往的商贾游客，在这里贸易，歇脚。这里曾经以盛产桐油而出名（桐油是造船必不可少的材料之一），鼎盛时期有二十多家桐油作坊，所以这里曾经也叫"油坊坎"。新中国成立后，汉江水利得到开发，上游拦河筑坝，修了好几座水电站，特别是石泉水电站的竣工，宣告畅通了几百年的汉江水运陕南段彻底中断了，这算是水坝设计者的设计不完善之处。随之，后柳小镇作为航运枢纽的地位渐渐没落。新世纪以来，距离后柳镇十几公里远的下游又兴建了喜河电站，电站蓄水形成了莲花湖，湖面在后柳这最为平坦辽阔，湖水在后柳这里最宁静舒缓，后柳古镇从此成了名副其实的水乡。

喜欢后柳这个名字，柳树在中国人的文化里，是很有情趣的，"客舍青青柳色新"，杨柳依依是离别时的不舍；"月上柳梢头，人约黄昏后"代表着含蓄悠长的爱情。后柳不像台湾的野柳地质公园那样，空有柳名，实则一棵柳树都没有，在后柳水乡，柳树是随处可见的。码头附近的观光长廊边，一排排柳树环绕着，柳丝飞舞，像是给滨江广场镶嵌上了一条翠绿的花边，又像是给平静的湖围上了一条飘逸的绿纱巾。细细密密的柳丝缠绕着游人的视线，一阵凉爽的江风吹过，柳枝随风轻舞，轻轻地抚上你的脸庞，你的肩膀，像是好客的主人在盛情挽留远道而来的客人，又像是挚爱的亲人不舍刚刚归家的游子又要远去。漫步在古色古香的观景长廊下，只见江水一平如镜，江面上渡轮往来，渔船出没，四周的青山如绿色屏障般环抱着这片湖，这个小镇。轻轻地捉住一条柳丝，期待对面的渔船上传来欸乃歌声，"杨柳青青江水平，闻郎江上踏歌声"，不正是此情，此景吗？我等的人没有来，船上没有人为我唱歌。

寻着柳树，沿着湖边一直向前走，我的目光被一面飞扬的白色风帆吸引着，高大的桅杆，巨大的风帆在蓝天的衬托下，张扬着无限的激情和斗志，好像这艘巨轮正在乘风破浪，勇往直前！原来，这是古镇新设的一个标志性雕塑，整体造型是一艘扬帆远行的木船。在这柔美如江南女子般的小镇，居然耸立着这样一座充满现代气息的大雕塑，虽然看起来跟周边的景物不是十分协调，但也还很有气势，给小镇增添了几分现代的气息，这体现了当地政府期望未来更美好更现代的愿望吧？

滨江广场入汉水湾转角处，是远近闻名的"屋包树"，一棵高大的皂角树枝繁叶茂，树下几间小小的房子完全在树荫的庇佑之下。仔细看，这棵大树居然是从其中一间房子里长出来的，好像童话世界迪斯尼乐园中小熊维尼的家。听朋友说，"树包屋"的主人是两位慈善的老人，那间房子是他们家的厨房。我不禁遐想：他们是不是围着树做了一张特别的餐桌，儿女们回到家，大家围树而坐，欢歌笑语，共进晚餐，这会是多么有趣多么可爱的画面啊？可惜当日屋主人不在家，我们没能登门拜访这两位幸福的老人，一睹室内真面目。

正在大兴土木的八母田半边街也是柳树依依。不久的将来，这里将是商铺林立的餐饮单边街，这里正对着汉水湾，已经落成的汉水湾度假村，蜀汉垂钓场吸引着远近的客人来度假，观光。汉水湾还处于开发建设中，如果这里的浅水处满栽荷花，翠柳加上满塘亭亭玉立的荷，该是更让人流连忘返吧？

后柳是有好几百年历史的古镇。走在青石板铺就的街道上，两边商铺的门面都是用一块一块厚重的木头板子拼接起来的，俗称门板，早上卸下来，铺在当街的位置用以展示货品，下午收摊子时又一块一块地装上去，这些门板又还原成一扇门，一面墙。我想，现代的不锈钢卷闸门，就是从这一块块可拆卸可安装的门板上得到的启示和灵感吧？街道随势就势，随弯就弯，高高低低起起伏伏弯弯曲曲地蔓延向江边。高高的风火墙，赤红的木头格子窗，粗壮的皂角树晕染着小镇的江南风格，建于上世纪中叶的中国银行遗址昭示着小镇曾经的商业繁荣，光洁的青石板石阶一级一级地书写着岁月的沧桑……

一位背着背篓的老大爷告诉我说，如今的小镇，修旧如旧，就像他记忆中小时候的古镇一模一样了！以后的居民想翻修旧房，必须按照统一的仿古风格和布局来修建。历史真是奇妙，以前我们急急忙忙赶着摒弃的东西，到了某一个时候，再回头一望，才发现那才是最该珍惜的，于是又不顾一切地去捡拾。如今的小镇建设不就是最好的说明吗？透过店铺木板墙间的缝隙，透过木头窗子上蒙着的透明塑料纸，我看见这些临街店铺的房子里的摆设很简陋。设想，这些古老房子里的卫生设施齐全吗？房子里可有现代的抽水马桶？可有明亮宽敞的厨房？在炎热的酷夏，他们的木板墙方便他们安装空调降温吗？在寒冷的严冬，北风会不会长驱直入他们的居室？至今居住在这里的居民们的生活方便舒适吗？修旧如旧地还原古镇旧貌固然有可取之处，让古老房子有无穷的生命力和感染力，找到小镇的灵魂之所在，才是更重要的。

小镇的生命和灵魂在哪里呢？是杨柳依依山青水绿如画风景吗？是修旧如旧的明清老街吗？不完全是。小镇的灵魂是在这里生活着的人，特别是那些优秀的人，所谓人杰地灵，他们，才能让小镇焕发出永恒的生命力。

上溯到不太久远的历史，后柳这个小小的镇子，居然是抗日战争台儿庄战役中"敢死队长"王范堂的故里，老街中街有他的故居，这里还有他的乡亲父老，英雄百年之后，最后安眠在这里。陕南著名书法家郭世堂老人，铮铮铁骨，一身正气，待人热情真诚，是个非常可爱的老头子，他的工作室号"柳溪斋"，他说他们一家四代都在后柳古镇上居住，他的老家就在抗战名将王范堂家的对门，两家是邻居，常有往来，他小的时候，还经常去王范堂的家里玩耍呢！

小镇本来还有一座很古老、很雄伟的寺庙，叫古石佛寺，据古书记载，明清时期已经香火鼎盛。六七十年前，毁寺建校，现在，古刹已经无影无踪，只残存一块大理石匾额，上书"古石佛寺"。还余有一座石佛，孤独地坐立在学校外面的半山腰上，周围是野草地，农人的玉米地。有心人给这座石佛盖了一个非常简陋的小棚子，供上香火，延续着他们虔诚的祈祷和祝福。看着这座逃过劫难、再次被人们供起来的佛像，我看到了某种精神和灵魂之光在闪耀。

陕南作家胡树勇先生在《后柳印象》中写道："一二十年过去，那些个经济上的事情都被生命长河淘汰，真是些鸡毛蒜皮的事情。相反，当年那些被某些人认为是鸡毛蒜皮的事情，却时常在脑海翻腾，翻腾之时，文化之光闪闪。"——他是在形象地叙述文化的重要性。

后柳作为水乡，是当之无愧的，后柳的湖光山色美，是每一位到此一游的人都会发出的慨叹。特别是后柳的水，甚至美过江南很多水乡古镇的水，比如乌镇，当我慕名而去时，着实被乌镇的美迷住了，可是，看着乌镇浑浊得近乎发黑的水，河边倾倒的一堆一堆的生活垃圾，我不禁慨叹：家乡陕南的水，简直不知道比乌镇的水清多少倍，干净多少倍呀！后柳的水是"一江清水送北京"南水北调工程中的清水，是分外干净的。然而，虽然乌镇的水不是很干净，乌镇依然是名震海内外的水乡古镇，因为乌镇是大作家茅盾的故乡。

后柳因此该接受陕南作家李佩今老师的建议，尽快收集抗日英雄王范堂的英雄史料，修葺其故居，在镇子的显眼处，立一座"敢死队长王范堂"的雕塑，重现英雄跨战马，挥大刀，英勇杀敌寇，气壮山河的形象，弘扬爱国精神民族精神，让更多的人来体验小镇水乡的柔美之际，更景仰小镇高尚的灵魂。

期待着，一个秀美的水乡，一个处处人文处处皆文章的古镇，那，就是我们的水乡，我们的后柳。

梦游云雾山

树，大树，粗壮的大树，枝繁叶茂的大树！举目四望，前后左右，漫山遍野全都是高大漂亮的大树！

这是一片松树林，每一棵树都很粗壮，最细的也有碗口粗，很多都需几人方可环抱，树皮粗糙呈褐红色，枝干苍劲，一蓬蓬生机勃勃的松针如一个个墨绿色的小伞挂在枝头，脚下是厚厚的枯黄的落叶，踩在上面软绵绵的，好像舒适的地毯，随时可以躺下打几个滚儿，睡个好觉。阳光从高大的松树枝缝隙洒落下来，洒下点点斑驳的光影。我从地上捡起一个松果，歪着头看了看，转身，一抬手把松果掷向身后的你，你大笑着说："好呀，居然敢打我！没大没小了！"我哈哈笑着向前跑去，你在后面追我，我们的笑声回荡在林中……

忽然，前面树上一道小小的黑影一闪，定睛一看，是小松鼠啊！我停下脚步，转身对你说：嘘！看！小松鼠！我们靠在近旁的大树干上，抬头，屏神静气地看着树上那只小松鼠。这只小松鼠大模大样地蹲在树枝上，眼睛又大又圆，骨碌碌地转着，可爱极了！它用前爪抱着一个松果，津津有味地啃着，大尾巴还一翘一翘的，时不时停下来看看我们，一点也不怕我们的样子，好像大家是彼此很熟悉的老朋友了。不远处，一条清澈的小溪唱着歌儿，哗哗哗流向远方……

这是哪儿呢？这是曾经走过就再也无法忘记的瑞士雪山上那片森林吗？哦，不，这不是瑞士，这座山周围没有青青牧场，也没有皑皑白雪的群峰，这座山周围都是连绵起伏的群山，群山层林尽染，这分明是在家乡，在秋天，这是秋天里家乡的云雾山。

云雾山！我终于来了！小时候就听说了云雾山的大名，据说山上森林密布，野花遍地，山上到处都是香甜的野果子，有很多神奇的中草药，还有一位神仙住在山顶呢！读中学时，一个哥哥在云雾山脚下的乡政府任职，我请求妈妈允许哥哥带我上云雾山去看日出。但是登云雾山可不是件闹着玩儿的事，要走很远的山路，据说非常辛苦，如果想看日出，还得在山上的林场住一晚上，因为光是从县城到云雾山脚下就要好几个小时，更别说登山还要好几个小时了。因此，妈妈说什么也不答应我去登云雾山，一来妈妈担心身体单薄的我受不了爬山的辛劳，二来可能也不愿给哥哥添麻烦。

那我这次是怎么一下子就到了云雾山半山腰上的松树林里了呢？真是好奇怪，我也不知道怎么来的，算了，想不明白就不想了，快去摘野柿子吧。看！前面那几棵树上挂着的，一盏盏小红灯笼似的，不正是野柿子吗？不用猜，这时节柿子已经熟透了，又甜又软，你拉着我的手快步跑过去，我们抱着树干用力摇呀摇，一边开心地笑着，蓝天在我们的头顶晃动着，柿子一个个掉了下来！有一个掉下来正好砸在了我的头上，哎呀！我叫了起来，伸手一摸，摸到了一片软绵绵的东西！我的柿子呢？这一刹那，我醒了！原来，刚才是我做的一个梦，梦见我去登山了！

暗夜里醒来，开了床头小灯，看到软绵绵的毛毯盖在我的身上，枕头旁边，刚才从床头上掉下来的一个装饰花环静静地躺在那里。家乡的云雾山此刻也静默着吧？

也纳闷，怎么那么早就被那个柿子砸醒了呢？才走到云雾山半山腰上的森林，还没上到山顶呢。山顶就是儿时听说的神仙居住的地方，也就是大名鼎鼎的鬼谷子庙宇遗址，我一直很想去看看的呀！是不是因为从数据上得知，庙宇遗址曾经被人为破坏过，现今已经衰败不堪，这让我不忍去看，所以，那个柿子才及时砸中了我呢？

哦，梦中已经去攀登了一番的家乡的云雾山呀，总有一天，我要真的在你的怀抱中走上一遭！

瑞士行散记

从香港出发
——瑞士行散记一

亲爱的 G：

由学校策划已久的这次欧洲旅行今天终于成行。

出门旅行于我并不是第一次，这些年也走了不少地方，比如中国内地的某些风景名胜地或者东南亚的一些国家地区，但是去欧洲，去号称世界最富裕最美丽的地方——瑞士，还是第一次，这让我觉得很开心，甚至还有些激动，瑞士是现今世界非常先进而环保的国家之一，自然环境优美，我非常向往瑞士的雪山、草地和小木屋，这都是在风景明信片上经常看到的画面，特别是瑞士著名作女作家约翰娜·斯比丽笔下《海蒂》的故乡，我们此行将会探访那个小镇，这让我对这次旅行充满期待。

晚上八点半在澳门港澳码头上船，四十五分钟后，我们已经到了香港赤蜡角机场的专用码头。香港机场很大很先进，码头只是其附属设施之一，下了船就是一个好几层的商业中心，食肆、商店、书店等应有尽有，而且还提供免费无线上网，旅客在这里消磨时间，直到快到登机时间了，再乘搭三五分钟的地铁到各个登机闸口。

我们飞往米兰的航班是午夜一点多，距离登机还有两个多小时呢！而且我们也不用办理行李托运手续了——你可能会觉得奇怪，"怎么不用托运行李呢？"这是因为我们下午七点多已经在澳门的港澳码头办理了行李托运和换登机牌的手续，行李已经随船托运到香港机场，机场再帮我们托运上机，我们到了目的地米兰机场之后才去领取，真是很方便啊，是吧？

　　这两个多小时的时间怎么打发呢？你不用为我担心呀！你知道的，我们一行有五十人，大家都是同事，平日里相处融洽，这次抛开忙碌的工作一起去旅行，大家都好开心呀，刚才在船上已经一路谈笑风生，心情快乐得好像要飞起来。我们几个好朋友找了一间很舒适的茶餐厅坐下来，点了几样小吃和饮料，一边吃，一边谈笑，过了一会儿，大家安静下来，开始上网，我用笔记本电脑，同事们用苹果手机，我此刻就坐在茶餐厅里，用我的白色笔记本电脑给你写信呢！敲击键盘的空隙，我看到周围的人大多数都低着头，用手指拨弄着她们的手机或者键盘，呵呵，如今是苹果 iphone 横行的天下呀，同事基本人手一部，身边的好友居然正在用手机和隔着几张桌子的另一位同事在网上聊天呢，我就纳闷，为啥不干脆坐在一起，直接面对面说话呢？她说不要破坏了这里的安静，何况无线上网是免费的嘛。呵呵！是的，周围很安静，大家静静地对着电脑或手机，偶尔说几句话，也是细声细语的，我想，用手机上网除了能保持公共区域的安静，对某些人来说，甚至还是一种时尚的体现吧？无论如何，我喜欢这样的安静，正好让我能安心给你写信，梳理一下我的思绪。

　　但是，要坐十几个小时的飞机，又让我有些担心，十三个小时都坐在狭小的座位上，身处干燥的机舱里，会是怎样的感觉呢？一定会很辛苦很无聊吧？想到此，我准备起身去寻找一家书店，买一本书在飞机上看。你一定很奇怪我怎么没带一本书出门，这与我平日的习惯不符，是吧？其实我本来计划带成都作家姐姐晓荷的《空山新雨》在旅行途中看的，之前粗略翻过一遍，这次准备细读，但是临出门前却把书遗留在了家里的茶几上了——我做事马虎的毛病总是改不了啊！

　　因为要去书店逛逛，预计逛完之后也差不多该过安检登机了，就先写到这里吧？

　　下一封信，该是在瑞士写给你了。我准备在这个旅行的九天里，每天都给你写一封信，算是和你一起去看风景？我想你一定很愿意与我一起旅行。

　　十三小时的飞行时间，会是怎样的呢？我很担心……临出门前用陕南紫阳茶泡了茶水，装在暖水杯里，现在就让我再喝一口，让略带着一点点涩味，更多的是淡淡的清香的茶水，和着一股暖流从唇齿间融入喉咙，温暖全身，让家的感觉，让亲人的祝福和爱滋润我心田，一直陪着我，千里万里，万水千山。

叶子

2011 年 8 月 9 日晚 10 点 45 分

到瑞士
——瑞士行散记二

亲爱的 G：

　　到米兰是一个晴朗的清晨。从机场的大幅玻璃窗看出去，太阳明晃晃地照耀着，树木翠绿，天空特别蓝，特别高远——遥远家乡，无论是陕南还是澳门，秋日的晴空也是这个样子的天空，这让我第一眼就对米兰的天气有了好感，在等行李的时候已经忍不住想要走出大门外去。刚一推开门，一股清凉的风扑面而来，哈！三度的气温呀！不过，却一点都没有寒意，只是觉得清凉和凉爽，毕竟，现在是这里的夏天。路人有穿一件毛衣外套的，有穿短裤短袖的，也有穿风衣长裤的，这让刚从三十多度的亚洲小城过来的我们觉得很新鲜，是的，就是新鲜！这里的空气很新鲜，新鲜而清新，深深呼吸一口，感觉空气中有充分的氧气，还有淡淡的草木香，没有一丁点被污染的异味。

看看手表，已经中午一点四十五分了，哦，手表还是祖国的北京时间，当地时间该是早上七点四十五分才对，看看大厅墙上的钟，果然。这里跟祖国时差六小时。昨天晚上一点十五分从香港起飞，飞行了十二个多小时才到米兰马尔蓬萨机场。香港到米兰的空中飞行距离是九千三百六十七千米，一万公里的距离呢！但是，如果不算上时差的话，晚上一点多起飞，早上七点多到，我们只用了六小时就从香港到了米兰，时差真是奇妙的东西啊，就这样，我们就不见了六小时！原来，哆啦A梦的时间穿梭机真的存在，可以飞往过去和未来，只要你在不同的时差间穿梭就行了，哈哈！

我们跟着香港旅行社的导游林先生上了当地的一部旅游车，林先生介绍说司机是意大利人，将会为我们九天的瑞士深度游行程服务，我们用英文跟司机问好，怎知司机却热情地用普通话回应说"你们好！早上好！"这让他赢得了大家的掌声和欢笑声。

汽车离开米兰马尔蓬萨机场，上了高速路，朝着瑞士方向行驶。开始时，大家都很兴奋，东张西望地两边看风景。导游介绍说从亚洲各大城市到瑞士一般都是直飞米兰或者罗马，然后坐汽车入境，特别地，如果从米兰马尔蓬萨机场到瑞士边境，只要一个多小时车程。如果飞苏黎世入境瑞士的话，大都要转机，相反不太方便。我听说只要一个多小时就可以到瑞士，心里很开心，长途飞行的疲倦一扫而去。

其实近乎十三小时的长途飞行我并没有觉得怎样疲倦，或者说并没有我想象中那么疲倦。我们乘搭的是香港国泰航空的飞机，机舱内设施很先进，每个座椅的椅背上都有液晶电视和遥控器，有丰富多彩的电视节目和国产港产外国电影供旅客选择，戴上耳机就可以欣赏节目了，不会骚扰到他人。飞机上有饼干，水果，方便面等小吃随时供应，水或者饮料也是无限量供应，还有袜子，眼罩，毛毯等提供，空姐随叫随到，服务贴心而细致。我看了两部电影，吃了一个香香的杯面，又看了几页《不寄的信》，对了，在香港机场我买了两本书，一是号称香港四大才子之一的倪匡的散文集《不寄的信》，另一本是龙应台的《香港笔记》，看看时间，已经是北京时间十二点多，我感觉瞌睡虫来找我了，于是盖上毯子，趴在座位前的小桌子上，舒服地睡着了……迷迷糊糊中有人轻轻拍我的肩膀，睁开眼睛，身边的好朋友对我说："不要睡了，快到了，空姐开始送早餐了……"不一会儿，空姐端来了早餐，有中餐西餐选择，看起来很丰富。我选了西式早餐，有面包，雪糕，香肠鸡蛋火腿和水果……这样的长途飞行倒是没有我想象中那么辛苦，特别是我没有失眠，胃口还很好的情况下，是吧？

由此想到科技的发展带给我们的便利。每一个时代的人都可能觉得自己的时代有很多不如意的地方，常常听到有人慨叹如果我生长在什么什么时代就好了，从日行千里这一点来说，我们生活的时代，相比过去任何一个强盛的时代，都是很幸福的时代。不要说多么遥远的古代，就说一百多年前，要去欧洲的话，需要长时间的舟车劳顿，需要不菲的财力物力支持，费时一两个月甚至更长的时间才能实现，而我们今天，从澳门去瑞士，只需要飞行十三小时就行了！

遐想间，我们的车穿越了一个又一个的隧道之后，已经通过米兰边境，进入了瑞士，窗外的景色慢慢有了很大的变化。之前，下了飞机，我们的车上了高速路后，一直顺着一条大河走，公路边是铁路，铁路外是一条清澈的大河，土地平坦，玉米地一片连着一片，这里的玉米比我们在国内经常见到的矮很多，仔细看，玉米都已经结了壮实的玉米棒子，到了收成的时候了。现在进入瑞士境内后，地势越来越高，山也越来越多了，山坡上是青青草地，茂密森林，鲜见农作物地。

汽车走了很长一段路了，我们感到有些疲倦，毕竟，如果在澳门，现在已经下午四点多了，而这里才上午十点多，我们刚下飞机几小时，还没习惯时差，也有些饿了。可是，这段路沿途还没有一个休息站，而且，我们发现从米兰到这里，一路上也没有公路收费站。这时，导游告诉我们说瑞士的高速路是没有收费站的，不收什么隧道费、过桥费之类的费用，我们连连慨叹发达国家的民众福利果然很好。说话间，司机终于找到一家路边的酒店停车场，车停下来，让我们休息半小时。

一下车，感觉空气非常清新，虽然晴空万里，阳光灿烂，但是很凉爽很舒适，对比澳门闷热的八月，简直无法想象，夏天还可以如此舒适如此凉爽！隐约间听到哗哗哗的水声，抬头一看，不远处的山腰上，一条银练似的瀑布挂在悬崖峭壁之上，飞流直下，溅起白色的水花，在空中升起一团白雾，在阳光的照耀下，闪着七彩的光芒，犹如美丽的彩虹。如果不是时间限制，我真想立刻跑上山去，近距离欣赏一下瀑布，我想，这山泉一定是清澈见底，清冽甘甜的。

跟朋友三三两两散坐在酒店外的咖啡座，品着一杯拿铁咖啡，仰望天空，白云朵朵，蓝天如洗，极目高山上漫山遍野的森林、青草地、灿烂的野花、美丽的瀑布，轻风夹着微微花香拂面而来，深深吸一口有浓浓咖啡香的清新空气，我在心里默念：风景如画的瑞士，我来了，我对你充满了期待，我们一定会有一个愉快的旅程！

亲爱的 G，我们的瑞士之旅正式开始了，你跟我一样，已经充满了期待吧？

叶子

2011 年 8 月 10 日

登马特宏雪山
——瑞士行散记三

亲爱的 G：

我们在这个叫做 zermatt 的小镇待了两天了。正是夕阳西下，环抱小镇的山峰白雪皑皑，像是顽皮小伙子戴了白色圣诞帽；山腰上全都是翠绿的草地，大片的杉树林，还有一栋栋木房子，在太阳的光影里或明或暗地斑驳着；不远处教堂响起了悠扬的钟声；街上一辆马车驶过，马蹄嗒嗒嗒……看看钟，下午七点。我们已经在这家优雅的西餐厅临窗的位置坐了半个多小时了。

在瑞士的餐厅用餐，要有耐性，基本上都要等。好像这里餐厅的老板和客人都有大把大把的时间，大家都不急，老板不急着做生意，客人不急着赶路，一切都是慢悠悠的。你如果催服务员快一点出菜，他会认真地对你说："大厨需要时间用心给您做饭，请不要急，先喝点东西吧，如果很饿，先吃点面包……"餐桌上面包篮里的面包是免费而不限量供应的。

"叶子，你看欧洲人很浪漫很重感情啊，看看，又是一对手拉手的男女走过来了！"好朋友对我说。

"是哦，又一对！哦，还有看似一家四口的呢，看，中间两位手拉手的，是爸爸妈妈，两边一边一个小孩！真和谐！真幸福！"我如是答。

"哈！他们只顾自己手拉手，并没有拉着自己的小孩子啊！"

"夫妻恩爱，小孩独立嘛！"

"又是一对！没拉手算不算啊？"

"不算，只算男女手拉手的！"

我们坐这里等上菜等得无聊，干脆来数数看十分钟内有多少对手拉手的男女情侣走过，不限人种。结果十分钟内，有七对手拉手的男女走过在这条街上，大多是欧美人士。

另有身边的同事说，嗯，你们两个开始融入当地如此悠闲的生活了，看看，已经学会了傻呆呆坐着看街景了嘛！

G，我的同事这句话说得真不错，当时我坐在那里，的确觉得既悠闲又舒服。这个小镇还叫做环保镇，没有汽车，偶尔只有小小的电车驶过，是酒店给客人拉行李的车子。这个小镇是著名的冰河列车行程里最重要的一站，是个很古老的镇子，山上的木屋大都是瑞士乡村最传统的房屋。游客可以从这里坐火车上到海拔四千多米的雪山，近距离看冰川和雪峰。

而今天上午九点多我们就出发去了雪山，近距离看马特宏峰。

坐在干净舒适的火车车厢里，火车平稳地哐当哐当向前，向上，我无法想象这是上山的火车，事实上我们的火车一直在爬山！车窗外阳光非常灿烂，天空碧蓝，白云如轻柔的棉絮，一会儿飘到车窗这边，一会儿飘到车窗那边。这列火车是冰河观光列车，窗玻璃非常大，连车顶也尽量用了玻璃，透过干净的玻璃窗，旅客有了更开阔的视野，仿佛置身大自然。放眼望去，你找不到一块裸露的土地，目之所及是青青草地，草地上鲜花盛开，间或散落着牛羊在吃草，溪水傍着墨绿色的森林哗哗流过草原，很有冲劲地溅起白色的水花，看得出来溪水很清澈。木头房子大多两三层，一栋栋散落在草地上，间或有几十栋木头房子聚集一起，这就是一个小村落了，有小村落的地方一定能看到教堂尖尖的塔顶……还有一个一个琥珀似的湖泊明镜般镶嵌在草地上——如果你看过奥斯卡金奖音乐剧《仙乐飘飘处处闻》，电影里的风景就是这里的真实再现。

快看啊！前方铁路的弯度至少有四十五度！我们的火车一直蜿蜒着往上山爬，这就是著名的"之"字路轨吧？我觉得很惊讶，这样大的弯度，火车依旧非常平稳，没有丝毫的晃悠或震动。就这样看看风景，看看天空，一个多小时很快就到了，我们上到了山顶，山顶也是这列火车的终点站。

山顶很清凉。瑞士的夏天很凉爽很舒服，房子大多没有空调也用不着开空调，山下的环保镇中午还是可以穿短袖，早晚就要穿长袖。但是，山顶却凉风飕飕，必须穿上外套或者毛衣才行。太阳照射在冰川和冰峰上，反射过来很刺眼，我赶忙戴上了太阳眼镜。面对冰封了几亿年的冰川和雪峰，我所想到的，只能是"震撼"这个词，冰川跟我离得这么近，冰川就在我脚下的山坳里，冰峰就在我的对面，看似触手可及，却又是这样遥不可及。人可以征服自然吗？或许，我只是个平凡人，所以无法一亲冰川冰峰的冰泽，有更勇敢的勇士，他们继续前行，更近的距离走近冰峰。可是，人又为什么一定要征服自然呢？冰川和冰峰默默在这里几亿年，只是这样默默地，融化成清澈的溪水，给山下的草地森林带去润泽，我们任何近距离的接触，都可能给它们带来污染和破坏，因此，我们最好还是远观之，足矣！

G，山顶上因为太寒冷，地表已经没有青青草地了，有的只是坚硬的岩石和沙砾。我看到山顶上有一堆堆石头堆成的小石头堆，大多呈锥形，下面大，上面小，好像一座小小山峰，堆砌者要掌握好平衡才能把小石块堆成这样的小山峰。问身边的一位游客，他说在这里砌一个石头堆可以保自己和家人平安，可以实现自己的愿望，因为周围都是神山。我觉得这很像我国西藏某些地区那些小石头堆砌成的大石头堆。不过，当我站立在这群峰之巅，面对对面那雄伟的马特宏峰，再看看地上这些小小的石头堆，我想，人攀登高峰的念头是永不停息的，人也是很自大的，到了高峰之上，还要自己建造一个小小的山峰，在高峰之上。

还有一些勇敢的人，骑着山地自行车蜿蜒上山，到达这座山顶，还继续往其他山峰进发，我很佩服他们的体力。当然，他们多是欧美人士。

上山坐火车，下山，我们选择了徒步行走。我们想在画中走一走，刚才车里我们羡慕车窗外行走在风景里的人，现在，我们要成为风景的一部分。我们想在草地躺着打个滚儿，想触摸一下美丽的花儿，想在那条小溪边洗把脸，想在湖边看看雪峰的倒影……俗语说上山容易下山难，果然有道理呀！原来，山路还是很陡峭很崎岖的，特别是对于久居城市，鲜有山野生活经历，缺乏锻炼的我们这一群人！一阵欢声笑语过后，大家开始觉得累了，渴了，太阳太晒了，脚下的土路灰尘太多太脏了，脚步越来越重了，开始有人说走到下一个火车站，她要坐火车回去，她的话获得了很多人的响应。

这时，我们一行十来人的队伍后面走来一位老人，老人看样子至少有六七十岁了，不过，欧美成年人大多比较显老，从外观很难猜到他们的真实年龄。这位老人身材健硕，杵着登山用的手杖，背着很大的背包，一件风衣绑在腰间，只穿了件短袖汗衫。他微笑着走过来，主动向我们问好，我们赶紧也向他问好。我趁机问他："请问您多大年纪了？"他说："八十岁。"大家连连惊呼："八十岁了！一个人登山！"老人笑着跟我们告别："年轻人，好好享受吧！看看，四周围景色多美啊！"他继续向山下走去。

G，看着他一步一步稳健的背影，我们队伍中原先叫苦连天的小姑娘停下了她的抱怨，有人说，看来我们平时还是太缺乏锻炼了。老人让我们好好享受登山的乐趣和山上的美景，我想到了连日来我看到的瑞士人的生活方式。就说我们住了两天的·zermatt这个环保小镇吧，因为在著名的马特宏峰山脚下，算是瑞士著名的旅游胜地。但是这里的商店超市早上九点开门，中午十二点关门，休息两三个小时再开门，下午六七点就准时关门了，晚上不再营业。只有酒吧餐厅晚间营业。无论是白天还是夜晚，街道上或者商店里，都宁静有序，鲜有喧哗者。著名的劳力士手表店富丽堂皇的二楼，居然只有两个售货员。面对十几位游客蜂拥而入的局面，她们面带笑容，不急不躁，慢条斯理地为顾客服务，解答顾客的提问，帮顾客取货品，而且，她不同时为几位顾客服务，她总是接待完一位顾客，才接待下一位顾客。如果你在她为一位客人服务的同时请她帮你拿一块手表看一下，她会答："对不起，请等一下，我有客人。"在精明的东方人眼里，也许会觉得她们真是死板而教条，但是，她们就是这样子不疾不徐地工作，我们人多，说话声音大声了一点点，她居然急忙把手指放在嘴边："嘘！请安静！"

安静和闲适，是瑞士给我的绝对印象。这里的大自然是安静的，雪山安静，草地安静，森林和溪水安静，木屋安静。这里的商业街道和火车站没有大幅的电子屏幕广告，虽然人流并不少，这是一个重要的火车中转站，时时看到三三两两的游客穿梭车站，来这里登山或者登山回来。但是，整个小镇安静而闲适。结合餐馆服务员给我们说的，不要催，大厨会用心给我们做饭，钟表店的售货员说的，不要急，一件一件事情来，我想，这是一种很好的生活态度，我们不要急，慢慢来，一件事，一件事，用心做，认真做，把事情做好。

对于闲适和安静，是有了安静的环境，大家就有了闲适的心情呢，还是有了闲适的心情，就人人安静下来，有了安静的环境呢？看看瑞士每家每户窗台上盛开着的美丽花儿们，就知道他们多么热爱生活，对生活是多么投入，多么爱他们的家，他们下午早早下班，回到家中，跟家人相聚，不是跟孩子在草地上嬉戏，就是结伴骑自行车锻炼身体看风景，或者，在庭院里坐着喝咖啡，聊天。他们的生活看起来总是不慌不忙的，很悠闲的。

写到这里，我们的头盘终于来了！一顿西餐一般就只有三样：头盘，主菜，甜品。今天我们的头盘是蔬菜色拉，我最喜欢的，我要开吃了，让我来慢慢地，用心品尝……

明天再写信给你。

叶子

2011 年 8 月 13 日

过客

——瑞士行散记四

亲爱的 G：

今天是几号，星期几呢？——早上从睡梦中醒来，躺在床上有一阵子迷糊。

酒店房间的窗帘遮光性很好，卧室里黑漆漆的，睁开眼，慢慢适应了一会儿，感觉到微弱的光线，看到临床的好友还在熟睡，外面该是已经天亮了？酒店的叫醒服务铃声还没响过，那么，现在还没到七点半？看看表，刚过了六点。我马上想到，祖国时间已经是中午十二点了，你，还有妈妈已经准备午餐了吧？

来瑞士好几天了，在马特宏雪山下的小镇 Zermatt 待了两天，之前又去过好几个小镇，再加上时差，这让我感觉时间有点错乱，这不，要数一数，理一理才知道今天的日期，有点快乐不知时日过的味道，旅行带来的陌生感淡化了时间的存在，每天都过得很快。

反正已经醒了，干脆起床。我轻手轻脚地起来，披上外衣，轻轻推开阳台的门，啊，太阳已经出来了！我们很幸运，到瑞士的这些天天天都是好天气！瑞士的景色真美啊！此刻，空气清新的早上，阳台鲜花盛开，对面是连绵起伏的大山，山顶白雪皑皑，太阳照在雪峰上，雪峰好像耀眼的钻石，闪闪发光。虽然是夏天，太阳很耀眼，但是阳光毫无威力，只给人舒服的温暖度和明亮灿烂感，空气清凉，但没有丝毫寒意，夏天可以如此清凉舒适，真是难以想象；举目望去，从山腰蔓延向上，是大片苍翠的雪松，山腰以下，是翠绿的草地，我仿佛看到了草地上闪亮的露珠……陶醉在这美景中，做一个深呼吸——这真是一个美好的早晨！

以为我是早起的人，原来还有人比我起得更早呢！不远处的湖边已经有人在散步了！酒店坐落在这个小山谷的镇子中央，隔着酒店一条马路，对面就是一个不大的湖，湖水清澈见底，湖边自然又是绿草如茵，有喷泉，有雕塑，有木质长椅，一派休闲舒适景象。我也想去湖边散散步，我想，那一定很惬意。

最后当然是没去成湖边，只是透过餐厅的大玻璃窗，看着湖光山色用我们的早餐。

G，旅游的好处就是一路有风景，看到别样的生活。但是，旅者身份，也就注定了只能是美丽风景里的过客。

早餐后，我们又出发了，今天要去一个高山上的偏僻小镇子，加达。事实上我们每天都在大山里穿行，瑞士的山路很崎岖，但是车窗外景色怡人，举目苍翠，山明水秀，经过的小村落都如童话世界般可爱迷人，我发现他们的建筑多为咖啡色、灰色、白色和米黄色，与雪山、草地、森林的色彩很融洽。比如两三层楼的小木屋，主要用原木搭建，是深咖啡色；即便是钢筋水泥的现代风格楼房，也多采用咖啡色，灰色；底墙用石头砌的老房子则多为白色或者米黄色，这些建筑毫不奢华耀目，经过时光的打磨，只留下稳重，质朴，简洁，雅致和舒适。

早上大家的精神都很好，一路上欢歌笑语。随着上山的公路越来越崎岖，大家渐渐觉得疲累，毕竟这里海拔在一千多公尺以上，有同事开始晕车，你知道的，我现在已经不晕车了，但是我有个坏毛病，坐车时如果见到车厢里有人晕车或者呕吐，我也会感觉不舒服，好像传染了难受的感觉。晕车说来就来了，我趴在前面的椅背上，头开始剧痛，肚子也隐隐发胀，我想，早餐真不该那么贪心啊，牛奶咖啡果汁一样都没少……

你昨天短信里问我，天天西餐，吃得惯吗？本想给你说一说这几天顿顿西餐的感受，但是，现在我很难受，无法给你说早餐怎么让我吃得这么多，有哪些美味了！

我感觉背上发冷，好友给我披上外套，让我好好睡一觉，说还有一个小时左右的车程呢。却是睡不着。车窗外阳光明媚，风景如画，我却在车里昏头昏脑晕天晕地，我的心里默念着郑愁予的诗句："我嗒嗒的马蹄是美丽的错误，我不是归人，是个过客……"

加达是个小村子，步行大半个小时就可以绕村子走一圈。路是小石子铺就的，并不宽阔，仅仅够两辆车通过。一下车，凉爽的风扑面而来，天特别蓝，因为在高山上，好像一伸手，就可以把白云拿下来当棉花糖吃。走了一段路，刚才车里的不适完全消除了。路边间或有小咖啡座，安静地坐着一些人，不知道他们是游客，还是本地人。是午饭时间，饭馆里却一点都不嘈杂，大家都安安静静地。间或见到骑自行车上山的人，我很佩服他们，也很羡慕他们，真想像他们一样，自由自在地融入在大自然里。也许，这就是欧美人士跟我们的不同之处，他们是这么热爱大自然，热爱到自己也是自然的一分子了。而我们呢？只是来看看风景，匆匆而过，无法融入，只算是一名过客。

村子里多是两三层的民居，玻璃窗上雪白的蕾丝窗帘低垂，院子里大多有个小花园，鲜花盛开；屋檐下，整整齐齐码放着半面墙的短木头，每一块都是一样长短，一般粗细，不知道是冬天取暖用的，还是为了装饰，我猜多数还是为了取暖用的。他们总能把审美和生活相结合，还结合得这般完美，看不到他们家里的布局摆设，仅仅从每家每户的大门口，就领略到他们的审美观和对生活的态度。他们的大门口必然要装饰一番，几个小雕塑，一把扫帚，一些石头，一段原木，摆设出风格各异的造型，或充满童趣，或古朴高雅，或明朗活泼，或素雅别致。有一家大门边，居然放着一双黑色的长筒靴，但是一只憨态可掬的棕熊玩具从靴口探出大半个脑袋，可爱极了！最简单的，也要放上一把长椅和两三盆开得正灿烂的鲜花。

拐进一条小巷子，两个三四岁大的小男孩坐在一堆沙子上，快乐嬉戏着，他们一边玩耍，一边嘴里叽里咕噜说着什么，可爱极了！我走近他们，想给他们打个招呼，他们一见到我们，立马嬉笑着站起来，跑回一户人家的大门里去了，旋即，一位年轻的妇人从门里走出来，站在门边对我们微笑，她转头对院子里的孩子说着什么，这里是德语区，我们听不懂她的话，好在，微笑是最直接最简单的语言，两个孩子随即从大门边探出小脑袋，对我们羞涩地微笑呢，看来他们平日很少见到亚洲人，陌生感让他们比较害羞。

跟他们挥手说再见，沿着两边都是鲜花盛开的石子路，一家家房屋走过去，不远处的山坡上有健硕的男人开着小型拖拉机模样的车在割草，车子过处，青草齐刷刷倒下来，形成整齐的螺旋形，一圈，又一圈；更远的草地上，一群牛羊散开来，低头吃草，却看不到牧羊人。坐在路边一户人家花园的矮墙上，看到一位妇人正在花园里劳作，她抬头对我们微笑了一下，又低头打理她的花草了。我想，美丽总是要付出辛勤的劳动的呀！

这里很美，美得好像陶渊明的理想世界一般，安静，悠闲，远离尘嚣。这里是他们的家园。这里每一条小小的，斜斜的石子路尽头都通向一扇美丽的大门，大门后是一个舒适美丽的家。但是这里没有我的家。在这里，我只是一个过客，几小时后就要离开。

我有点诧异，今天的旅行为什么总让我有过客的感觉？对于一路而行如诗如画的域外美景来说，我的确是个过客。我欣赏并佩服瑞士的环境如此美丽如此环保，甚至有小小的嫉妒，但我是心情畅快的过客，美景带给我们美的享受，尽管有过短时间的晕车和坐车的辛苦，这就是域外旅行的另一种复杂心情。或许，我是开始想家了吧？如果那个小小的院落门开处有妈妈的笑脸，有儿子的呼唤，有亲爱的你，我会立刻飞奔进去。

叶子
2011 年 8 月 14 日

在柬埔寨花钱

到柬埔寨的第四天我才见到柬埔寨本国货币。

那天上午，我们乘坐旅游车从暹粒到金边去。因为有六七小时的车程，每隔两小时就去路边加油站休息一下，大家下车活动活动坐得僵硬的腰身，也去便利店随便看看。

我在便利店买了两包湿纸巾。结账时，年轻的女收银员忽闪着她那长睫毛的大眼睛，用柬埔寨语说了一个数字，但是我完全听不懂，收银机的显示屏上是个带一串零的数字，我反应到这是柬埔寨本国货币的价格，但是，我没有换柬埔寨货币，因为临出发前导游说只需换美元，之前在暹粒的三天，无论是去夜市，还是酒店附近的商店，商家都只收美元或者人民币，商品的标价也是美元，让我以为柬埔寨没有本国货币呢。这时，导游及时走过来，搞清楚情况后，让我拿一美元递给收银员，收银员找回我两张簇新的柬埔寨纸币，面额为五百元。

这张面值五百的钞票白底红色，一面是吴哥窟图案，另一面是一座大桥，有大桥图案的那一面右上角用英文写着"柬埔寨国家银行 2004"，其他的文字都是柬埔寨文，看不懂。用我这数学不灵光的脑袋迅速换算了一下，一美元换八澳门元，两包纸巾三千柬埔寨元，也就是说，一美元可换四千柬埔寨元？导游说是的。厚厚一包湿纸巾，也才折合澳门元 3 元一包，可见柬埔寨当地物价是很低的。

但是，买两包纸巾就要用三千元，当地人的钱包得多鼓才能放下够基本生活的费用啊？导游笑着说：所以嘛，我们都喜欢美元。

柬埔寨的确喜欢美元，连海关也不例外。

暹粒是我们的柬埔寨之旅的第一站。一下飞机，暹粒机场候机厅的外形就吸引了大家：原木的大窗子和墙壁，红色的屋顶，屋顶两边高高飞檐弯曲着，在天空划出美丽的弧线，芭蕉树，竹子，棕榈树填充了建筑间所有空白。东南亚特色的建筑总是让人有悠闲舒缓的心情，但是，过海关时，我手拿机票和护照，内心却忐忑不安：不是我的签证有问题，而是我的护照中夹了一美元纸币。这一美元是遵照导游的吩咐夹在护照里的，他说如果不夹这一美元，海关就可能像验尸一样查验我们的护照，故意拖延甚至刁难……但是，如果他拿起这一美元问我这是怎么回事，那多尴尬啊……导游说如果他真的问你，你就说"哦，不小心放错地方了"。

到我了。我递上护照，微笑着用英语说了声："早安"，那位海关官员也用英语给我说了早安，并问我从哪里来，我说中国澳门。他一边与我对答，一边拿起我的护照翻了翻，指示我对着摄像头，打手印，然后拿起印章在我的护照和入境纸上盖印，最后，他把护照递给我，我过关了，过程很快，最多两分钟。我边往前走，边打开护照一看，里面的一美元不见了。

在金边的第二天晚上，我们去了当地一个很大的购物中心，据说是日本人投资的。商城里各大名牌汇集，好像香港或者澳门的大商场。我们去了超市，想寻找柬埔寨的本地商品。还真找到了：柬埔寨本地出产的咖啡，吴哥饼，用棕榈叶子包裹着的棕榈糖，还有柬埔寨本地胡椒，我们欣喜地买了不少。不过，这些商品也都是用美元标价和结账的。

我们在商城的美食广场买米粉和烤肉吃，发现这里收柬埔寨币。我和好友赶紧把各自的柬埔寨币收集到一起，可是，连一串烤肉也买不到，一串烤肉也要七千块柬埔寨币呢！

第六天下午，要离开柬埔寨了。在机场过海关时，看到海关查验处的玻璃上用柬埔寨文和英文写着："这里拒绝付费"。我顿感轻松，正好，我本来就不想用一美元"贿赂"海关官员，这是让人难受的感觉。递进护照，例行了打手印等程序，我顺利过关了，排在我后面的好友却被海关问东问西，五六分钟才过来。她讶异地对我们说：她的护照也没夹一美元，刚才海关官员却用广东话对她说"钱，钱"！她急忙掏出一美元递给对方，才得以过关。无独有偶，我们同行五十多人，有一半人过关时被索要了小费。

过海关要给小费，美元最流通，人民币或者泰铢也可以用，就是柬埔寨币不让人待见，在柬埔寨花钱，还真是有趣！我余下好几千柬埔寨币没花出去，你若去柬埔寨，我大方做个人情全部送给你，哈！

巴黎的鸽子

来巴黎的第一天就被这里的鸽子所吸引。

那天上午十点多，从地铁站钻出地面，凉爽的风迎面而来，阳光灿烂但不炙热，蓝天高远白云悠悠，宽敞街道旁边的花圃里，植物茂盛足有半人高，娇媚地摇曳着一片白色夹杂紫色的小花，这让昨天还在南中国的我一时间不习惯这气候的反差：这是夏天吗？今天可是八月四日，澳门正热得不敢出门，这里却凉爽如澳门的十一月！

深呼吸一口这清冽的空气，疾步向前，完全沐浴在巴黎的阳光下，整个人舒展而轻松，毕竟，刚经历十几小时的舟车劳顿，此时巴黎清爽的微风和阳光更显得非常美妙。这时，视线中略过一道黑影，一群鸽子，至少有十几二十只，从前方灰色古老建筑的屋顶上飞过来，落在距离我几步之遥的人行道上，一边咕咕咕呢喃不休，一边旁若无人大摇大摆摇头晃脑地觅食。我惊讶于这群鸽子的数量之多和悠闲淡定，它们对我或者来往行人简直是熟视无睹，走近几步，其中几只鸽子扑腾了几下灰白色的翅膀，又落在三四步之遥的近处，用闪亮的小眼睛无辜地看着我，咕咕几声，似乎在发牢骚，怪我为何如此无理打扰它们。另外的鸽子懒得理会我越发走近的步伐，自顾自或交头接耳，或蹒跚阔步。这些鸽子多为灰白色，都是胖嘟嘟，圆滚滚的样子，显然营养充足不缺吃喝。

我被街边这群自由自在的胖鸽子所吸引，停下脚步请儿子为我和鸽子拍照。儿子笑着说巴黎满大街到处都是鸽子，本地人甚至会觉得鸽子太多，鸽子的排泄物让人烦呢！我不以为然，这么可爱的小精灵，怎舍得烦它们呢？

接下来的日子，我们穿梭在巴黎的大街小巷，参观了巴黎歌剧院，圣母院，圣心大教堂，雨果故居等著名建筑，陶醉在欧洲古老文化魅力之中。诚如儿子所言，在巴黎，鸽子无处不在，随处可见。它们在繁华市中心的大理石街道上昂首阔步，在几百上千年古老教堂的尖塔上悠然歇脚，在建筑的迴廊下或者高大粗壮的法国梧桐树上筑巢安家，单脚伫立在一座座精美石雕人物的身上，头顶上，无视这石雕人物可能是美神或者智慧神，甚至，从地铁入口处飞进地铁站，在地铁售票处的小小空间里飞来飞去，觅食，嬉戏。当然，鸽子的排泄物也时常可见，灰灰的一小滩摊在大树下或者街面上，不过，比起狗屎，鸽子粪不说可爱，至少不至于望而生厌。

如同随处可见的古典建筑和高大的树木，鸽子也是巴黎自然的一部分。国内的鸽子，包括某些城市广场和公园里的多由人工饲养，巴黎的鸽子却自由繁衍，生息，似乎巴黎这艺术古都不仅是世人的，还是它们的，与来了又离开的世界各地的游客相比，它们才是巴黎的主人，犹如巴黎本地人。

更有趣的是，在巴黎的法国餐馆和中餐馆里，还都有以鸽子为食材的菜式，当然，餐馆里的鸽子与大街上这些鸽子毫不相干，不仅法国人不会捕捉大街上的鸽子来做菜，中国餐馆也不会或者不敢呢！因为这里讲求环保，尊重自然，爱护动物。即便是觉得满大街鸽子太多，其排泄物污染环境，鸽子甚至会传染某些疾病，对古老建筑造成一定破坏，但也尊重它们的生存权利，只考虑如何改善鸽子带来的这些问题，而不会限制其生长繁衍或者大量捕杀。

巴黎的鸽子，自由的精灵。

一、闲坐街边

闲坐街边咖啡座是法国城市的一景，这在亚洲城市是比较少见的。

来法国十几天了，从巴黎到南法的普罗旺斯，从普罗旺斯到西法的南特，走过的每一个城镇，每一天，无论上午，正午，还是黄昏，或者一天中的任何时间，都有许多人闲坐在街边的咖啡座，聊天，看风景，或者什么也不做，只是坐那发呆。

这里的大部分餐厅都设有街边座位，据说是获得政府允许的，并不是随意乱摆。餐厅早上把桌椅搬出来，摆在靠近自己店铺的街边或者广场上，有的上有遮阳棚，有的没有。不过，有没有遮阳棚都无所谓，法国的八月天气很好，正值他们的全民假期，人们拖家带口出来度假，南法和西法是首选，巴黎则是来自世界各国游客的天下。这里夏天的太阳一早就很灿烂，晚上九点多才落山，黄昏很长，虽然太阳很晒，却不热，风是凉爽的，树荫下更是阴爽，即便如此，街边咖啡座对于我这个亚洲人来说还是太晒了，亚洲以皮肤白为美，可是法国人喜欢阳光，喜欢小麦色的肌肤，他们专捡能晒到太阳的位子坐。既然是度假，大家早午晚三餐都在餐馆消磨，于是，就有了无论何时都有很多人闲坐街边咖啡座的景象。为何大家首选餐馆的街边座位，外面坐满了才不得已坐进餐厅里面呢？据我观察，坐外面视野开阔，可以看到很多东西：街上来来往往的行人，小贩摊档上的各式货物，以演奏乐器谋生的流浪艺人，天空的白云，还有就在你身边飞来飞去的鸽子……这一切多有趣！这都只有坐在街边的咖啡座才能看得更清楚，反正大家都在度假，都不赶时间，那就慢慢吃，慢慢看，慢慢聊。

　　说到聊天，法国人普遍健谈，可谓个个都是话包子，聊天高手，不少人喜欢与陌生人搭讪，充分体现了他们友善而热情的性格。那天早上十点多，在艾克斯普罗旺斯镇，我和儿子坐在一家餐馆的街边咖啡座吃早餐，我们左边坐着位优雅的中年女士，她独自一人享用早餐，她听了我儿子用流畅的法语与侍应沟通后，先是夸赞儿子的法语好地道，再问我们从哪里来，儿子法文在哪学的，喜欢法国南部吗？一连串的问题，就此她与我们聊了起来。她比我们先走，临走前祝我们旅途愉快，她得体的穿着打扮，温和友善的微笑，让我见识了法国女士的优雅。而我们的另一边，坐着四位看起来至少有四五十岁的法国人，两男两女，他们一直热烈地交谈着，时不时哼几句音乐旋律，我听到了熟悉的莫扎特的音乐片段，果然，儿子说他们正讨论歌剧，其中一人语出惊人地说他认为莫扎特的歌剧太过简单……他们不是在闲话家常，也不是在评论女人，居然在讨论歌剧，而且如此兴致勃勃，这让我觉得惊讶而有趣。

　　经典电影《罗马假日》中，奥黛丽·赫本主演的女主角安公主对男主角美国记者说自己的愿望时，第一个愿望就是希望能像普通人那样在街边的咖啡座喝杯咖啡。所以说，在法国旅行，你一定也要做一做贵为公主最想做的事情，闲坐街边咖啡座，看看风景，聊聊天，发发呆，像普通的法国人那样，或许，你就体会到了悠闲而放松的度假感觉了。

二、菜市场

　　这天早上出门去逛法国南特市的一个菜市场。

　　阳光灿烂，空气清新凉爽，让人忘记还是酷暑八月。我们步行前往，在教堂悠扬的钟声中，走过宁静的街道，广场，来到城市另一边的一个颇具规模的菜市场。

菜市场的外围是一圈蔬菜水果档，一档连着一档，好像给菜市场绣上了色彩绚丽的花边，热闹，漂亮。法国人是出了名的浪漫和懒散，但他们对美的追求也到了偏执的地步，在某些我们认为可以忽略的细节，他们却有他们的坚持，比如蔬果摊档总是很仔细地把蔬果逐一排列整齐：从大到小，由粗到细，或个个都一般大小长短，他们按某种规律把蔬果排列在木头架子上，装在柳条筐子里，美丽如水彩画，让人怀疑到底是在艺术创作还是在摆卖，令人不可思议，不知是行规的约定俗成，还是他们从小受到良好艺术熏陶和教育。小贩的审美情趣都如此高，让人赞叹。顾客倒是省心了，不用逐个挑挑选选了，因为个个都很新鲜。

蔬菜的种类比我想像中多，除了常见的生菜，白菜，红萝卜，西红柿外，还有很多我叫不上名字、见都没见过的蔬菜，有些颜色和样子都比较像花朵，想不出该怎么料理。有一种大拇指粗细的小萝卜，红白水灵，还带着嫩绿的萝卜樱子，是国内白萝卜的袖珍版，非常可爱，儿子说别看这种萝卜看起来可爱，味道却很辣很冲，法国人只在做蔬菜沙拉时放一些用于调味。我觉得如果用来炖羊肉或牛腩应该很不错，谁让他们用来生吃呢？

水果品种也很多，除了杏、桃、李、西瓜、葡萄这些当季水果外，还有苹果、榴莲、草莓等不当季的进口水果，法国人遵循只吃当季食物的原则，所以最受青睐、最多人买的是当季水果。有一种扁桃子，应该是水蜜桃的另一种品种，红粉菲菲的，扁如柿饼，直径只有我的手掌大小，很特别，在澳门超市见过比这个大一倍的扁桃子，产自日本，颜色没这个自然，让人觉得有点怪异，不敢吃，儿子说这种扁桃子是法国常见的水果，吃起来非常清甜，而且这个市场的当季蔬果都是从附近的有机农场运过来的新鲜货，比超市的新鲜，于是我们买了两磅扁桃。

外面转一圈后，进去逛，同行的法国友人准备买鹌鹑，午餐时烧烤。菜市场里面很干净，地上干爽，空气清新，播着轻快柔和的音乐，买菜的人挺多的，是欧洲比较少见的人多和热闹，不过，整体还是安静有序的，没有国内菜市场的嘈杂拥挤。

这个菜市场蛮大的，分了好几条街，靠近入口的那条街是卖海鲜的。南特位于法国西部，是法国第六大城市，是著名的港口城市，还有三条河穿城而过，海鲜、河鲜自然很多了，各种冰鲜海鱼、虾、蟹、鱿鱼、鲍鱼，扇贝类小山似地堆在冰柜里，也有很多活的海鲜和鱼养在不锈钢盆里。我对虾蟹过敏，儿子就选了一条活鲈鱼，准备午餐时做主菜。

鲜肉档那条街牛羊肉、猪肉、兔肉，鸡、火鸡、鹌鹑、鸽子、野鸭等都有得卖，法国人在食材选择上跟中国人相似，几乎什么肉都吃。鲜肉切成条状或者块状，禽鸟类有腌制好的，也有整只的，都整齐地摆放在有保鲜功能的透明玻璃柜中。选好，付了账，老板先用一种有吸水功能的保鲜纸把食材包好，再装进比较厚实的塑胶袋并用机器封好口才递给客人，拿回家就可以直接放进冰箱，干净方便。

除了蔬果档，海鲜，肉，菜市场里还有蛋糕店，厨具店，鲜花店，面包店，芝士店等，各类食材厨具齐全。同行的法国友人说，如果想要买到非常新鲜的食材，就到菜市场，如果图省事、赶时间，就去超市，不过，法国人对吃很有要求，所以只要条件允许，更愿意到菜市场来，这也是这个菜市场人这么多的原因。菜市场内还有一家书店，当眼处摆卖的报刊杂志不下二十种，法国人爱阅读，可见一斑。

如果想比较深入地了解一个地方的饮食特色，最好就是去菜市场走走。逛了一个多小时，我们买了一大袋食材。想到午餐是我们亲自采购的蔬菜、肉类，再由法国友人亲自烹饪的丰盛美食，开心而期待。

三、街角的旋转木马

每个孩子都特别喜欢坐旋转木马吧？如同王菲的《旋木》里唱的那样，旋转木马"拥有华丽的外表和绚烂的灯光……只为了满足孩子的梦想，爬到我背上就带你去翱翔……"孩子们欢喜雀跃地爬上去，随着音乐声旋转，旋转，笑脸如同美丽的花儿绽放在马背上，旋转木马是一个供应给孩子欢笑的天堂。

不仅孩子特别喜欢旋转木马，很多韩剧的经典镜头也少不了旋转木马：星星闪耀的夜晚，游乐场游人很少了，男女主角在旋转木马前偶遇，相见，动人心扉的钢琴背景音乐响起，男女主角相互凝视，深情相拥……灯光璀璨的旋转木马在他们身后兀自旋转着，这一切都给人梦幻的感觉，一如爱情。

可是，生活在澳门，要想坐一坐旋转木马，却不是轻易就能实现的简单愿望，澳门虽贵为亚洲拉斯维加斯，世界四大赌城之一，星级酒店密集，但没有一座旋转木马。以前澳门观光塔前有一个，没过两年就拆除了，或许，在寸土寸金的澳门，若有一块空地的话，首要用来建高楼换成经济效益。这里的孩子想坐一坐旋转木马，只能舟车劳顿，要么去香港迪斯尼乐园、海洋公园，要么去珠海长隆海洋王国，在这几个地方，旋转木马那里总是最多孩子排队的，孩子们要按捺住自己的小性子，耐心等着，眼巴巴望着，一般最少要等半小时甚至更长时间，才能玩那么几分钟。

正因为如此，今年八月我去法国探望在巴黎求学的儿子，在巴黎逗留了九天，又用了十一天在南法、西法走了一圈，行走在法国的城镇，每每惊叹于法国的大街小巷旋转木马居然这么常见，这么多，往往是走几条街，街口转角处就有一个。在巴黎，儿子居住的楼下，除了有宽阔的街心林荫道供居民散步外，街角还有一个以卡通动物为主题的旋转木马。午后，我喜欢坐在林荫道的长椅上，看不远处的旋转木马。旋转木马上人很少，年轻的母亲抱着稚子，还有一两个四五岁的小男孩、小女孩不用家长陪同，独立坐着，音乐声中旋转木马旋转着孩子的笑脸，街边咖啡座有几个细声聊天的人，阳光透过法国梧桐树的叶子在地上投下一片片剪影，肥胖的白鸽在草地上跳来跳去找寻面包屑，一派悠闲舒适，我不仅感叹这里的孩子真幸福，从家里走出来几步，就可以坐上旋转木马玩耍了。

艾菲尔铁塔旁也有一个巨型的双层旋转木马，色彩绚丽，充满童话色彩。艾菲尔铁塔举世闻名，每天都有数以万计的游客前来参观，但是那里一点都不显得拥挤，我想除了铁塔附近有面积广阔的广场供游客休憩，多角度欣赏铁塔外，这个漂亮的大型旋转木马也是有功劳的，畏高、不适合登塔的，特别是孩子们，可以在这里玩旋转木马。从塔周围的配套设施来看，不得不承认人家为游客考虑得更多，更细致，更人性化一些。

埃克斯普罗旺斯是南法著名小城，是普罗旺斯区的中心，也是著名画家塞尚的故乡，可谓旅游重镇了。但是，在这个不大不小的城市的中心，圆顶喷泉附近，有很多专供儿童玩乐的设施，旋转木马自是必不可少的。从我们下榻的酒店出门，每次都会经过一个旋转木马，每次看到庞大的旋转木马只有几个孩子在上面玩，我忍不住慨叹这里的孩子太幸福了，坐旋转木马根本用不着排队等，想坐就坐了。

最难忘莱萨布勒多诺那的那个建在海边的旋转木马。莱萨布勒多诺那是西法的一个海边城市，法语意思是"奥伦的沙子"，在一战后二战前，法国政府要求每位普通工人都要享有每年起码的五个星期带薪假期，从那时起，莱萨布勒多诺那就成为了法国工人家庭的度假目的地。儿子介绍完该地历史，认为该地名不应该用这么拗口的音译，意译为"奥伦沙"更贴切，我不懂翻译，也不通法文，但是我觉得儿子给的这个地名更好记，也更有意思，于是我们就称呼该地为"奥伦沙"。奥伦沙海边的旋转木马也是双层的，就建在离沙滩几步之遥的公路边，公路一边是大海，另一边是街道和楼房，楼房多为六七层高的现代建筑。公路临海这边鲜花盛开，绿树成荫，有很多长椅供游人闲坐看海，也有足够宽的人行道和自行车道。那天我们骑自行车来到这里，我一下子就被这里的风景迷住了，放下自行车，直奔旋转木马而去。儿子帮我买了票，我选了一头英俊的白色木马坐上去，随着木马的旋转和动听的音乐声，开始了我的白马公主梦，儿子和朋友在旋转木马旁边的长椅子上坐下，用手机给我拍照，那一刻我幸福大笑起来：我觉得自己似乎是个弱智老顽童，而我的儿子已经长大，成了我的家长……

大部分的旋转木马都是给孩子们设计的，成年人偶尔坐一次，只是童心未泯，聊发少年狂，法国的南特市却有一个老少咸宜的巨型旋转木马——海洋世界旋转木马。南特是著名作家儒勒·凡尔纳的故乡，为了纪念这位伟大的作家，南特市按照其著作《海底两万里》的构思，创造出这个巨型的旋转木马，再现了作者笔下的神奇海底世界。该旋转木马被评为2014年最具创意的机动游戏，是目前世界上最高的旋转木马，一共有三层，第一层是海底，有巨型螃蟹，反向前进的鱿鱼，海底潜水装置等各式机械；第二层代表深海区，有灯笼鱼、魔鬼鱼，挂着海盗旗的海盗机械鱼等；最高的一层代表海面，上面覆盖着美丽的屋顶，有机械船、飞鱼，贝壳船、海龟等机械生物，造型逼真，游客还能操纵机械，模拟海面的波浪上下摆动。这个不可思议的巨型旋转木马有六七层楼高，简直是一个梦幻岛，让我流连忘返，似乎又过了一个快乐的童年。

作家的想像是神奇的，把作家的想像打造成真实游乐场的理念和做法同样让人赞叹，这是尊重知识和创意的最好方式，可见，一个城市的娱乐设施也可以彰显这个城市的文化素养，我因此想不通澳门这中西文化交融名城居然没有一座旋转木马。法国从街角的旋转木马到再现作家创意的巨型旋转木马，何止是让孩子有一个快乐童年那么简单呢？

紫阳的诱惑

黄昏了，窗外下着雨，唰、唰、唰，那是雨夹着风打在凤凰木宽大的叶子上的声音；滴滴、答答，那是雨点滴在雨棚上的声音。我喜欢夏天的雨，夏天的雨滋润而凉爽。伫立窗边，安静地看雨，渐渐地，我的思绪飞远了……

如果，这夏天黄昏的骤雨打在青石板铺就的屋顶上，会是怎样的声音呢？一座小城，依山而建的小城，街道是青石板铺就的，屋顶也是青石板盖成的，一条清澈的大河傍着小城，汩汩汇入汉江……雨打在青石板的屋顶上，打在青石板的街道上，会不会是清脆的滴滴答答呢？好像有人把很多的豆子倾倒在石板上？或者宛如大珠小珠落玉盘？那声音一定是轻盈的，很有节奏的，有跳跃的动感。

这座城叫紫阳，是陕南的一座小县城。至今我没去过。第一次听到紫阳的名字，倒是很早很早以前，不到十岁的时候。那时候跟妈妈住在一所乡村学校里，有一年学校里新来了一位皮肤白净文文静静的年轻女老师，听说她就是紫阳人，师范毕业分配到这所学校。后来，她跟本校一位男老师恋爱了。很多老师就在背后说她还是命好，工作分配到了我们县，男友也是我们县的，以后她再也不用回那穷山僻壤的紫阳县工作生活了。我好奇地问妈妈紫阳在哪里，妈妈说紫阳也是陕南的一个县，距离我县很远很远，山很大，公路很差，相对比较落后。

后来，家里有个可爱的表妹，找的表妹夫也是紫阳人，表妹和表妹夫没有在紫阳工作生活，表妹夫的哥哥也离开了紫阳在外发展。这更让我觉得紫阳可能真的是一个自然条件比较差的地方吧？要不然，怎么这么多的紫阳人把离开家乡外出生活视作一件好事情呢？表妹和表妹夫曾经邀大家去紫阳他的老家玩，可惜最后我都没去成。

如此看来，似乎没去过紫阳也不是一件遗憾的事情，陕南的很多县城我都没去过呢。何况，陕南之外还有那么多值得一游的美丽地方，风景永远在远方。

真正向往紫阳，是读到陕西作家王蓬写的一篇文章之后。在这篇《〈江汉清音〉序》里，王蓬这样写紫阳县城："胡树勇出生于安康紫阳，那是一座美丽如画的山城，整座县城坐落于一面山坡，房屋参差、错落有致，青石板铺就的街道勾连着整个小城。那些石板经年累月地踩踏，光滑如玉，若逢下雨，雨水顺着倾斜弯曲的石板阶梯流下，顿时无数袖珍瀑布，飞玉溅珠、银白如练，惹得女孩子们全赤了脚丫上下跑跳，雨雾飘来，宛若仙境……"——这是多么奇特的小城，多美的画面啊！真令人遐想。

后来读了胡树勇的散文，他多次写到他的家乡紫阳，紫阳的自然风景和人文历史。他在《紫阳城》一文里写道："最令人难忘的还是那些房屋之间夹着的，几十条曲曲折折铺着青石板的小径。这些青石板小径纵横交错，但最终连接着河街，像树的须根紧连着主干。"——这让我觉得紫阳的房屋建筑很有特色。在这篇文章里，胡树勇还写道："一个冬日晴朗的中午，太阳当空，我站在高坡上瞭望，被一个青年吸引，他躺在用青石板盖成的屋顶上，手里拿着书举在眼前阅读，温和的阳光铺在他的身上、四周……"——紫阳是闲适而温情的，我也很想体验一下躺在青石板上看书的惬意和温暖。

而在《紫阳年》里，他这样写紫阳："紫阳这个地方的人似乎喜欢思考大问题，这可能要缘于那个因他而得紫阳县名的紫阳真人。我一直认为紫阳是陕南文化的一个大本营，假如我们把道教的起源地叫做道之故里，那么，紫阳的道家文化可以说也是道家一个分支的故里。"

"紫阳有很多闻名遐迩的文化积淀，比如紫阳茶文化，比如紫阳民歌，而且近几十年民歌和茶文化的宣传力度远远超过道文化。但是我对此不以为然，而且不客气地说，我一直认为这是对紫阳文化的轻重不分、本末倒置，紫阳的道教文化是本，是最大的本，而民歌、茶文化等等不过是道文化的附属或者说是衍生。"——于此，紫阳还多了几分神秘的道教色彩，作家对紫阳文化内涵有其独特的见解，这使我除了对紫阳地域风情的向往外，还有了对紫阳文化内涵的尊敬。

另外，在网上读到陕西作家方英文的《紫阳腰》，从紫阳县城建在山腰上写到紫阳女子的细腰，又从女子细腰的美写到紫阳山歌是紫阳文化的腰，形象生动，诙谐幽默，使人好不神往这美丽的"腰"……

大作家贾平凹《紫阳城记》里写道："终于算摸出了一定的规律：从任何一条巷子，只要目标往上，皆可上山，每几条巷子汇合了，必在那条合点上有一个商店或饭馆。这真是一座奇妙的城，有如重庆之盘旋，却比重庆更迷丽，有如天津之曲折，却比天津更饶趣。"

众多作家笔下的紫阳，让我这个从没踏足紫阳的陕南人对紫阳充满了好奇和向往。因为作家的文章，使得读者对某地产生强烈的兴趣，这不正是文字和文学的魅力吗？正如如今人们想起巴黎，必定会想起雨果，想起《悲惨世界》；想起英国，必定想起莎士比亚；想到西安，一定想到白居易想到李白，想起《长恨歌》……

慢慢地，对紫阳多了几分了解和向往，好像她原本就跟我有一定的渊源，只是现在才知道。紫阳这个名字其实很美，小时候第一次听到就觉得美，还感觉有几分神秘，也许因为那个来自紫阳的漂亮女教师和她的爱情吧。后来再长大了一些，读了琼瑶的小说，中了很深的琼瑶毒，特别是读了《紫贝壳》，被女主人公凄美的爱情故事深深感动，深深浅浅的紫也成了那时候的我最爱的颜色，曾经整个秋天，最爱的装扮就是一件深紫色的风衣，前几年高中同学聚会，还有同学说起我那件紫风衣。紫阳也有一个"紫"字，紫色很神秘，略带忧郁，是低调的皇室色彩，"阳"，阳光也。美丽的紫色在阳光中，何其动人啊！紫阳，我设想你是一位世外高人隐居山间寻道问仙，又好像是一位身穿紫衣的美丽女子临风而立翩翩起舞，茶园是你的裙裾，任河是你的纱巾。

窗外的雨越来越大，一道闪电伴着响亮的雷鸣，打断了我的沉思。不知不觉间天已经完全黑了下来，哗哗的雨声使得周围一片沉静，透过树影，对面楼亮起了朦胧的灯光。我开了灯，满屋子一下光亮起来。在想，紫阳的夜晚，会是怎样的情景呢？还像是贾平凹写的那样，人手一把电筒吗？如果是的，那好像暗夜里的萤火虫闪呀闪，那该有多美多有趣啊！任河边的大街，仍然像胡树勇文章中写的那样子，居然没有人行道吗？如果是真的，他自己又是走的哪里呢？

什么时候，一定要去紫阳走一遭。如果是下雨天，撑着雨伞，在青石板的街道漫步，听雨点在青石板屋顶上的弹奏；或者，一个朗晴的清晨，一口气上完那三百六十阶，广场上长嘘一口气，眺望远山翠绿的茶园，找寻细腰的采茶姑娘；或者干脆在曲曲拐拐的巷子里漫无目的走一遭，走进巷尾的一间茶馆，坐下来，细品一杯紫阳茶……

后 记

　　《木棉絮絮飞》是我的第二本散文集。四年前的夏天，在诸文友的鼓励下，在我就职的菜农子弟学校的大力支持下，我的第一本散文集《秋叶集》得以出版，当时可谓初生牛犊不怕虎，现在看来文集中某些篇章尚显稚嫩。

　　这第二本集子应该说比第一本多了可读性，多了新观察、新感受吧，要不，怎能忝列《澳门文学丛书》之列呢？2013年7月的一天，获悉自己的这本散文集"经出版社审核稿件，认为符合出版要求，同意收入《澳门文学丛书》，将列入第二批的《澳门文学丛书》"时，我十分欣喜……

　　写作人喜欢把自己的作品比喻成自己的孩子，有道理也有不恰当之处，母亲看自己的孩子总是可爱的，但人不可能一辈子不停地生孩子，而写作人却可以一直写，甚至天天写，而且一定是因为喜欢写而写，想写就写，不会如母亲般生不生孩子还不全由自己决定。

　　我想说的意思是，过去的四年我坚持了写点小文章，因为我想写，喜欢写，写这些文章时，我思考了我的生活并用文字记录下来，这让我觉得时间没有完全白白流逝，生活中还留下了一些记忆，或许因为我的水准有限，记录的并不完全是真实的生活本身，但至少，是"那一刻"我的生活。

　　这些文字的结集出版，要感谢澳门基金会及《澳门文学丛书》编辑老师的鼓励和厚爱。收入本书中的大部分文章选自本人在《华侨报》开设的专栏"心灵履痕"，在此，也感谢《华侨报》给予的平台和副刊编辑们的鼓励和厚爱。感谢家人对我写作的支持，我的家人是我文章的首位读者，愿意一直读并提出中肯意见，实属难得。

一本书的出版是一段写作的总结和汇集，也是一个新开始。我会一如既往，想写就写。如果你在我的文字中找到了一点点趣味和会心一笑，那是我最开心的事情了。

2014 年深秋

图书在版编目（CIP）数据

木棉絮絮飞 / 尹红梅 著. -- 北京 ：作家出版社，
2014.12
　（澳门文学丛书）
　ISBN 978-7-5063-7734-8

　Ⅰ.①木… Ⅱ.①尹… Ⅲ.①散文集 – 中国 – 当代
Ⅳ.①I267

中国版本图书馆CIP数据核字（2014）第305072号

木棉絮絮飞

作　　者：尹红梅
责任编辑：秦　悦
装帧设计：棱角视觉
责任印制：李卫东　李大庆
出版发行：作家出版社
社　　址：北京农展馆南里10号　　　邮　　编：100125
电话传真：86-10-65930756（出版发行部）
　　　　　86-10-65004079（总编室）
　　　　　86-10-65015116（邮购部）
E-mail:zuojia@zuojia.net.cn
http://www.haozuojia.com（作家在线）
印　　刷：三河市华业印务有限公司
成品尺寸：133×214
字　　数：260千
印　　张：11.25
版　　次：2015年6月第1版
印　　次：2015年6月第1次印刷
ISBN 978-7-5063-7734-8
定　　价：28.00元

第一批出版书目

以上按作者姓氏笔画排序

曾几何时
王璞宜／著

Colecção Literatura
de Macau

澳門文學 丛书